Javier Sierra
El maestro del Prado

プラド美術館の師

ハビエル・シエラ［著］
八重樫克彦・八重樫由貴子［訳］

ナチュラルスピリット

プラド美術館の師

ハビエル・シエラ

名もなき多くの師たちを目撃してきた、
プラド美術館の〝展示室監視員〟たちへ。

25年間、友情を培ってきたエンリケ・デ・ビセンテへ。

文学が読者に教えることを、絵画は視覚でしか捉えられない無学な者たちに伝えている。つまり文字を知らぬ者たちは、本来読むべき物語を線描画の中に認め、文章とは別の方法でそこから読み取ることを発見するのである。

グレゴリウス1世、ローマ教皇、6世紀

完璧なものは、急ぐことなく十分時間をかけ、良識と判断力を駆使して眺めねばならない。それらを評価するには、制作したのと同じ過程を要する。

ニコラ・プッサン、画家、1642年

スペインが小人と天使の国だった頃の面影は、プラド美術館や古文書の中に残っている。それは住人たち、とりわけ詩人たちの潜在意識の中にも残っているものだ。

フアン・ロフ・カルバーリョ、医師、
スペイン王立アカデミー会員、１９９０年

プラド美術館とは閉ざされた空間、謎めいた秘密の場所で、スペイン的なものが濃縮され、蓄積されたままで隠されている。

ラモン・ガヤ、画家、１９６０年

プラド美術館の師　目次

登場人物

ハビエル ………………………… マドリード・コンプルテンセ大学情報科学部の学生

マリーナ ………………………… 同大学薬学部の女子学生、ハビエルの友達

サンティ・ヒメネス ………… 同大学歴史地理学部の大学院生、ハビエルの寮の大先輩

トニー ……………………………… 学生寮の受付秘書

Dr.《ドクトル》 ルイス・フォベル ……… ハビエルがプラド美術館で出会った師

フアン・ルイス神父 ………… エル・エスコリアル図書館の司書、アウグスティノ会士

エンリケ・デ・ビセンテ …… 科学雑誌の編集長

ルチア・ボセ …………………… 映画女優、天使博物館のオーナー

ロマーノ・ジュディチッシ … ルチアの友人、シュタイナー研究家

フリアン・デ・プラダ ……… 国家遺産の捜査官

本書に登場する人物、場所、状況、日付などは、情報源やプライバシーを保護する目的で意図的に変更してあるが、美術作品、あるいは文学作品に関わる言及やデータ、著者名や背景などはみな事実に基づくものである……。人類の歴史を語る際、それらが存在する以上、無視することはできないからだ。

プロローグ

この物語は1990年12月、冬の訪れとともに始まる。自分にとって強烈な意義を含んだ個人的体験だけに、公表するべきかどうか相当悩んだ。ひと言で言えば、作家の卵が絵画の見方をどのように教えられたかを綴《つづ》った、ささやかな逸話だ。

人類史上のあらゆる大転換が危機的状況で発生するように、この体験もぼくが人生で迎えた危機の最中に起こった。90年代初め、地方からマドリードに出てきたばかりのぼくは、可能性が溢れる街で自分の道を切り拓くのを夢見る19歳の若造だった。周囲では何もかもが沸き立っていて、若者世代の未来は自分たちの想像以上に早く現実化しているように思われた。2年後に控えたバルセロナ・オリンピックとセビリア万博の準備、それに合わせた国内初の高速鉄道AVEの開設が急ピッチで進められ、新たに三つの新聞が創刊され、初の民放テレビ局が3局登場し……。

そういった社会の変化に影響されなかったわけではないが、ぼくにはもっと重要なことがあった。当時のぼくは――少年時代から多少関わっていた――マスコミ業界で活躍できると信じてやまない夢想家だった。首都に移り住んで以来、自分の将来の職業が何たるかをつかむため、編集業務を学ぶ傍ら、ラジオ局やテレビ局のスタジオを片っ端から訪問し、記者会見やブックフェアの場にも出向き、尊敬するジャーナリストと知り合っては、自分の未熟さを思い知らされていた。

しかしそんなマドリードも、やがて逼迫《ひっぱく》の場と化してくる。

ぼくの本能は、社会のいまをつぶさに見つめるよう、街の通りへと駆り立てる。その一方で、奨学生として入学した以上、できる限りいい成績を収めて大学2年めを終えねばならない。相反するふたつの衝動にどう折り合いをつけられる？　講義中に忙《せわ》しくメモを取りながら、無情にも過ぎ去っていく時間に焦りを感じていた。一日24時間では全然足りない！　だが正直に言うと、時間が足りなかったのは有意義すぎるふたつの活動のせいでもあった。ひとつはその頃心ある友人の紹介で始めた一般向けの月刊科学雑誌の編集のアルバイト。もうひとつは、国立プラド美術館の迷宮をさまようことだった。

これから語るのは、その後者の場面で起こったできごとだ。

すべてはプラド美術館が、当時のぼくに最も必要だったもの、つまり心の平穏を与えてくれたからこそ起こったのだと思う。威厳はあるがどこか控えめで、日常とは無縁の不朽の殿堂が、いつしかぼくにとって歴史に満ちた心休まる空間となった気がする。しばしば、自分の教養の高さを誇示する者たちが集まることもあったが、彼らにしてみれば門外漢のぼくなど眼中にないため、何も気にせず長時間過ごせるのは好都合だった。それに何といっても無料《ただ》だった。たぶんマドリードで唯一、入場料を払う必要のない娯楽施設だったと思う。当時、美術館の至宝に触れるには、身分証を窓口で示してスペイン人であることを証明すればよかった。

歳月を経てあの頃を振り返ってみると、ぼくがプラド美術館に魅了された大きな理由は、何よりもその場にあった絵画が、見知らぬ土地で唯一なじみのあるものだったからに尽きる。ずっと昔、80年代初めに、母に手を引かれてこの美術館を訪れた際、そのコレクションに圧倒された。人一倍想像力豊かな子どもだったぼくは、果てしなく続く作品群に初回から感激しまくりだった。実際、あの時の感動はいまでもはっきり覚えている。教科書でしか見たことがなかったベラスケスやゴヤ、ルーベンス、ティツィアーノといった巨匠たちの筆遣いが、生きた歴史の断片として目の前で訴えかけてくる。それらの絵画を眺めるのは、遠い過去に凍結された一場面を魔法で解かして自分で体験するようだった。どういうわけだか幼いぼくは、絵というものを時代とできごと、忘れ去られた世界を映し出すスーパーマシーンとして捉えていた。幸いその何年かあと、マドリード・モヤーノ坂の古本市で手に入れた数冊の本のおかげで、それらの絵に関する知識を得ることができた。

けれども、１９９０年晩秋の冷たい風が吹く日の午後に、幼き日の夢物語を凌駕するようなできごとが起こるとは、予想だにしていなかった。

その日のことについては完璧に記憶している。

すべてはプラド美術館のA展示室から始まった。大きな壁にかかったラファエロの《聖家族》——スペイン国王フェリペ4世がコレクションの中でもとりわけ《真珠》と呼んで宝石のように大切にした逸品——に見入っていると、ひとりの男性がそばに寄ってきた。ゴヤの絵から転がり落ちてきたような風情の人で、ぼくの隣で立ち止まると、同じ絵を眺め始めた。その時ぼくらは広々とした展示室にふたりきりで、室内には名画が30点以上もあったのだから、彼がそんな行動をとらなければ、ぼくだって気にも留めなかったに違いない。けれども何らかの理由で、ふたりとも同じ絵に執着していた。

互いに黙ったまま絵を見つめて30分が経過したあと、隣の人物が微動だにしないのを不思議に思い、ぼくは好奇心から相手を観察し始めた。最初は彼のひとつひとつの仕草、めったにまばたきをしないところ、荒い息遣いに目が行った。いまにも絵を奪って猛ダッシュで逃げ出しそうだったが、もちろんそんなことはしなかった。その後、男性が《真珠》に何を見いだそうとしているのかどうにもわからず、それ以外のばかげた理由をあれこれ考えた。ぼくに一発、冗談をかましたいのか？　まさかぼくに惚れたとでもいうのか？　あるいは単に学識をひけらかしたいだけか？　ぼくを脅して金品を盗むつもりか？　ひょっとすると、どちらがより長くその絵の前にいられるか、我慢比べでもしているのだろうか？

ガイドブックの類《たぐい》は手にしていない。当時ベストセラーだったエウヘニオ・ドルスの『プラド美術館の三時間』〔訳注　邦訳：美術出版社1991年〕も携えていなければ、絵につけられたラファエロの生涯の解説にも興味を示さず、ぼくのように板絵に当たる照明の反射を気にして立ち位置をずらすこともしない。

男性の年齢は60歳ほど。細身で、髪はふさふさしているが白髪混じり。身なりはよく、ぴかぴかに磨かれた靴に上品な七分袖の黒いコートを羽織り、襟元からスカーフを覗かせ、太い金の指輪を左薬指にはめている。メガネはかけておらず、黒い瞳に厳しいまなざしを湛えていた。彼の鋭い視線はどれだけ歳月を経ても、その展示室を訪れるたび、いまでも背中に感じるほどだ。こっそり見つめれば見つめるほど、より相手に惹きつけられた。男性には得体の知れない何かがあった。言葉で言い表せぬ磁力のようなもの。おそらくは彼の集中力に関わるものだったと思う。ぼくはフランス人だと踏んだ。ひげを剃った角ばった顔が博学な雰囲気を醸し出し、いかにもエレガントなパリの賢人に映ったからだ。見知らぬ相手への不安が消えると、がぜん想像力が冴えてきた。もしかすると、隣にいるのは引退した芸術院の大家かもしれないぞ。妻に先立たれ、絵画制作に命を賭けてきたような。あるいはヨーロッパの美術館の熱烈なファンという可能性もある。いずれにせよ、ぼくとはかけ離れた世界の住人だということだ。ぼくは先ほども言ったとおり、単なる好奇心の塊でしかない。そそっかしい性格で、世界の謎を追うような本を好み、ジャーナリズムと人類の歴史に興味があり、夕食の時間までに寮に戻らねばならぬ、しがない大学生だった。

ぼくが彼ひとりに場を譲り、《真珠》の前から立ち去ろうとしたその瞬間、急にわれに返ったように男性が口を開いた。

「〝よき師は弟子に準備ができて初めて現れる〟。どこかで聞いたことがあるかね？」

他人に聞かれてはまずいとでもいうように、彼は小声で囁いた。いきなり淀みないスペイン語で名言が発せられたのには、正直面食らった。

「ぼくに訊いているんですか？」

相手はうなずいた。

「もちろんきみにだ。ほかに誰がいるとでも？　さあ、答えてくれ」としつこくせがむ。「聞いたことがあるかね？」

そんな調子で、ぼくらの——友情と呼ぶのはあまりにおこがましい——関係は始まり、その年の暮れから翌年初めにかけての数週間、ぼくは午後になると美術館に足を運んだ。今回、全詳細を語ろうと決心したのは、その顚末《てんまつ》についてだ。

黒コートの男性との出会いから20年以上になるが、マドリードのプラド美術館で彼から学んだことが想像の産物だったのか、それとも本当に教えを受けたのか、いまだにぼくはわからない。本名も定かでないし、住所も職業も知らない。名刺もくれなかったし、電話番号も教えてもらわなかった。当時のぼくはいまよりずっと信じやすい性格で、「きみに聞く耳があり、時間が許せば、美術館に隠された秘密を教える」という彼の申し出に応じて、熱心に会いに行っていたというわけだ。

そうしていつしかぼくは、彼のことを〝プラド美術館の師〟と呼ぶようになった。22年間、一度たりとも人前で話したことはなかった。話すに値する理由が見つからなかったからだ。ある日突然、その男性がプラド美術館に現れなくなってからは、なおさらに。取り立てて強い絆を結んだわけではないが、彼は慣れない都会暮らしの強い味方、ぼくにとっての〝秘密の後見人〟と化していた。それがふっつり消えてしまったのだ。あまりに唐突で理解できない師の不在、その謎はぼくの中で次第に形を成していき、時とともにますます耐えがたくなった。だからこそ、いま、それを語る時が来たのかもしれない。ぼくがどのように芸術の秘密を師から伝授されたか、彼の傍らでどうやって、美術館の絵を眺めるだけでなく〝読み取る〟方法を学んだかを。

そういった体験をしたことがあるのは、ぼくだけではないと信じている。きっとこの本が出版されれば、ほかにも彼や別の師に一時期手ほどきを受けたという人々が現れることだろう。

本題に入る前に、読者のみなさんにひと言断わっておきたい。単にぼくが若かったから疑問も持たずに言われたことを鵜呑みにしたんだろうとは思わないでほしい。はっきり言ってその逆だ。師の教えを文章化するに当たって、夢から取り出すような奇妙な感じがしたのは確かだ。しかし今回それを改めて読み直してみて、自分でも意識せぬまま、小説中に彼の教えを盛り込んでいたことに気がついた。師の教えは『青い衣の女』や『テンプル騎士団の扉』、『最後の晩餐の暗号』といった作品にも確実に流れている。注意深い読者にはすぐにわかるだろう。

プラド美術館の師やそれ以外の機知に富んだ訪問者、あるいは高次の存在と呼ばれる者や書物といったものが、〝ぼくらに理解する準備ができて初めて現れる〟というのはまったくそのとおりだ。師への感謝と親愛の情、再会への期待を込めて、本書を捧げたい。

1　プラド美術館の師

事の次第をお話ししよう。最初は疑念から始まった。

あれは亡霊だったのだろうか？

ぼくをよく知る人たちは、ぼくが超自然的なできごとに傾倒しているのをわかっている。これまでにもそういった事柄をずいぶんと書いてきたし、今後も書き続けていくつもりだ。ぼくらが暮らす西洋社会は物質偏重主義に陥って、超常的なものごとを軽視する方向へと向かっているが、だからといって恥じることは何もないと思う。ポーもディケンズも、ベッケル〔1836－1870　スペインの詩人〕、クンケイロ〔1911－1981　スペインの小説家〕、バジェ・インクラン〔1866－1936　スペインの劇作家〕も、未知なるものに魅了されたではないか。彼らはこぞって煉獄《れんごく》で苦しむ霊魂や亡霊を作品に登場させ、死後の世界は存在するという漠然とした希望とともにあの世について書いている。ぼくは成長するにつれ、それらの創作話には興味を失ったが、反面、歴史上の人物の身に起こった超自然的体験にはのめり込んだ。何しろ文明の転機を決定づけた人々の実体験だ。彼らが経験した言語に絶するできごとを、単なる逸話と捨て置くことはできない。そんなわけでぼくは、彼らと〝訪問者〟（天使、精霊、ガイド、ダイモーン、妖精、トゥルパ……とさまざまな名前で呼ばれている存在）との出会いに注目してきた。

たとえば、いつか小説の題材にしようと思っているが、ジョージ・ワシントンが１７７７年冬のペンシルバニア・バレーフォージで、イギリス軍との独立戦争の最中に、突然〝訪問者〟の来訪を受けたと告白している。また、ローマ教皇ピウス12世も教皇庁の庭で天使と話をしているところを目撃されている。その種の逸話は人間が文字を使い始めたのと同じぐらい古くから存在し、しばしば未来に対する警告を発してきた。紀元1世紀、帝政ローマのギリシア人著述家プルタルコスは、ジュリアス・シーザーの養子で皇帝暗殺に関わったブルータスのもとにも〝訪問者〟が現れたと記している。亡霊はブルータスにマケドニア・フィリピでの敗北を予告。絶望に駆られたブルータスは捕虜になる前に、剣の上に飛び込んで自害した。これらの話に共通するのは、〝訪問者〟が人間の外見をしながらも、目に見えぬ強力な何かを発し、人間との違いを際立たせている点だ。ぼくが小説『失われた天使』で描いた神の使いたちのように。

では、ぼくがプラド美術館で出会った――あるいはプラド美術館でぼくを見つけた――予期せぬ師は何者だったのだろう？

ひょっとして〝訪問者〟のひとりか？

何とも言えない。ぼくの前に現れた人物は、幻ではなく生身の存在だった。だから何の疑問も抱かなかった。現にぼくは彼の手に触れている。スーフィー〔イスラム教の神秘家〕の格言――〝よき師は弟子に準備ができて初めて現れる〟――を口にしたあと、握手を求められたからだ。その後、氏名まで告げられた。

「ドクトル・ルイス・フォベルだ」ぼくの手を放すまいといった感じで、しっかり握り締めたまま自己紹介してきた。〝やっぱりフランス系だな〟と思った。低音の声で、決然とした話し方だったが、周囲を取り巻く静寂にはつねに配慮していた。

「ぼくはハビエル・シエラです。どうぞよろしく。あの……〝ドクトル〟ということは、お医者さんなんですか？」

突拍子もない質問に、男性がやや喜んだ様子で眉を上げたのを覚えている。

「単なる肩書きだ」

声の調子からして相手はどうやら驚いたらしい。若造が問い返してくるとは思いもよらなかったのだろう。それで、会話の主導権を握るべく本題を急いだのかもしれない。死んだように冷たい手の感触をぼくの手のひらに残したまま、ラファエロの作品に再び視線を向けた。

「きみがこの絵をどのように見るのか、わたしは注目していた。まあそれで、きみにいくつか質問してみたくなったというわけだ。もちろん、きみさえよければの話だが」

《聖家族（真珠)》1518 年　ラファエロ・サンツィオ　マドリード　プラド美術館所蔵

「別に構いませんよ」

「それでは訊くが」と、まるで以前からぼくを知っているかのように、親しげな口調で話し続けた。「なぜそんなにこの絵に興味を持つ？　取り立ててこの美術館を代表する作品でもなかろうに……」

彼の視線に誘われて、ぼくも改めて《真珠》を見た。その時点では、その板絵についても、おそらく歴史上最も絵画に傾倒し、審美眼を備えた君主だったフェリペ4世がその絵に抱いていた格別の愛情も、ほとんど知らなかった。プラド美術館が所蔵しているラファエロ自身が手がけた作品は4点のみだ。彼の工房の弟子たちが制作したものはたくさんあるし、本物に引けを取らない同時代の複製もいくつかある。しかし、それらの中でも間違いなくこの絵は一番だろう。聖母マリアといとこのエリサベツがかがれきに腰を下ろし、ふたりの子どもの相手をしている場面が描かれている。でも、じっくり眺めているうち、ぼくの目にはふたりの子どもがそっくりに見えてきた。同じ金髪の巻き毛、同じあごの形、同じほっぺた……。頭上に聖なるものの象徴である光輪が輝き、獣の皮を体に巻きつけている方は洗礼者ヨハネだ。美術専門家の間ではヨハネのスペイン語名ファンから、幼子ファン〝ファニート〟とも呼ばれている。画面に描かれた人物の中で唯一、光輪がないもうひとりの子どもは、紛れもなく幼子イエスだ。洗礼者ヨハネの老母で、別の奇跡の懐妊劇を演じたエリサベツは、マリアが抱えるイエスを険しい思案顔で見つめている。一方、幼い救世主の視線は画面の外にいる人か物に向けられている。

暗くてよく見えないが、奥の方で何かしているヨセフでないことだけは確かだ。いずれにしても幼いメシアが見ようとしているものは、板絵を超えた所にある。

「この絵のどこに興味があるのかって？　う〜ん、何と言ったらいいか……」ぼくは嘆息《たんそく》してから答えを出すのに2秒ほど手間取った。「すごく単純なのですが、何を意図しているのか、それを解読したくて」

「ほう！」男性は感嘆の声を上げると、瞳を輝かせた。「意図がはっきりしていないというのか？　きみの目の前にあるのは宗教画で、その前で祈るために描かれたものだ。これはバイユーの司教が巨匠ラファエロ・サンツィオに依頼した作品だ。当時ラファエロはすでに有名な画家になっていて、ローマで教皇のために働いていた。フランス人司教は彼が描く聖母や幼子の絵の評判を聞き、自分も礼拝用に一枚欲しくなったのだろう」

「たったそれだけですか？」

信じられないといったぼくの反応がよっぽど面白かったのか、ドクトル・フォベルは鼻にしわを寄せてにんまりとした。

「いや、当然そうではない」秘密を打ち明けるように声を落とす。「この時代の絵は、目に映るままでないものが多い。一見、敬虔な場面に見えても、誰もが戸惑いを覚える何かを発している」

「ぼくもそんなふうに感じます」と認めた。「でもそれが何なのか、どうにもわからなくて」

「真の芸術はそのように作用する。《芸術とは、見えるものを再現するのではなく、見えるようにすることだ》とパウル・クレーも言っている。見えているものをそのまま写しただけでは、退屈で面白味もなく何の価値も生み出さない。この絵を特別なものにしているのが何なのか、具体的に説明したいが、時間は大丈夫かな？」

ぼくは首を縦に振った。

「よろしい。ではまず、押さえておくべき重要なポイントからだ。われわれヨーロッパ人は、意識せずとも、何世紀もの間、神話や伝説、聖書の物語の中で生きてきている。それらは、われわれを育んできた真の知的財産だ。誰もがみな、ノアやモーセ、アブラハム、イエスに起こったできごとについては、家庭やミサで耳にしたり、小説や映画で目にしたりしておおよそ知っている。たとえ敬虔な信者でなくても、クリスマスや聖週間が何を祝う日かを理解し、東方の三博士の名前や、ポンテオ・ピラトのような歴史上取るに足りないローマの役人のことまで覚えている」

「でも、この絵と何の関係があるのですか？」

「大ありだ！　われわれ西洋キリスト教圏で育った者は、こういった作品を前にすると、何から着想を得たものかを即座に思い浮かべられる。われわれの持つ〝文化的記憶〟とも言えるだろう。しかしだ。どんなにかすかなものであっても、それから外れる、もしくは矛盾する部分があると、瞬時に違和感を覚えてしまう」

「なるほど。しかし……」どう続けてよいやらわからず、言葉が尻切れトンボになってしまう。

「きみがこの絵に魅了されたのは、ラファエロが依頼主の司教のために描いた絵の主題が、聖書のどの節にも載っていないものだったからだ。意識的にであれ無意識であれ、きみの脳は自分の〝記憶保管所〟の中からこの絵に該当する場面を探した。だから長い時間この絵に囚われていた。だが、見つからなかった！　現代人のきみでさえ困惑させられるのだから、ラファエロの時代の人々にはどれだけ奇妙なものに映ったか、想像がつくだろう」

「しかし……」先ほど言いかけてやめた話を持ち出すことにした。「聖母マリア、幼子イエス、エリサベツ、ヨセフは福音書に出てくるし、別におかしいことは……」

「やれやれ、そういった単純思考は困りものだ。いいか、よく覚えておくように。芸術における一見ありふれたものごとには要注意だ。しばしば巨匠たちは、大いなる秘密を伝えるのに、何気ない場面を使うことが多々あるからだ」

「大いなる秘密!?　いいなあ、知りたいなあ」思わず羨望のため息が洩れた。

「この美術館に隠されている秘密のいくつかは教えることができる。ただし、きみに聞く耳があり、時間が許せばの話だが」

「願ってもない！　ぜひ聞かせてください！」

「では、手始めにこの絵から出発しよう」前途有望な仕事の契約を結んだかのように、誇らしげに宣言した。「もう少々、この板絵が語る物語について説明させてほしい」

「わかりました。お願いします」

「新約聖書の四つの福音書のうち、老女エリサベツの懐妊の謎について言及しているのは、『ルカ福音書』だけだ。どれが彼女かわかるかね？　絵の中でターバンのようなものを頭に巻いている女性だ。さて、福音史家ルカは、福音書の冒頭で思いがけぬできごとを語っている。大天使ガブリエルが、神殿で務めを果たしていた祭司ザカリアのもとを訪れ、妻エリサベツが子、すなわち未来の洗礼者ヨハネを宿したと告げた。[注1]　ザカリアの衝撃といったらなかっただろう。長年の結婚生活で恵まれなかった子宝を、老年になって天使が与えてくれるというのだからな！」

「ちょっと待ってください」ぼくは口を挟んだ。「ガブリエルって、マリアのもとに現れたのと同じ天使？　隣の展示室にあるフラ・アンジェリコの『受胎告知』に描かれている、あの？」

「そう、あの天使だ。ガブリエルは非常に奇妙な天使でね。キリスト教徒からもイスラム教徒からも崇拝されている。ルネサンス期には〝告知者〟と呼ばれていた。福音書に4回しかその名が出てこないのに、いつでも重要なメッセージを運んでくるからだ……」

ドクトル・フォベルは咳払いをすると、極力声を落として話を続けた。

「……まあ、天使の話はこのぐらいにしておこう。注目してもらいたいのは《真珠》の主役と呼ぶべきふたりの女性だ。ルカは懐妊のエピソード以外に、別の場面でもエリサベツに触れている。受胎告知されたマリアがやはり妊娠中の彼女を訪れている。ラファエロはその場面をこの美術館にある別の大きな板絵に表現している。《真珠》の一年前に制作された《聖母マリアの聖エリサベツ訪問》で、ラファエロの原画に基づき、弟子のジュリオ・ロマーノとジャンフランチェスコ・ペンニが仕上げたとされている。その作品にもエリサベツは《真珠》と同じターバン姿、同じ顔で登場している。だが、困惑させられるのは、ラファエロが大胆にも、新約聖書の箇所でも触れられていない、子どもが生まれたあとのふたりの再会を想像し、描いたことだ」

「それは確かな情報なんですか？」

「ああ。ルカが叙述した唯一の訪問は、ふたりが妊娠中のできごとで、出産後ではない。その状況を強調すべく、マリアの声を聞いた胎児だった洗礼者ヨハネが、母親の胎内で躍り上がったという興味深い詳細まで、ルカはわざわざ記している。注2 したがって……」男性はそこで息を吸い、もったいぶって間を置いた。「ふたりの女性が子連れで会う場面は、必然的に聖書以外の何らかの情報源、たとえば外典福音書または他の文書から持ってきたものということになる」

「でも、もしこの場面がまったくのラファエロの発案だったとしたら？」

「ハビエル、きみはいま、〝発案〟と言ったが、当時の人々にこの手のものを新たに考え出すという概念はない」と鋭い指摘が入る。「代わりに〝露《あら》わにする〟と言われていた。基本的には何か具体的なもの、実在するものを表現していた。巨匠ラファエロはつねに注文を受けて仕事をし、依頼主の管理下で制作していた。教養の高い画家として知られた彼は、描く人物たちの背景、つまり人となりといったものや、構図を決めるのにかなりの時間を費やしたと言われている。熱心な読書家で、考古学や神学、哲学にも精通していたこともあり、さまざまな文献から事実を取り出して反映させた」

「だとするとこの絵は、隠された情報源を基《もと》にしていて、一般に正当とされるものとはかけ離れたメッセージを秘めていることになるけど」

「そのとおり！」

　興奮ぎみに叫んだ師の声が、一瞬、周囲の静けさを破った。監視員が本を片手に展示室へ顔を出し、咎めるような目つきでぼくらを一瞥すると、美術館の奥の方へ去っていった。きっと集中していた読書を妨げられて腹を立てたのだろう。

「いいかい？　われわれはいま、芸術のメッセージが、もはや誰にとっても重要ではなくなったかのように思われる時代に生きている。絵画の鑑賞は、様式や芸術性、画材や技法、画家の経歴や人間関係を探ることだと信じ込まされ、その作品制作に至った〝真の理由〟に思いを馳せることもない。そういった物質主義的な芸術の捉え方では、メッセージを読み取る行為は漠然としたものごとに目を向けることだと解釈される。だが、本当はそうではない。作品の霊的な側面に意識を向けて、真髄をつかむことだ。しかしながら……」

「しかしながら？」

《聖母マリアの聖エリサベツ訪問》 1517年　ラファエロ工房
マドリード　プラド美術館所蔵

「真髄を見極めるには、謙虚さが不可欠になる。いずれにしても、目の前にあるこの絵も含めて驚嘆すべき作品には、純粋な心の持ち主しか近づけない。頭の中をデータや美辞麗句で埋めようとする者には、とてもじゃないが無理だ。彼らは肝心なことを忘れている。芸術は、それを見る人を驚嘆させた時にのみ機能するものだ」

「そう口で言うのは簡単だけど、芸術ってすごく主観的なものだと思うんです。みんながみんな、同じ絵を見て驚くわけでは……」

「きみの言い分にも一理ある。だが偉大な巨匠たちは緻密な〝暗号〟を駆使して、万人に向けたメッセージを作品中で伝えている」

「どんな暗号です？」

直截すぎるぼくの問いがお気に召したらしい。ドクトル・フォベルは満足げに背筋を伸ばすと嬉々として応じてきた。

「たとえば、絵に出てくる人物たちの視線だ。きみは先ほど《真珠》の幼子イエスの視線に注目していたね？」

「え……ええ、まあ」何だか自分の頭の中を読まれている気分だ。

「ラファエロのような天才が、あえて画面の外に目を奪われている救世主を描くのは、鑑賞する側にも神秘への驚嘆を求めているからだ。幼子の注意を引いたのが何だったのかを想像させ、超自然的なものに対する畏敬の念をうながす」

「暗号を使っている画家って、結構いるんですか？」

「大勢いる。この美術館にはその実例が山ほどある。わかりやすいのはフランシスコ・リバルタの《奏楽の天使に慰められる聖フランチェスコ》だろう。その絵では聖フランチェスコの視線が天使のはるか上に向けられている。聖人を本当に驚愕させている超自然的なものは、カンバスを超えた所にいると〝暗号〟は語っている。ムリーリョの《キリストと聖母の間の聖アウグスティヌス》もしかりだ。機会があったら見てみるといい。聖アウグスティヌスが幻視したキリストや聖母、天使たちを背にして、あいまいな方向に視線を向けている。聖なる存在は体の目でなく〝魂の目〟で見ろと告げているのだ。注3 それらの画家たちが生きた時代には、誰もがそういった単純ながらも象徴的な言語を心得ていた。当然、それは現代人であるわれわれにとっても理解しやすいものだ。ラファエロは《真珠》の中でもその象徴を巧みに用いている。わかったかい？」

　時ならぬ芸術の哲人は、生気に溢れた目を絵からそらすと、展示室内を見回した。まるで、ぼくら以外に、誰もこの場にいないのを確認しているようだった。

「ところで、きみは信者かね？」

　予期せぬ問いかけに一瞬、返答に詰まった。

「一応、自分なりには……そうだと……」恥ずかしくなって口ごもる。

「それならラファエロと一緒ではないか。あるいはバイユーの司教とも。後ろめたさを感じる必要などまったくない。むしろその逆だ。彼らもみな、彼らなりに敬虔な信者だった。正統なカトリックなどどこにもいない」

「でも、なぜそんなことを訊くんです？」

「これまでわたしは、この美術館にある絵を理解しようと努めてきた。大半の作品は、描かれた頃の時代背景と、画家が何を信じていたのかを理解した時に、初めて近づける。この絵のように、当時は文字で表すことが危険だった思想を伝えるため、あるいは思い起こさせるために描かれたと気づくことでね」

「危険？」

「そう、非常に危険なものだ、ハビエル」

ドクトル・フォベルはぼくの名を再び呼んで強調すると、作品に添えられた解説パネルを読むよう仕草でうながした。読んでみると実に味気ない文章で、絵の一部はラファエロ工房の弟子ジュリオ・ロマーノが手がけたこと、構成にはレオナルド・ダ・ヴィンチの影響が顕著であることが記されていた。「その解説で覚えておくべきことがあるとすれば、《真珠》とやはりこの美術館にある《樫の木の下の聖家族》〔↓p93〕の２作がラファエロ工房で１５１８年に制作されたということぐらいだ。その頃ヨーロッパ全域、とりわけローマでは、キリスト教を規範とした世界が崩壊寸前であった事実については一切説明されていない。イスラム教が勢いを増す一方で、キリスト教の影響力は衰退し、教皇庁では汚職と縁故びいきが横行していたことから、教会の権威は地に落ちていた。そのうえ15世紀末から16世紀初頭にかけては、コロンブスがアメリカ大陸を発見、フランスがイタリアに侵攻、コペルニクスが地動説を唱えて天動説が揺らぎ、ルターが教皇に反旗をひるがえし……と大事件が頻発する激動の時代だった。おまけに1524年には惑星直列が起こるとされ、多くの人々が世界終末の到来だと信じていた。人々の中には当然画家たちも含まれる。そういった時代背景をすべて把握していなければ、絵の深部まで入り込むのは不可能だ」

「そいつは手ごわいな」

「途方もなく感じるだろう。だがいまのところは、そういった不安定な状況ゆえに16世紀初頭のヨーロッパでは、予言や吉兆・凶兆といったものが氾濫し、貴族階級や教皇をはじめとする聖職者階級でさえその類《たぐい》のものに無関心ではいられなかったことだけを覚えておいてほしい。その意味ではラファエロだって無関係ではない。《真珠》と《樫の木の下の聖家族》を描いた時期、35歳のラファエロは画家としての絶頂期にあった。教皇ユリウス2世の依頼で、教皇の私室の壁面に大作《アテナイの学堂》〔↓p57〕を描いたが、そこで占星術の造詣をはじめとする彼の博識ぶりや、驚くほど緻密な技巧を遺憾なく発揮している。だが……」師はぼくらの前にある作品の数々を示しながら言った。「これらと同時進行で、ウルビーノ公国出身のマエストロが制作していたものがある。傑作のひとつとされる、彼自身の支援者《パトロン》である教皇レオ10世を描いた肖像画だ〔↓p49〕。知っているかい?」

　ぼくは首を横に振りつつ、肩を落としてため息をつく。

「気にしなくていい」と言って師は優しく微笑んだ。「いずれ自分の目で見てみたくなるからな。それはわたしが〝予言の絵〟と呼んでいる驚くべき逸品だ。当時ラファエロだけが表立って駆使していた性質の作品で、それが評価されたことで彼の工房には錚々たる人物からの依頼が殺到した。現在イタリア・フィレンツェのウフィツィ美術館に所蔵されている。いとこのジュリオ・デ・メディチ枢機卿とルイージ・デ・ロッシ枢機卿に伴われた教皇レオ10世がテーブルに着き、左手にルーペを持ち、右手を豪華な聖書に載せ、横には打ち出し細工を施した金のベルが置かれている。見た目はとても地味な集団肖像画だ。けれどもラファエロがその絵を描いている時、レオ10世は暗殺未遂事件を経たばかりだった。幸い無傷で済んだがね。それを知っているのといないのとでは、絵の見え方がまったく違ってくる。どうして教皇が憮然とした顔で、画面を超えた先へと不信の目を向けているのか、想像できるようになる」

「ははん。教皇は自分を殺そうとした人物を探し出そうとしているんですね？……」ぼくはしたり顔で囁いた。

「実は暗殺未遂犯の身元は割れていて、何の秘密でもないのだよ、ハビエル。バンディネッロ・サウリ枢機卿が自白した。どうやらレオ10世を毒殺しようともくろんでいたらしい。サウリ自身のホロスコープ〔誕生時の天体配置図〕や当時流行していたさまざまな『教皇予言書』で、教会を復活させられる教皇にふさわしいのは自分だと告げられたという。つまりサウリは教皇になりたかったのだ」

「でも、歴代の教皇たちはホロスコープも予言も信じなかったのでしょう？」とぼくは反論した。「それを証拠に、教会は占星術を非難して……」

　ドクトル・フォベルはぼくの能天気ぶりに苦笑した。

「本気でそう思っているのか？　ユリウス２世が、１５０６年４月18日にバチカン・サン・ピエトロ大聖堂の礎石を置いたのは、その日が天体上で最も適した日付だと、お抱え占星術師に言われたからだと知らないのか？　ラファエロが《アテナイの学堂》を描いた際、その一角に１５０３年11月26日、ユリウス２世の戴冠式当日の天体配置を示す天球図を描き、その日を永遠のホロスコープと化したことも？」

　次から次へと飛び出す情報に、呆気にとられてしまった。師はぼくの驚きぶりにご満悦の様子で、先を続けた。

「どうやら何も知らないようだな！　では、わかりやすく説明していこう。なぜそのレオ10世の肖像画が予言の絵だと考えるのか。サウリ枢機卿が教皇毒殺に及ぶ２年前、セバスティアーノ・デル・ピオンボという名の傑出した画家が、奇しくも暗殺未遂犯の肖像画を描いている〔→p39〕。その絵はラファエロのある作品を彷彿させるものだ。デル・ピオンボが枢機卿の絵を制作したのは１５１６年。絵の中でサウリはテーブルに着き、そこにはレオ10世の肖像画と同様に、豪華な聖書とベルが置かれている。信頼のおける人物たちが傍に控えているところも同じだ。当時、枢機卿が教皇になるための準備をしていたのは明らかで、[注4] 今日で言えばその肖像画は、政治家の選挙用ポスターのようなものだったのだろう」

「それにしても、どうしてサウリはラファエロに依頼しなかったのかな？　当時一番人気の画家だったのに」

「いい目のつけどころだ。実際、サウリは頼みに行ったのだと思う。幸いここプラド美術館には、唯一その疑問に答えてくれる絵が所蔵されている。《ある枢機卿の肖像》と題されたもので、ラファエロの才気が冴えわたる作品だ。おそらくこの美術館で最も重要な絵画のひとつだろう。細部にわたるまでのみごとなリアリズムで、厳しい目つきの枢機卿を描いている。信じられないかもしれんが、専門家たちはこの人物が誰であるかいまだに確認できていない。もっともプラド美術館所蔵の作品で、モデルの名前がわかっていない肖像画はこの絵だけではないのだが。たとえば、エル・グレコの《胸に手を置く騎士》は、ミゲル・デ・セルバンテス〔1547－1616　スペインの作家。『ドン・キホーテ』の著者〕の肖像ではないか[注5]とまで言われてきたが、やはりいまだに誰を描いたものなのかわかっていない」

「……と言っているのは、型にはまった芸術の見方で……」

「そういうことだ。名前のない肖像は香りのない花のように生彩さに欠く。こういった事態に直面すると、学者たちはうろたえ、手当たり次第に自分が知っているものと関連づけようとするものだ。ラファエロの《ある枢機卿》には、インノセンツォ・チーボ、フランチェスコ・ア

《ある枢機卿の肖像》 1510 － 1511 年　ラファエロ・サンツィオ
マドリード　プラド美術館所蔵

リドージ、スカラムーシュ・トリヴルツィオ、アレッサンドロ・ファルネーゼ、イッポリート・デステ、シルヴィオ・パッセリーニ、ルドヴィーコ・ダラゴーナ……と、それこそ無数の候補が挙げられている。だが、わたしの意見が一押しではないか？」いたずらっぽく笑う。「プラドにある〝名なし〟の枢機卿を、セバスティアーノ・デル・ピオンボが1516年に描いたサウリの肖像と比べれば、すぐに同一人物だと気づくだろう。じっくり考え込む必要はない。両者はあごが左右均等に割れ、薄い唇をしている。逆三角形の頭の形も同じ。〝名なし〟の枢機卿はレオ10世の暗殺未遂犯と瓜二つだということだ。わたしの見解で、美術館の小さな謎のひとつが明らかになるとは思わんかね？」

「たぶん……」と答えながらも、まだ先ほどの件が頭に引っかかっていた。「でも、ラファエロは1518年にはレオ10世の肖像画を描いているんですよね？　なのにどうして」

「そこに別の鍵がある」師は咳払いをすると続けた。「ラファエロが〝名なし〟の肖像画を完成させたのは1510年から1511年である可能性が高い。となると、サウリが教皇になろうと画策する5年前だ。興味深いのは、その頃レオナルド・ダ・ヴィンチが工房で制作していた肖像画《ラ・ジョコンダ》すなわち《モナ・リザ》に触発されて、ラファエロがサウリを不朽のものとしたところだ。実際《モナ・リザ》と比べてみると、枢機卿は同じ姿勢と気品をたたえている。だが重要な点が抜けていた。ラファエロはそこに予言絵に必須の象徴を入れなかった。だから野心家のサウリは、自分を予言された人物として描くよう、改めてデル・ピオン

《バンディネッロ・サウリ枢機卿、その秘書、2人の地理学者》 1516年
セバスティアーノ・デル・ピオンボ
ワシントン　ナショナル・ギャラリー所蔵

ボに求めねばならなかった！」

「予言絵に必須の象徴？　どんな象徴ですか？」

「ベルだよ。１５１６年のデル・ピオンボの肖像画と、ラファエロがその2年後に描いた教皇の肖像画で聖書の横に置かれたベルのことだ。あれは絵のメタファー、ひとつのしるしだ。どちらの画家もそれを使って、自分の絵のモデルが聖書で予告された人物であると見る側に伝えようとした」

「予言のしるしがここまで一目瞭然でいいのですか？」

「しかるべき理由があって両者が用いたことは確かだ。１５１６年、神の使者を自認するサウリ枢機卿がデル・ピオンボのモデルになった頃、フィオーレのヨアキムという12世紀の神秘思想家の予言書がヴェネチアで出版されている。異端視されながらも残ってきた書物で、その中では宗教、政治の両権力を併せ持つ男の手によって霊的な新時代が幕開けすると告げられていた。また、それとは別に、彼の予言から着想を得た別の予言書が当時ローマに流布していて、サウリもピオ10世も文字どおりにそれを信じていた。『新黙示録』という本だが、どこかで耳にしたことはあるか？」

　ぼくは肩をすくめた。ああ、また無知をさらしてしまっただけだ。

「恥ずかしがらなくていい。残念ながら、いまやその書のことを記憶している者などほとんどいないからな。美術史の専門家たちですらそうだ」師は再びいたずらっぽい笑みを浮かべた。

「印刷されなかったためとも言えるが、ラファエロと彼の作品を理解するには必携の書だ」

「その『新黙示録』には何が予言されていたんですか？」

「いろいろあるが、近い将来キリスト教徒に平和をもたらすべく〝天使教皇〟すなわち聖霊の恩寵を受けた教皇が現れ、皇帝と一体化し、イスラム教の台頭を食い止めると告げられていた。surget rex magnus cum magno pastore（偉大な牧者である偉大なる王が現れるであろう）」

師が唱えるラテン語に、なぜだかわからないがぼくは身震いした。

「手稿によると、予言が成就するのは16世紀初頭となっていたから、ちょうどその時期だ。われこそが全能の教皇にふさわしいと願った枢機卿は、サウリだけではなかったわけさ！　何しろ全枢機卿の約半数がそう願っていたらしいから、レオ10世がみなに不信感を抱いたのも無理からぬことだ」

「正当なカトリック信仰の擁護者たる教皇が、予言書に権威を与えるなんて、意外だなあ……」

「何しろ大天使ガブリエルの著作だからな」

「えっ!?　い、いったいそれは……」彼があまりにはっきり言いきるのでうろたえてしまった。

「つまり、当時は教皇であれ廷臣であれ、みんな『新黙示録』がかの有名な〝告知者〟、大天使ガブリエルの言葉を口述筆記したものだと信じて疑わなかったということだ」師は微笑んだ。

「実際にその書を著した福者アマデオはそう主張し、世間もそのように受けとめた」

「福者アマデオ？　すみません、聞いたことがないです」

「当然だ！」師は咎めることなく叫ぶ。「いま話しているのは芸術の隠された歴史だからな。ラファエロのインスピレーションの元となったもののひとつを明かすことになるが、いいかね？」

「ぜひ聞かせてください」

「アマデオはバチカンの権力筋に近しいフランシスコ会士で、教皇シクストゥス4世の個人秘書兼聴罪司祭を務めていた。ラファエロがレオ10世の肖像を描いた頃には、すでに死後40年ほど経過していたが、福者アマデオの名と著作は生前以上に有名になっていて、1502年以降は写本が各地に出回っていた。もちろん秘密裏にだ。そのため読むことができたのはごく少数の者たちだけだ。いくつかはマドリードにも運ばれた。最も古い写本はフェリペ2世の時代からエル・エスコリアル修道院に保管されている」

「で、その写本ではどんなことが語られているんですか？」ぼくは何が何でも知りたくなった。

広い額に幾重もしわを寄せ、澄んだ瞳を大きく見開くと、師は内緒話をするように説明し始めた。

「どうやらアマデオは大天使ガブリエルの訪問を受けたらしい。8回にわたる長いトランス状態、あるいは恍惚状態に見舞われた間、彼は大天使から神がどのようにしてこの世界や天使たちを、また人間をも創造したかを教えられたという」フォベルはそこで一旦口をつぐんでから話を再開した。「彼の書は書物の中の書物、真髄とも呼ぶべきものだった。わかるか？　修道士は〝告知者〟ガブリエルから、運命というものの仕組みや天国の入口を守る七大天使の名前を学び、いかにもフランシスコ会的な話だが（いまだ教会が認めない）聖母マリアの無原罪の御宿りについても語り合ったという。しかしとりわけ4回めの幻視では、世界を逃走から救い出すことになる〝天使的牧者〟の到来について話し合ったとされている。ラファエロが教皇の肖像を描いた際、教皇は誰よりもその本のことをよく知っていた。当然ながら彼も、その予言された牧者として世に現れることを望んでいた」

「つまりレオ10世がアマデオの予言を信じていたのは、自分にとって都合がよかったからか。それでわざわざ彼は……」

「予言書の要素を含んだ肖像をラファエロに描かせた」とぼくの言葉を結んだ。「その絵が載っている画集を目にすることがあったら、画面の中で教皇がテーブルの上に置いた聖書に注目するといい。開いている箇所が、装飾挿絵から『ルカ福音書』だとわかる注6。巨匠が《聖家族》の着想を得た福音書だ」と言いながら、再び《真珠》を指差した。「教皇が指でページを持ち上げているのが実に興味深い。教皇もサウリ枢機卿も『新黙示録』が、『ルカ福音書』の隠された続編だと信じていた。だからレオ10世は『ルカ福音書』の後ろに隙間を作っているのだよ。新たな福音書が入るべき場所を空け、そこで予言されている待望の天使の牧者が自分であることを示すためにね」

「もしかしてラファエロは《真珠》を描く際、その『ルカ福音書』の続編からの着想を得たと言いたいのですか？」

「そのとおり！」

興奮した師は、ぼくに口を挟ませなかった。

「実際、福音書アマデオの予言書は、福音書には載っていない多くのものごとに触れている。そこでは、少年イエスが神殿で博士たちに、よき強盗〔イエスとともに十字架につけられたふたりの犯罪者のひとり。イエスに天国行きを約束された〕の幼児期を語る場面なども詳しく述べられている。そしてまさに、啓示の中で大天使ガブリエルが強調したのが、洗礼者ヨハネとイエスが幼い頃からの知り合いだったということだ。宗教権力と政治権力を手中に収めることになる、そんな教皇到来の予告に比べたら、聖職者たちにとっては取るに足りない逸話だったかもしれぬ……が、その本を読んだ画家たちにとってはそうではなかった！　そのひとりがラファエロだ」

「ってことは、ほかにも？」

「ああ。もうひとりはレオナルド・ダ・ヴィンチだ。彼はその書を手に入れ、その教えに従って描いたがために、危うく芸術家生命を失うところだった……」

注1　「ルカ福音書」1章5－25節
注2　「ルカ福音書」1章39－45節
注3　アビラの聖テレサも著作中で同じようなことを述べている。《この幻視は想像上のものとはいえ、肉体の目で見たことはありません。魂の目で見たのです》（『生命の書』28章4節）
注4　参考文献　Josephine Jungic, «Prophesies of the Angelic Pastor in Sebastiano del Piombo's Portrait of Cardinal Bandinello Sauli and Three Companions», In *Prophetic Rome in the High Renaissance Period.* (ed.) Marjorie Reeves.Oxford University Press, Oxford, 1992.
注5　これはプラド美術館の元館長ディエゴ・アングロの見解。モンテマヨール侯爵でトレドの公証人長だったファン・デ・シルバ・イ・リベラではないかという意見もあるが、いずれも裏づけが取れていない。
注6　前掲書→注4

2 ラファエロの解読

不意にドクトル・フォベルが説明をやめた。最初はその理由がわからなかった。いまのいままで饒舌だった〝絵画の友〟は突然、近くに展示してあるポンペオ・レオーニのブロンズ像のごとく硬直した。何か警戒していたものを見たか、あるいは聞いたかした感じだった。

やがて展示室の反対側から見学者の一団が現れるなり、彼の顔が青ざめた。大人数ではなく騒々しくもない、7～8人の行儀のよい観光客たちだ。折りたたみ傘を目印に掲げた小柄なガイドに引率された小グループだ。ガイドの態度や服装に威圧感は感じられない。それどころか集団から遅れがちな、左脚を引きずるようにして歩いている紳士への配慮すら見受けられるほどだ。人畜無害な状況にもかかわらず、フォベルの不安がひしひしと伝わってくる。その日の午後、自分とは無縁の恐怖に体が震えたのは、その時が二度めのことだった。

「きみが火曜日に来てくれたら、続きを話そう」〝闖入者たち〟を極力見ないようにして、ひそひそ声で告げる。「それまでにレオナルドの《岩窟の聖母》を見ておきたまえ。いいね？」

「その絵もここにあるんですか？」

フォベルは厳しいまなざしをぼくに向けた。

「いや、ルーヴルだ」と吐き捨てる。「プラドにレオナルドの絵は1枚もない。少なくとも、そう言われている……」

「じゃあ、どこであなたに会えばいいのです？」

「いつもこの美術館にいるから探してくれ。見当たらなければ、13号展示室を覗くといい。わたしのお気に入りの部屋だ」

そう言うと、別れの挨拶もなく、そそくさと美術館の奥へと去っていった。

あまりに奇妙だった。別れ際に彼が言った言葉にも困惑させられた。まるで美術館が、自分の所有物かと思える口ぶりだった。だが仮にそうだとしたら、観光客の小集団がやってきた途端に彼が見せた態度は、あまりに不自然なものに思えてくる。


師との出会いの衝撃から醒めやらぬまま、ぼくは午後8時頃プラド美術館をあとにした。にわか雨の降りしきる中、クリスマス・イルミネーションに導かれるように、水たまりを避けつつパセオ・デ・プラド通りを地下鉄スペイン銀行《バンコ・デ・エスパーニャ》駅まで歩く。あいにく傘を持っていなかったが、冷たい雨が現実に引き戻す助けにはなった。途中、軍事博物館や郵便局の軒先で雨宿りをしながら、不思議な出会いに思いを馳せた。

学生寮に着いた頃には、夕食の時間はとうに過ぎていた。食堂に入るなり、残り物の冷めた鶏肉とバゲット半分を出されたが、不満に思う余裕すらなかった。いずれにしてもずぶ濡れだったので、他の寮生たちと一緒に食べる気分ではなかったが、空腹ゆえに残り物の食事にむしろ感謝した。考える間もなくその場で鶏肉をパンに挟み、部屋に駆け上がってむさぼり食った。びしょ濡れになった服を脱ぎ、シャワーを浴びて着替えると、寮内の図書室に向かった。遅い時間だったが、幸い図書室はまだ開いていた。試験期間中で時間が延長されていたためだ。書架から手当たり次第に美術書を取り出し、机の上に山積みにする。プラド美術館で出会った師が話してくれた絵画を、たとえ小さくてもいいから寝る前に、どうしても自分の目で確かめておきたかった。

ラファエロ・サンツィオのレオ10世の肖像画は5分足らずで見つかった。ドクトル・フォベルの称賛が控えめに思えるほどの素晴らしい作品だった。作中の人物のひとりひとりに緊張と思惑が感じられ、いまにも彼らのつぶやきが聞こえてきそうだ。図版は目の前に開けた百科事典の半ページ以上を占めていた。プラド美術館の師が言っていたように、教皇が聖書のページに思わせぶりな隙間を空けているのも確認できた。『新黙示録』のメタファーか〟ぼくは大発見でもしたかのように心の中で囁くと、夢中になって目の前に積んだ書物の索引を目で追った。

《教皇レオ10世と2人の枢機卿》 1518年　ラファエロ・サンツィオ
フィレンツェ　ウフィツィ美術館所蔵

しかし一時間近く探しても、残念ながら福者アマデオや彼の書についての記述は見つからなかった。ぼくのはかない大発見は亡霊のごとく霧散した。

〝まるでドクトル・ルイス・フォベルのように消え失せた〟と一瞬思ったが、すぐさまその考えを打ち消し、別の角度から探究を続けることにした。

知らないうちに午前2時近くになっていた。ラファエロ、セバスティアーノ・デル・ピオンボ、レオナルド・ダ・ヴィンチの図版が載っている大判の美術書のほか、中世の歴史書も首っ引きで調べまくった。何時間もかけた末に答えよりも問いばかりがたまったが、少なくともプラドにあった《真珠》と同じ時期に、レオ10世を描いた画家に関する興味深い情報がいくつか得られたのは収穫だ。ほとんどの美術史家が、ラファエロの早熟な才能の開花を称えていたのには驚いた。そのうちの何人かは、ウルビーノ公国の宮廷画家で詩人だった父ジョヴァンニ・サンツィオの影響だと書いていた。その父親がラファエロを幼い頃にペルジーノに弟子入りさせ、この師が彼を当時の画家たちにとっての聖地フィレンツェへと送り出した。その地で10代だったラファエロは、レオ10世の偉大なる祖先であるコジモ・デ・メディチによって推進された哲学的・文化的な大変革に触れ、ミケランジェロとレオナルドという対照的なふたりの巨匠と出会い、まもなく彼自身も第一線で活躍するようになる。ラファエロが《聖家族》のテーマで何種類もの絵を描き、名を知らしめたのはその時期だ。彼が描く聖母は人気が高かった。従来の画家たちと違い、素朴で若く美しい繊細な女性として描いていながら、どこか親近感を抱かせる官能さがにじみ出ている。だが、あらゆる宗教論理に反してラファエロは、ほとんどの聖母像にふたりの赤ん坊を伴わせている。《彼の描く幼い洗礼者ヨハネとイエスは、ルネサンス以前の芸術作品にみられるような、神聖さに縛られた慈悲深い偶像ではない》と専門書のひとつに書いてあった。《腕白で明るい本物の子どもだ。しかしながら、彼らの間には何らかの謎と崇高さが感じられる》。注1

ぼくはその文章を幸先のよいものと捉えた。ラファエロが作品を制作するに当たって、謎めいた情報を用いていた。ほんの何時間か前にプラド美術館で、ドクトル・フォベルがぼくに示したことを裏づける記述だ。

ヨハネとイエスを双子のように描くこともその謎のひとつなのだろうか？　その時のぼくは、キリスト双子説が一部で盛んに取りざたされていたことも知らなかったことから、あまり深く考えていなかったところもある。いずれにしても、ぼくの聖書の知識をもとにして、ふたりの子どもが同じ天の父によって懐胎させられ、同一の大天使にその事実を告げられたのなら、ふたりをそっくりに描く画家がいたところで不思議ではないと思っていた。別の理由としては、『ルカ福音書』に母親同士が親戚だったと書かれていることだ。どの程度の親戚か、はっきりと言及してはいないが、中世にはマリアとエリサベツはいとこ同士とみなされていたらしい。そうなると、ヨハネとイエスはまたいとこになるから、外観が似ていたところでこれも十分ありうることだと考えた。

《岩窟の聖母》 1483 年　レオナルド・ダ・ヴィンチ
パリ　ルーヴル美術館所蔵

《岩窟の聖母》 1497年　レオナルド・ダ・ヴィンチ
ロンドン　ナショナル・ギャラリー所蔵

もちろんドクトル・フォベルの指示どおりに、《岩窟の聖母》のわかりやすい図版も探した。そこで別の驚きに見舞われた。レオナルド・ダ・ヴィンチが描いた《岩窟の聖母》はひとつだけでなく、少なくともふたつはあるということだ。一番古いのは、レオナルドがミラノに移って間もない1483年頃、サン・フランチェスコ・グランデ教会の主祭壇を飾るのに制作したもので、現在ルーヴル美術館にある作品だ。穏やかながらも威厳を備え、明らかにラファエロの《真珠》と共通する部分——特に人物たちの向き合い方——がある。しかし一方で、明らかな違いも認められる。絵を見ていて再びぼくの目を引いたのが、イエスとヨハネの相似だった。子どもらしくない顔つきで見つめ合うふたりの幼子を、聖母が守るようにしている傍らで、絵を見る側に鋭い視線を向けた天使が、子どものひとりを指差している。まるで「あなたが注目すべきはこの子だ」と言っているかのように。この子というのは洗礼者ヨハネだ。好奇心をそそられたのは、ロンドンのナショナル・ギャラリーに所蔵されている二番めの絵では、その天使の手が消えていることだ。どちらの絵の情景も、ラファエロの絵と同様に暗い。そして《真珠》と《岩窟の聖母》を並べてみると、レオナルドが、彼の最も熱心な崇拝者であったラファエロに及ぼした影響は疑いのないものに思えてくる。注2

その晩、学生寮の図書室で読んだ中で一番感銘を受けたのは、ルネサンス期の画家で建築家のジョルジョ・ヴァザーリが、著作『画家・彫刻家・建築家列伝』でローマ到着後のラファエロについて触れたくだりだった。それを読んでぼくは、ラファエロの謎が存在することを納得させられた。メディチ家支配下のフィレンツェで芸術的才能を発揮し、人々を幻惑したあと、ラファエロは友人の建築家ブラマンテの勧めで、バチカン宮殿の改修プロジェクトに加わることになった。その時ラファエロは弱冠25歳。ローマで《彼は教皇ユリウス2世に歓迎され、「署名の間」の壁画を制作する。そこでは神学者たちが世界の賢人たちとともに、宗教・哲学・占星術の融和を試みる場面が描かれている。またその中には、石板に占いや星占いの文字を刻みながら、四福音史家たち（マタイ・マルコ・ルカ・ヨハネ）に何かを告げる占星術師らしき者たちの姿も見られる》。注3

ヴァザーリが叙述しているのは、ラファエロ渾身の大作《アテナイの学堂》のことだ。ミケランジェロがシスティーナ礼拝堂の天井画を造形していた1509年前後に完成したもので、謎を解く鍵に満ちている。画面中央にプラトンとして描かれているのは、彼の崇拝するレオナルド・ダ・ヴィンチだ。また占星術師たちの間から鑑賞者を見つめる男がいるのだが、その人物はラファエロ自身だと言われている。彼のほかにも、ゾロアスター教の開祖で預言者のザラスシュトラや、天文学者・数学者・地理学者で占星術師でもあったプトレマイオス、占星術師の集団が描かれているが、その事実自体は必ずしも秘密ではなかったらしい。ヴァザーリによれば、画家ラファエロは《鏡を使って》自画像を描いたのだということだ。注4 占星術師の一員として描かれた彼の自画像の近くには、幾何学の父と称される偉大なる数学者ユークリッドの姿があるが、注5 画家は数学者の顔に、自身の助言者であったブラマンテの顔を当てはめている。

賢人ユークリッドは石板の上にかがみ込むかたちで、生徒たちに自分の定理を説明しているところだ。彼のチュニックの襟首に金のブロケードが施してあるが、よく見ると〝RUSM〟と書かれた小さな文字がある。今日ぼくらは、それがラファエロの署名だったと知っている。些細なことのようだが、当時それはかなり大胆な行為だった。どういうことかというと、16世紀に教会で奉仕していた画家たちは、自分の作品に署名するのを許されていなかった。誰ひとりとして認められなかった。当然教会側も、芸術家らを厳しく監視していた。画家たちが傲慢の罪に陥らないようにという言い分らしいが、おそらくは妬みからだろう。

では、RUSMとはいったい何の意味なのか？

いたって単純な話だった。〝Raphael Urbinas Sua Manu（ウルビーノのラファエロの手による、つまりはラファエロ作）〟の頭文字だ。

発想を駆使した偉業を前に、思わず考え込んでしまった。巨匠はこの絵を通じて、何を言わんとしていたのだろう？

はたと思い至った。ひょっとしてラファエロは反逆児だったのではないか。課された規則に抗う姿勢を生涯貫きとおしたのではないか。それも彼が最も得意とする、絵画の中に思いを託すかたちで。何の因果か期せずして、このぼくが突き止めることになったが、きっと《真珠》の作者は、自分が絵に残した手がかりを解読されるのを望んでいたに違いない。

《アテナイの学堂》1509年　ラファエロ・サンツィオ　バチカン市国　バチカン宮殿所蔵

《アテナイの学堂》詳細：(左) プラトンとして描かれたレオナルド・ダ・ヴィンチ。(中) 占星術師たちの間に紛れたラファエロ自身。(右) ユークリッドの襟首には、謎めいたＲＵＳＭの署名が隠されている。

注1　参考文献　Édouard Schuré, *Les prophètes de la Renaissance*, Perrin,París, 1920.

注2　ふたつの《岩窟の聖母》の逸話については、その後に見つかった三つめの絵も含めて、ぼくの著作『禁じられたルートと歴史に埋もれた謎』（２００７年）で一章設けて説明している。

注3　参考文献　Giorgio Vasari, *Las vidas de los más excelentes arquitectos, pintores y escultores italianos desde Cimabue a nuestros tiempos,* Cátedra, Madrid, 2002

注4　参考文献　『ミケランジェロの暗号――システィーナ礼拝堂に隠された禁断のメッセージ』ベンジャミン・ブレック／ロイ・ドリナー（邦訳：早川書房　２００８年）

注5　この人物が誰かは意見の一致を見ていない。アルキメデスあるいはピタゴラスだとする説もある。

3 新黙示録

翌日月曜日、ぼくは珍しく朝寝坊した。ひと晩中古い油絵の間をさまよっていたような、妙な感覚がまだ残っていたが、ふと昨日のことを思い出し名案がひらめいた。確かドクトル・フォベルは、ラファエロやレオナルドの傑作のいくつかにインスピレーションを与えたという写本が、エル・エスコリアルに保管されていると言っていなかったか？　鏡の前で目をこする。つまり写本はここから50キロも離れていない場所にあるってことだ。ひと目拝みに出向いてみたらどうだ？　貸し出しは無理でも、いくらなんでも見せないってことはないだろう。とにかく、やってみたところで損はない。

そうと決まったら、善は急げだ！

慌てて着替えを済ませ、布バッグにノートと愛用のカメラを突っ込むと、学生寮の階段を一段飛ばしで駆け降りた。順風満帆の気分。こんな風向きのよさは初めてだ。ドクトル・フォベルとの思いがけぬ出会いによって、何だか目の前に素晴らしい道が開けた感じがする。こういうのを〝生きた歴史の授業〟って言うんだろうな。最近ぼくが編集に関わるようになった雑誌が、いかにも好みそうなテーマでもある。幸い、ぼくが受講している講座の学期末試験は終わって、クリスマス休暇もすぐそこだ。最終講義が残っているが消化試合のようなもので、マドリード郊外の山地に遠出する案の方が百万倍も魅力ある。それに何よりも、今度プラド美術館の師に会ったら、報告できるという思いで頭がいっぱいだった。

講義をさぼる理由としてはそれでは不十分、というのであれば、ほかにも口実はある。たまたま自分の愛車を故郷から持ってきたばかりだった。3ドアの真っ赤なセアト・イビサで、寮の裏庭に停めてある。夏に運転免許を取ったものの、実家に置きっぱなしにしていたものだ。あと数日でクリスマスの休暇に入るから、衣類や本やパソコンを積んで帰省するつもりで持ってきたのだが、この何週間かまったく運転していない。いまこの時にこの場に自分の車があるのは、ほとんど奇跡に近かった。機関車みたいにうなりを上げ、寒い晩にエンジンを温めていると発電所並みに煙を噴き出すイビサだけど、サン・ロレンソ・デ・エル・エスコリアルまでの道のりはなだらかだから、きっとおとなしくしているだろう。

その月曜日、『新黙示録』の探求に向け準備万端整った。だが予期していなかったのは、彼女まで冒険に加わると言い出すことだった。

ガールフレンドがいたなんて、ハビエルも隅に置けないな、って？　正直に言うと、マリーナとはつき合っていたわけじゃない。

ぼくの彼女だったら、どんなによかったか！

かわいい女の子だった。20歳で、金髪にグリーンの瞳。好奇心が強くて、人当たりがよくて、明るくて。前の学期の半ば頃、うちの学部の講義棟で「流行」をテーマにしたイベントが行なわれた際、義理で顔を出したぼくは、ディスカッションで発言する彼女にひと目で心を奪われた。その時、彼女は〝魅力〟について、現在スペインでも日常的に耳にする〝glamour〟という単語はアイルランドの言葉で、元々はものごとを現実よりも魅力的に見せて人間を惑わす、妖精たちの魔法のことを指していたと熱心に語っていた。そんな彼女と、ぼくはもっと話がしたいと思った。その直感はけっして的外れではなかったと、いまは声を大にして言える！

マリーナは賢く素直で、そのうえ愛嬌があった。才色兼備で、おしゃれな若者というだけでなく、運動神経も抜群だった。出会って間もなく、彼女が学内一のジーンズのコレクターで、順調に行けばオリンピックの代表選手になれそうなほどの水泳選手だということを知った。だけどぼくが心底マリーナに惹かれたのは、ＳＦや宇宙探査、エジプトの歴史や人間の精神の謎といった、ぼくが興味を持っていることに対して、彼女も強い関心を示したからだ。それ以外の面ではきっと、ぼくは彼女の理想の男性像から外れていたのだろう。どうしてかというと、友達関係から少しでも進展させようとすると、決まって彼女はさりげなく距離を置こうとしたからだ。よくある友達以上、恋人未満ってやつだ。わかるだろう？　でも、ぼくも彼女を非難できなかった。その冬の始まり、試験や雑誌関連の雑務に追われて、愛車以上にマリーナのことを放っておいたのだから。薬学部の二年生だった彼女の教室は、ぼくのいる情報科学部からわずか３００メートルほどだったのに、その頃のふたりのやり取りはほとんど電話だった。

「エル・エスコリアルに行くっていうの？　今日、これから？」

彼女の声が受話器からびんびん響いてくる。マリーナは大学に行く前に自宅から、ぼくに電話するのが常態化していた。両親が出勤して、ひとりになるとかけてくる。「あなたとしゃべるのが好きだから」とよく言っていた。その言葉がぼくにとって、どんなに嬉しかったか！　だから毎朝、朝食を済ますと、８時半には寮の受付にある電話の前で、そわそわしながら待機していた。

それでその日の朝もカメラを入れたバッグを肩に、出発前に彼女と電話で話したわけだ。

「そうなんだ。それで……」ぼくは口ごもる。「戻ってきてから会えるかな？　午後にでも。都合が悪ければ別に……」

「その話、乗るわ！」ぼくの意見もそっちのけで彼女は叫んだ。「わたしも一緒に行く!!」

それまでマリーナは、自分の感情を極力抑えていたように思える。それまでぼくが自分のことや何かの話をした時にも、たびたび乗り気な態度を見せていたが、彼女の熱意がぼくに対してなのか、それともぼくが語る内容に対してなのか、正直なところ判断できずにいた。もちろん、ぼくとしては前者であってくれることを期待していた。２週間近く会わずにいたあとだっただけに、実に短絡的かもしれないが、やっぱり彼女は今日のドライブに欠かせぬ最高の伴侶だという気がした。

「遊びに行くわけじゃないよ」と一応は忠告した。「雑誌の記事を書くために、修道院の図書館に本を見に行くだけで……」

「ええっ⁉」彼女の叫びがぼくの話を遮る。「エル・エスコリアルの図書館？　修道院の図書館に行くつもりなの？　そんなの、ひと言もわたしに言ったことなかったのに？」

「そうだけど、どうして？」

「だって……行ったことはないけど、講義では名前をよく聞くから」

「本当？」

「当り前でしょ！」半分笑いながら非難する。「薬学史の先生が、その図書館には世界有数のアラブ、ユダヤ、ネイティブアメリカンの薬学書コレクションが揃っているって言っていたわ。『薔薇の名前』〔イタリアの作家ウンベルト・エーコが１９８０年に発表した小説〕に出てくる文書館よりも、ずっといい宝庫に違いないって。だから見てみたいのよ！」

　午前11時前にマリーナを自宅前まで迎えに行った。おめかししてすごくきれいだった。クリーム色で統一したコートとロングブーツ、帽子にウールの手袋という、日曜日のミサにでも行くような装いで、バラの香りの香水を漂わせていた。〝万事順調だ〟とぼくは思った。10分後、雪でも降りそうな曇天の下、ぼくらを乗せたイビサは国道4号線を首都から北西目指して走っていた。道中、先の予定を計画した。まずはサン・ロレンソのホテル・スイスで昼食をして、その足で修道院へと向かい、福者アマデオの写本と……もちろん彼女の薬学の本についても尋ねてみる……。

思いどおりに事は運んだ。試験期間中に彼女を放っていたことを責められることもなく、ぼくは道中の時間を利用して、これまでの顚末を彼女に説明できた。特にドクトル・フォベルとの出会いについては、彼女を不安がらせないように注意して話した。それでもぼくが半分冗談、半分本気で、不思議なプラド美術館の師は亡霊かもしれないと言うと、彼女は少し怯えた様子で尋ねてきた。

「怖くはないの？」

「そんなことないよ……」と微笑むぼく。「仮にそうだったとしても、頭の切れる亡霊だし、それに大の話好きだ」

ぼくらは本当に運がよかった。エル・エスコリアル修道院はプラド美術館と同様に、月曜日が休館日だった。でもそれは一般の見学のことで、聖アウグスティノ会の学校や管理事務所、研究施設は開いていて、本の閲覧も受けつけていた。大理石張りの玄関ホールにやってくる訪問者たちは、他の曜日とは種類が違う。月曜日はまるで専門家向けの日のようだった。マリーナとぼくは専門家でも何でもなかったが、大学の学生証と雑誌の信任状を見せると話がスムーズに進んだ。彼女が訪問者台帳に住所と氏名、電話番号を記す間、ぼくが別の申請書類に目を通し、《『新黙示録』閲覧のため》と訪問理由を書き込んだ。

「よろしいでしょう。では、そこの扉から入って突き当たりまで進んでください。そうすれば図書館への表示が見えると思いますので。くれぐれも道を外れないように願います」守衛は微塵の感情も示さずにそう忠告した。

ぼくらは素直に従った。

図書館は玄関ホールの真上に位置し、飾り気のない手すりつきの石の階段を上りきった所にあった。彼女のブーツのヒールの音が、階段を上っている間中鳴り響いていたのを覚えている。到着すると、司書と思しき黒い修道服《アビト》姿のいかめしい顔の男性が、クリスマスの花飾り《リース》とカードで飾られたカウンターの向こう側でぼくらを待っていた。

「いらっしゃい」黒いやぎひげが印象的な40歳過ぎぐらいの修道士は鋭い目で詮索する。「今日はどのようなご用件で？」

マリーナはがっかりしていた。そこはよくエル・エスコリアルの絵はがきで目にする、あの全長54メートルで、七つの大窓、フレスコ画が描かれたアーチ型の天井を持ち、天球儀やガラス扉つき書架（本の背表紙ではなく小口を前にして並べてある）の置かれた図書館ではなかったからだ。日刊紙や現代百科事典が常備され、部屋の隅に読書用机や卓上スタンドがいくつも置いてあるような、むしろ新しめの実用的な図書室だった。

「『新黙示録』？」ぼくがその場で閲覧カードに記入した本のタイトルを見て、やぎひげの修道士は眉をつり上げた。「写本ですか？」

「16世紀初め頃のものだと……たぶん」ぼくは自信なさげに小声で囁く。

「わかりました。写本やインキュナブラ〔ヨーロッパ活字印刷術の揺籃期である1500年までに印刷された活字本。揺籃印刷本〕は別のセクションに保管されています。閲覧カードを担当者のファン・ルイス神父に回して、そちらで探してもらいましょう。わたくしについてきてください」

図書館司書はカウンターから出ると、親切にもぼくらを案内してくれた。果てしなく続く廊下を歩き、王の中庭に面した区画に出ると、そこには執務室がいくつも並び、中では職員たちがコンピュータに向かっていた。男女とも修道服か白衣を着て、白い木綿の手袋をしていた。中央の執務室には70歳は優に超えていると思われる老神父がいて、いかにも古そうな巨大なミサ典書に覆い被さるようにして、虫メガネと鉛筆で作業をしていた。彼がいるその一角だけはテクノロジーの気配すら感じられない。

「う〜む……」何やらぶつぶつ言っている。ぼくらがやってきたことで集中力を削がれたのは明らかだ。案内してくれた司書からぼくの書いた閲覧カードを手渡されると、両手に持って注意深く見つめていた。やがて老神父が「おお、おお、この本のことはよおく知っとる」と応じると、司書は初めて微笑み、自分の持ち場へ戻っていった。

きっとその時のぼくの顔は、いつになく輝いていたのだろう。

「本当ですか？」

「もちろんじゃとも。それにしても、なぜこれを見たいと思ったのか、聞かせてはもらえんかね？」

「え、ええ……大学の課題で、珍しい本に関するレポートを書かなければならなくて」と答えたぼくは、学生証を差し出すつもりが、誤って学生寮の証明書を出してしまった。

「おおっ！　きみはマリア会の寮生か！」老神父は満面に笑みをたたえた。ぼくの住んでいるシャミナード学生寮はマリア会の創立者、ギョーム・ジョセフ・シャミナード〔1761−1850　フランスのカトリック司祭〕の財団が所有していた。「わしもここの敷地内にある学生寮に暮らしとるんじゃよ。寮生活は最高じゃろう？」

「あなたも……学生なんですか？」

アウグスティノ会士はぼくの思いつきに笑った。

「ここじゃあ誰もが永遠の学び手じゃよ。わしは芸術史の博士号を持っとるが、いまだに学び続けておる。学問に終わりはないのでな」

「頭が下がります」

「大したことではない」と謙虚に打ち消す。「いまのように寒い季節は、温かい部屋で知的な作業をするに限る。仕事がはかどるからな。まあ、もうきみはわかっとるだろうが。何しろここまで足を延ばしたわけだから。珍しい本を探すにはここが世界で一番じゃよ。きみが閲覧を希望しとるのは、確かに珍しい本だ。何と言っても、ドン・ディエゴの寄贈本だからな！」

「ドン・ディエゴ？」

「ディエゴ・ウルタド・デ・メンドーサじゃよ」そう言うと、ファン・ルイス神父はぼくらについてくるよう合図した。背中が曲がってやせこけて、修道服《アビト》の重みでいまにも折れそうだったが、老神父はうらやましいほどのエネルギーをみなぎらせていた。「誰だか知らんのか？まったく、いまどきの学校はどんな歴史を教えているんだか。ドン・ディエゴはカトリック両王の命でグラナダを陥落させた総司令官の息子で、スペイン王国内で最も重要な図書館のひとつを所有していた。アルハンブラ宮殿で育ったんじゃ。アルハンブラ宮殿は知っとるな？」うなずくぼくらをちらりと見やる。「よろしい。ドン・ディエゴが１５７５年に亡くなった際、蔵書は手稿も写本も、すべてフェリペ２世の手に渡った。王はそれを保管させるべく至宝の書架とも言うべきエル・エスコリアルの図書館に送った。まさにここにな」

ファン・ルイス神父は閉ざされた扉の鍵を開けると、電気をつけてぼくらを中へいざなった。室内には妙なにおいが充満していた。古い書物特有のにおいだ。蛍光灯のまぶしさに目が慣れてくると、内部の様子がわかってきた。40平方メートルほどの窓のない部屋で、古文書が整然とひしめく木製の書棚が交差していた。革表紙がついたものもあれば、小包のように紙ひもで縛られたものもあるが、いずれもラベルで番号順に整理されている。

「きみたちが関心を示しているのは、ここの蔵書の中でもとりわけ奇妙な一冊じゃ。エル・エスコリアルの王立図書館について語られる際には、必ずと言っていいほど話題に上る」

「まあ、そうなの？」古書の連なりを目の当たりにし、開いた口が塞がらないといった感じでマリーナがつぶやく。こんなものと対面するのは、ぼくだって初めてだ。

「フェリペ2世がこれらをみんな読んでいたなんて、想像がつかないな……」

「さもありなん。ティツィアーノが描いたフェリペ2世の肖像画の影響じゃな」呆然とするぼくたちの前で、老神父は頭を上下に振った。「いつも黒服姿ばかりで苦悩に満ちた憂い顔の男、政治家としての人生の浮沈に心を痛める敬虔なカトリック教徒、プロテスタントやトルコ人との戦いに明け暮れた王だと、学校で習ったのじゃろう。違うかね？」

　ぼくらはうなずいた。

「だが、フェリペ2世が実は、神や人間の本質を考察し、人間性の再興を目指した人文主義者で、あらゆるものごとに好奇心を示し、かなり特別な考えを持つに至ったことは、大学では教えんじゃろう」

「特別な考え？　どういったものですか？」

「嘆かわしいかな！　スペインの歴史は相当ゆがめられたかたちで認識されておる！」老神父は顔をそらして不平を洩らすと、こちらに向き直って言った。「帰りがけに、聖堂の入口にかかっている記念メダルを眺めてごらん。そこには偉大なる王が、スペイン全土の王、両シチリア王、そして……エルサレム王と記されている。フェリペ2世はことのほかエルサレム王の称号に囚われていたという。この修道院をソロモン宮殿に模して建設させたことからも一目瞭然だ。その話も聞いたことがないか？」

マリーナとぼくは首を横に振った。

「だが、それに加えて王は」ファン・ルイス神父は構わず説明を続けた。「数々の学術書に溢れたドン・ディエゴの蔵書を手に入れ、王立図書館に加えることができた。大半は奇妙極まりない書物ばかりだった。教皇レオ3世〔750頃－816〕やマヨルカの著述家で哲学者のラモン・リュイ〔1232－1315〕の著作から、予言者エゼキエルが神殿で見た幻視を説明したもの、建築の手引書、魔法書や錬金術書、天文学書まであった。それらはみな、ここに保存されている。歴史上最も賢い王とされるソロモンに近づこうと、フェリペ2世は熱心にそれらの書物から学んだ。何もかもまねしてな。愛犬にソロモンという名前までつけておった！」大らかに笑う。「そんなわけで、ここにはソロモンの知識が蓄えられている」

「……それでおそらく『新黙示録』にも興味を示したと？」ぼくは尋ねた。

「そういうことじゃ。その本はドン・ディエゴが大使としてローマに派遣されていた際、手に入れたものじゃろう。彼は君主と同じぐらい、あるいはそれ以上に賢くなっていた。16世紀にスペインで大流行した作者不詳の中編小説『ラサリーリョ・デ・トルメスの生涯』の著者ではないかとも言われている。考えてもみてごらん。王と同様、それらの謎めいた予言書に興味を示すとなれば……ああ、ここだ！」老神父はお目当ての棚に腕を伸ばした。

ファン・ルイス神父は分厚い羊皮紙の束を迷うことなく取り出すと、マリーナの両手の上に載せた。現代の小説ほどの大きさだが、見た目よりも重かった。暗緑色の高級そうな、絹のような手触りのする布で装丁してある。表紙には何も記されていない。

「どうやって見つけたの？　タイトルも書いていないのに」驚いたマリーナが訊いた。

「実は先週の金曜日、別の研究者が閲覧に来てな。取り出したばかりだからじゃよ。何年も忘れられていたこの本が続けて閲覧されるとは、何とも興味深い」と修道士は答える。「きみたちは彼と一緒に研究しているのではないのかね？」

マリーナとぼくは、どう答えてよいやらわからず、顔を見合わせた。

「まあいい。気にしなさんな」と言うと、老神父はぼくらを室内中央の広々とした机まで連れて行った。「いずれにしても、歴史家たちはわが道を行くものだからな」

「そういうことです、神父さま」と彼女は同意した。

でも、ぼくの方は好奇心を抑えられなかった。

「それは奇遇だな！　その人の名前、わかりますか？」

「いやいや！　わしはこのところ、とみに記憶力が低下していてな」こめかみに人差し指を当てて老神父は答えた。「18世紀以降のよくある名前だったとは思うが。必要ならば、あとでわしの方で探しておくよ」

フアン・ルイス神父はマリーナから古文書を受け取ると、書見台に載せ、ページをめくれるよう、ぼくらに手袋を貸してくれた。

「きみらは幸運じゃよ」と老神父は告げる。「いまや自由に読むことができるからな」

「前はだめだったの？」

何の疑いもなく無邪気な調子で尋ねるマリーナに、気持ちが和んだらしい。

「そういうことだ、お嬢さん」とアウグスティノ会士は微笑む。「これは予言書で、書かれた当時、政治的に非常に微妙な内容だった。欄外見出しを読んでごらん。ここにあるから」老神父の指は表紙の内側に貼りつけられた灰色の紙を指していた。「この修道院の昔の修道院長が二百年ほど前に手書きで記した注だ。本の内容を吟味したあと、書かれたものじゃ」

マリーナとぼくは好奇心満々で読んだ。


《神の啓示というよりはラビの錯乱、カトリック教会の教義というよりは一分派の不適切で価値なき問答だというのが、この文書に与えられる最も寛大な評価である。よって〝聖なるアマデオの黙示録〟と題される本書は閲覧禁止とし、希少な作品としてでも聖遺物としてでもなく扱い保管することを命ずる。

1815年5月5日　修道院長シフエンテス

図書館のMM.SSに分類・保管すること》

「それでしまわれていたのね……」グリーンの瞳を見開いて、マリーナが言った。

「厳重に封印されてな」と老神父が応じる。「この部屋にある他の多くの文書もそうじゃ。実際ここは禁書部門を有するキリスト教圏で最初の図書館じゃった。要するに世界初とも言えるが」

「どれぐらいの間、人目に触れなかったのですか、神父さま？」

「その問いに答えるには閲覧記録を見なければならん。わしはここに勤めておよそ20年になるが、その間、閲覧を希望してきたのはきみらで2番めだ」

「本当ですか！」ぼくはひどく好奇心をくすぐられた。

「何しろわし自身が文書を目にしたことがなかったからな」

「神父さま、できる時で構いませんから閲覧記録を調べてもらえませんか？　先日閲覧に来た人が誰だか、どうしても知りたいんです。お願いします」

ぼくはノートを取り出し、自分の名前と住所を書くと、そのページを破り取って神父に差し出した。

「わかった、わかった、心配せんでよい」執拗なぼくの態度に面食らった様子でファン・ルイス神父は了承すると、ノートの切れ端を受け取り、修道服《アビト》の中にしまい込んだ。「調べておくから任せなさい」

「開けてみてもいいですか？」マリーナが口を挟んだ。

「もちろん構わんが、きみたち、ラテン語は読めるのかね？」

「ラテン語!?」

「そう。『新黙示録』は全編ラテン語で、スペイン語はいまきみたちが読んだ注だけじゃよ。先日やってきた閲覧者が言うには、スペインの公共図書館が所蔵するこの書の写本は全部で三つあり、残りのふたつは国立図書館が持っとるが、いずれもウェルギリウスの言語、すなわちラテン語で書かれているそうだ」誇らしげな表情を隠すことなく微笑する。「だが、一番古いのはここにある写本じゃ。最初のページに書かれたタイトルはもう読んだかね？〝Apocalipsis sancti Amadei propria manu scripta（聖なるアマデオの黙示録　著者自身の手稿）〟」

ぼくにわかるように神父が指で示した、几帳面な文字を目で追った。

「これってまさか……オリジナルじゃあ!?」

「いやいや、それはない！　写本に箔をつけるために書き加えたものじゃろう」老神父は舌打ちした。「タイトル自体、本文と同時期のものかどうか怪しいもんじゃ。全体を眺めればわかると思うが、さまざまな字体が入り混じっとる。しかも時代の違ったものがな……中には非常にごちゃごちゃして、ほとんど解読不能なものもある」

「わたしたちが読むのを手伝ってくださいますよね、神父さま？」

マリーナは顔にかかった髪を耳にかけると、甘いまなざしで神父を見つめた。

彼女の誠意が伝わったのか、それとも最初から助けてくれるつもりでいたのか、老神父は椅子を三脚運んでくると、ぼくらに席を勧め、自分も隣に座った。メガネをかけ、小さなプラスチックの虫メガネを取り出すと、写本をめくった。

ファン・ルイス神父はまさに天からの贈り物だった。何しろ母語よりもラテン語を読む方が得意で、福者アマデオの生涯についてもよく知っていた。彼のおかげでその日の午後、エル・エスコリアル修道院の写本室の薄暗がりで、ぼくは福者アマデオに強く惹かれるようになった。彼がジョアン・デ・メネセス・ダ・シルバ、アマデオ・イスパノ、アマデオ・デ・ポルトガル、アマデオ・ダ・シルバとも呼ばれていたことや、ポルトガルの貴族の家の出で、１４２０年にセウタで生まれ、１４８２年にミラノで死亡したことなど、さらなる情報も得られた。

老神父の話では、アマデオは奥義を継承している家系に生まれた神秘家で、聖ベアトリス・ダ・シルバの兄だという（ベアトリス・ダ・シルバはコンセプシオン修道会の創設者だ。同修道会の修道女〝青い衣の女たち〟は、一貫して聖母マリアの無原罪の御宿りを擁護し、後年カトリックの教義にそれが盛り込まれることになった）。アマデオは当初グアダルーペ（現在のスペイン・エストレマドゥーラ州カセレス県）にあるヒエロニムス会の修道院に入ったが、異教徒たちを回心させるべく、イスラム教徒の支配するグラナダに移る。運よく彼が殺されることはなかった。きっと常軌を逸した者だと勘違いされ、命拾いしたのだろう。ところが彼は、それで断念するどころか宣教師としての使命感を燃え上がらせた。キリスト教国に戻ると、ウベダ（現在のスペイン・アンダルシア州ハエン県）でフランシスコ会に入り直し、そこからイタリアのアッシジに旅立ち、イタリアで輝かしい業績を残すことになる。修道院をいくつも創設し（アマデオ派という一種の修道会まで始めた）、フランシスコ会出身の教皇シクストゥス４世の私設秘書に上り詰め……ついには〝天使教皇〟の予言者にまでなった。

ファン・ルイス神父がしてくれた説明はどれも素晴らしかった。福者アマデオは最後の審判の時が近づいているという考えに囚われていた。世界終末は数年以内に起こるから兆しに注意するように、と文書の中でも読者に警告している。とりわけぼくの関心を引いたのは、《世界終末が迫ると、キリストが聖体によって顕現するように、聖母が絵画を通じて完全なる輝きのうちに顕現する》という思想だ。アマデオはこんなことも書き残している。《それらの特別な絵は至る所で奇跡をもたらすだろう》と。注1

一時間近くやり取りした末に絵の話題が飛び出したので、ぼくはファン・ルイス神父に尋ねてみる気になった。

「神父さま、お尋ねしますが」ぼくはもどかしげに、椅子の上で体を動かした。「聖母が絵を通じて現れるという彼の思想の影響で、ラファエロやレオナルドといった画家たちが聖母像を何枚も描いたということは考えられますか？」

「ラファエロ？　ウルビーノの巨匠ラファエロか？」老神父は写本から視線を上げると、大きく目を見開いた。「それとレオナルドとは……ダ・ヴィンチのことか？」

　ぼくはうなずく。

「何を隠そう、イタリア・ルネサンスはわしの論文のテーマでな」

「それは願ってもない！」ぼくは自分の運のよさが信じられなかった。

「確かに偉大な画家たちが、この写本を注意深く読んでいた形跡はある」

「神父さま、いったいどんな？」やはり好奇心をそそられ、マリーナが訊いた。

「たとえば《岩窟の聖母》の場合……レオナルドは、福者の教えからインスピレーションを受けて、あの有名な祭壇画を描いたふしがあるんじゃよ」自身の言葉を強調するように、老神父は『新黙示録』の表紙を叩きながら続けた。「その絵を誰が何のために依頼したか知っとるかね……？　どの美術書も口を揃えてたわ言を語っとる。レオナルド・ダ・ヴィンチ、ジョヴァンニ・アンブロージョ・デ・プレディス、弟のエヴァンジェリスタ・デ・プレディスは、ミラノのサン・フランチェスコ・グランデ教会にある〝無原罪の御宿り〟礼拝堂に三連の祭壇画を描く契約を結んだ。中央の絵には天使たちに囲まれた幼子イエスと聖母、ふたりの預言者を、あとの2枚には楽器を奏でる天使たちを描くよう契約書には記されていたとな〔注2〕だが何らかの理由で、レオナルドは契約を守らず、自己流に描いて納品した。もちろん多くの美術書でも詳しいことは語られていないが……。実を言うとわしも、研究を終えたいまもなお、はっきりとした結論には至っておらん」

「お願いです、神父さま！」ぼくはすがりついた。「どんなことでもいいから教えてください」

「どの美術書にも書かれていないのは、福者アマデオの亡くなった翌年に《岩窟の聖母》が描かれたという事実じゃ。しかも福者はミラノで亡くなっただけでなく、以前（１４５４〜１４５７年）その教会から目と鼻の先に暮らし、そこで『新黙示録』を執筆した」アウグスティノ会士は語気を強めた。「そして最も重要なのは、福者の葬儀がまさにその礼拝堂の祭壇前で行なわれたことだ。おそらくレオナルドは、福者アマデオの思想を称える絵を依頼されたのではないか、とわしは見ている。聖母子とふたりの預言者うんぬんというのは、美術史家たちの流言にすぎず……」

「ちょっと待ってください！」ぼくは説明を中断させた。「それはどんな思想なんですか？」

「いわゆる……」ファン・ルイス神父は、聞きたくてうずうずしているぼくらの前で、悠々とメガネを外すとあご先を撫でてから話を続けた。「洗礼者ヨハネに関する特異な思想じゃ。福者アマデオはイエスがヨハネの指導下に生まれたと信じていた。ヨルダン川でイエスに洗礼を施したのはヨハネで、その逆はありえない。だがそのイエスとヨハネの関係というのは表向きで、実際には、イエスとペテロばかりを重視していたローマ・カトリック教会を批判する緻密な方法だったと思われる。教会が汚職や策略にまみれていたその不幸な時期、福者アマデオをはじめとするフランシスコ会士らは、どうにかして隠遁者ヨハネのような清貧への回帰や、荒野の幻視家という本来の彼の価値の復権を図ろうとしていた。この絵はそれを表現したものじゃろう」

〝危険で書き表せなかった考え〟と、美術館で説明してくれたドクトル・フォベルの言葉を思い出した。

「それらがみんな、その絵の中に?」マリーナは信じられないといった調子で言った。

「そうか!　いまの説明ではっきりわかったぞ!」ぼくは飛び上がった。「レオナルドの絵に出てくる天使は、人差し指でふたりの幼子の一方を指差し、どちらを崇めるべきかを、絵を見る者に示している。示されているのは洗礼者ヨハネの方だ。間違いない」

「それだけではない」と老神父は言った。「レオナルドは作品の趣旨を説明した際、ガブリエルによって告げられたふたりの幼子の出会いを表現したと言っている。聖家族がエジプトへ亡命している間のことだ。当然その場面は、福音史家たちが福音書に記したものではない。福者アマデオの著作と外典福音書の『偽マタイ福音書』を連想させるものだ」注3
「レオナルドが『新黙示録』と接点があったことは疑いないな……」とぼくはつぶやく。

「疑う余地などない。証拠はここ、マドリードにあるのじゃよ」老神父はそう言いながら写本を取り上げ書架に戻した。

「本当に!?」

「ああ、そうじゃ。国立図書館にふたつだけ保管されているレオナルドの手稿のひとつに眠っとる。そんな手稿がスペインにあるなど誰ひとりとして思いもしなかったが、1965年にレオナルド直筆のノートが2冊、書庫の奥で発見された。そこには巨匠が工房に所有していた蔵書の完全なリストが含まれていてな。彼自身の手ではっきりと、Libro dell'Amadio と書かれておる。残念なことに所在は不明だが、それは間違いなく福者アマデオの文書じゃよ」

「もしかしたら、これだったりして」マリーナが棚に収まった『新黙示録』を指差した。

「そう思うかね？」アウグスティノ会士はいたずらっぽい目をして笑った。「本当だったら素晴らしいがの。いま、偉大なるレオナルドの個人蔵書のひとつについて話したが……」

「ラファエロは？」ぼくは話の腰を折った。「ラファエロもやはり『新黙示録』を手に入れたのでしょうか？」

老神父は居住まいを正した。

「ラファエロのことはわからんな。現在プラド美術館にある彼の絵は、元々この修道院に保管されていたものじゃが。ウルビーノの巨匠が福者の思想の流れを汲《く》んでいたとしても不思議でない」

「それに、彼が《聖家族》をたくさん描いたのだって、世界終末の前に聖母が現れやすくするためかもしれないでしょ」

再び飛び出たマリーナの珍説に、神父とぼくは返す言葉もなく噴き出した。ところが実はそれが、プラド美術館の師がぼくに説明しようとしていた絵を理解する鍵だったんだ。

まもなくぼくは、そのことを自分で確かめることになる。

注1　この思想は、福者アマデオやその時代に特有のものだと主張する専門家たちもいる。最近の論文には次のようなものがある。Martijn van Beek, «The Apocalypse of Juan Ricci de Guevara. Literary and iconographical artistry as mystico-theological argument for Mary's Immaculate Conception in Immaculatae Conceptionis Conclusio（1663）», en el *Anuario del Departamento de Historia y eoría del Arte de la Universidad Autónoma de Madrid*,22（2010）

注2　1483年4月23日付の契約書で、公証人アントニオ・デ・カピターニによって作成されている。レオナルドがミラノへ到着後、最初に結んだ契約である。

注3　『偽マタイ福音書』18章には、聖家族がエジプトへの道中、岩窟に立ち寄ったエピソードが出てくるが、洗礼者ヨハネに関しては明示されていない。

4　目に見えないものを見えるようにする

休暇前の最終火曜日はとんでもない一日になった。エル・エスコリアル修道院で『新黙示録』について学んだぼくはすっかり興奮して、一刻も早くプラド美術館に行って、自分の〃導き手〃に、彼の新弟子が指導に値する者だと示したくて仕方がなかった。そこで一日の日程が、効率よく済ませられるよう計画を立てた。午前中は情報学部の講義に出て、昼はマリーナと薬学部で一緒に昼食を食べる。その後、雑誌の編集長エンリケ・デ・ビセンテに電話をして、フエンカラル通りにある編集部に今日は顔を出せないと、もっともらしい言い訳をする。そうすれば午後4時30分には、ドクトル・フォベルを探しに美術館へ行かれる。ところが、不測の事態で計画が大幅に狂った。ほんの些細なハプニングだったが、それ以来ぼくは自分の身に起こることは、何ひとつ偶然ではないと思い始めるようになった。

いったい何があったのか、これからお話ししよう。

ジャーナリストの卵であるぼくら情報学部の学生は、つね日頃から現実に目を光らせていなければならない。その頃世界情勢はかなり緊迫していた。8月にイラクがクウェートに侵攻し、国連安全保障理事会がイラクに対し即時撤退を求め、経済制裁を科したが、サダム・フセインは応じなかった。ほんの2週間前に安保理が武力行使を認可したばかりで、新聞各紙はこぞって最悪の事態の可能性を報じていた。アメリカ合衆国がペルシア湾に航空母艦3隻を向かわせ、他国へも軍の派遣を呼びかけている。多国籍軍が出揃えば、開戦を待つのみ。事態は一触即発の様相を呈していた。

戦争はジャーナリズムの分野における最大の媚薬だと習ったが、まるで突然誰も彼もが狂ってしまったかのようだった。活発な活動が講義室や廊下で展開された。学部の中庭では軍事作戦を非難する反戦集会が、別の場所ではクウェートと何らかのつながりを持つ教員や学生たちによる奇妙な〝平和会議〟が即席で開かれた。キャンパスの政治熱を煽るため、プラカードや宣伝ビラ作りに専念している者たちもいた。そこへミハイル・ゴルバチョフが、ソビエト連邦内の〝対応に追われて〟ノーベル平和賞の授賞式への参加を見合わせるというニュースが飛び込み、学生たちは色めいた。多国籍軍のバグダード攻撃は必至だと誰もが信じて疑わなかった。また、サダムが隣国イスラエルに報復攻撃を行なえば、第3次世界大戦に発展しかねないとも。

実際、ぼくも無関係ではいられなかった。自分の中での最優先課題は目下、500年前の歴史であり、国際政治ではなかったが、現代史の講師にこんな依頼をされ、熱狂の渦中に引きずり込まれてしまった。《きみだったな？　いつだったか講義中、すでにヨーロッパでは、この戦争についての予言が出回っていた、とコメントしていたのは》。講義をしながらドン・マヌエルが、こちらの方ばかりを見ていた理由がわかった。《明日の講義では、そのテーマでグループ討論をしたい。叩き台となる論述を準備してきてくれないか？　きっといい討論になると思う》

急な申し出に参ってしまった。ぼくは日曜日からずっと予言のことしか考えていなかった。テーマ自体はそれなりに当たっていたが、ぼくがコメントしたのは学期初めのことだ。いまさらどうして？　よりにもよってこんな時に！　何が彼にぼくのことを連想させたんだろう？　ぼくにとっては運悪く、現代史はいまいち成績が振るわない科目で、教師にゴマをすってポイントアップを図るか、いっそ拒否してルネサンスの予言者たちを追い求めるか、苦渋の選択を強いられた。

結局、背に腹は代えられず、しぶしぶ承知した。

それからその日の午後いっぱい、はやる気持ちを抑え、『新黙示録』のことも、《岩窟の聖母》のことも、エル・エスコリアルのことも、そして、またしてもマリーナのことも忘れて、ぼくはひたすら幻視家たちや聖母のメッセージ、ノストラダムスの4行詩や現代のさまざまなタイプの予言者たちと格闘した。その時点では、それらに費やしたことで、興味深いことを学ぶ結果になるとは思ってもいなかった。

午後5時頃には、翌日の講義で発表する考えはだいたいまとまっていた。ぼくはヨーロッパに予言が席巻していたラファエロの時代と、湾岸戦争直前の現代が思ったほどかけ離れていないのではないかと仮定した。そこで学部の資料室に行き――当時はインターネットもグーグルもなく、まだ大学のコンピュータは宝の持ち腐れ状態だったから――、オスマン帝国のスルタンたちが地中海沿岸のキリスト教国を脅かしていた時代と、現代を関連づけられそうな記事を手当たり次第に集めた。中でも至上唯一、予言能力を発揮したと思しきローマ教皇、〝よき教皇〟ことヨハネ23世の記事が出色だった。偶然資料室が所蔵していたイタリアのジャーナリスト、ピエール・カルピが70年代半ばに出版した著作によると、1935年頃、当時司教でトルコとギリシアの教皇使節だったアンジェロ・ジュゼッペ・ロンカッリは、七つの夢を見たことで人知れず幻視家となった。夢の中で彼は《髪が真っ白で細面、肌の色が濃く、優しくも貫くようなまなざしをした[注1]》ひとりの老人と話をした。老人は彼に、人類の未来が書かれた2冊の本を見せた。後日、驚くべきことに夢に出てきた老人が、トラキアの海岸沿いにあった教皇使節の瀟洒《しょうしゃ》な邸宅に訪ねてきて、薔薇十字団に入団するようロンカッリを説得、彼はその地で予言を執筆することになった。青い紙にフランス語で書かれた予言の一部をカルピは入手した……というのも、その謎の老人がカルピのもとにも現れ、いくつもの試みをした末に、カルピが情報を委ねるに足る人物であることを確信したからだという。

信じがたい話かもしれないが、未来のジャーナリストたちの前で発表するにはおあつらえ向きでもある。誰も知らない情報を知りえた場合に、いかに暴露したい誘惑を抑えて情報源を保護し、秘密を守るかという問題にもつながるからだ。ロンカッリの件を調べれば調べるほど、ぼくはそれが福者アマデオの恍惚にも似ているように思えてならなかった。双方の話の概要はほとんど同じだ。大天使ガブリエル、あるいはどこから来たかわからぬひとりの老人が現れて、教会に所属する男に人類の未来を知らせる。アマデオは合計8回の恍惚、未来のヨハネ23世は7回の夢だった。ぼくは単なる好奇心から、そのうちのふたつの夢をエル・エスコリアルに持っていったノートに書き写した。ひとつは《半月、星、十字架が対決し、何者かが黒い十字架を掲げる。王子の谷から盲目の騎兵たちがやってくるであろう》、もうひとつは《巨大な兵器が東洋で炸裂し、永遠の傷がもたらされるであろう。忌まわしいその傷跡が世界の肌から消えることはない》だ。[注1]

午後だいぶ遅くなってひととおりの作業が終わり、残照が大学のはるか向こう側に消えゆく頃、ぼくは複雑な心境でキャンパスをあとにした。期せずしてこの3日間、教皇や絵画、予言について調べることになったのは偶然だろうか？

ドクトル・フォベルだったら何と答えるだろう？

それともすべては、プラド美術館でぼくの前に出現したその謎の老人——不意にカルピの描写と似ていることに気づいた——のしわざだろうか？

午後6時50分、嫌な予感を胸に美術館に到着した。寒さのせいではない。予定外の依頼に半日以上も振り回されたことで、師と会って話をする時間が閉館までの1時間しか残されていなかったためだ。道中、地下鉄の車内で散々揺られながら、ぼくは最悪の事態を想像していた。ロンカッリの夢に出てきた老人がピエール・カルピにしたように、フォベルがぼくを試した可能性はある。時間内に着けなければ、絵画の謎に近づく大きなチャンスを逃してしまうのではないか。約束どおりドクトル・フォベルに会いに行かなければ、彼とは二度と会えないかもしれない。

全力疾走して、クリスマスの飾りがきらめくベラスケスの扉から美術館の懐へと飛び込んだ。脇目も振らずに左に折れると、イタリア絵画の展示室を探す。前回ぼくらが別れた場所、《真珠》の前だ。しかしそこに師の姿はない。

彼はいなかった。

脈拍が速まるのを感じながら、周囲をきょろきょろ見回し、必死になってその日最後の来訪者たちの間に黒いコートを探す。もしかしたら謎めいた師が、ボッティチェリやデューラーの作品を眺めて時間をつぶすことにしたかと思い、隣接する展示室にも行ってみたが、無駄足だった。残るは13号展示室だ。日曜日の別れ際に「わたしのお気に入りの部屋だ」と言っていた。すぐさま場所を確かめるべく、壁に貼ってある案内パネルに近づいた。

館内の配置図はさほど複雑ではなかった。74の展示室が地上階と1階〔日本の2階に相当〕に分かれている。それにしても、13号展示室はいったいどこにあるんだ？

「13号展示室？」

近くにいた若い女性監視員が、切羽詰まった様子で尋ねるぼくを上から下まで眺めた。まるで他の惑星のことでも訊かれたかのような形相だ。

「そこで友人と待ち合わしているんです」相手の不信感を払拭すべく、ぼくは説明した。するとと女性監視員はクスクス笑った。

「何がそんなにおかしいんです？」

「だって、この美術館に13号展示室なんか存在しないもの」と言うと、ぼくにウインクしてみせた。「かわいそうに。あなた、はめられたのよ！」

一瞬耳を疑った。スペイン王国最大の文化施設、国立プラド美術館が不吉な数字を展示室につけるのを避けていたとは。航空会社が機内の座席に13列めを作らず、ホテルが13階を飛ばして12階の次を14階にするのと同じように。

呆然とするぼくに、女性監視員はとどめを刺した。

「探しても無駄よ。元々ないんだから」

その晩、ぼくは空虚、無というものが何たるかを学んだ。自分が出口のない袋小路にはまり、乗り越えられぬ壁が目の前に立ちはだかったような気分。

どうしたらいい？

フォベルは悪趣味な冗談でぼくをからかったのか？

それとも、これも試みの一部だろうか？

出会った時から、フォベルは――どうしてかなど誰にもわからないが――70年代初頭、ルクセンブルクに近いフランス北東部メスの大聖堂前で、若かりし日のクリスチャン・ジャックが出会った師を思わせるところがあった。彼の話はぼくには衝撃的な内容だった。まだ今日のような世界的な作家にはほど遠かったジャックが、ある時大聖堂のレリーフに見入っていると、《中背で肩幅が広く、白髪混じりの》注2――またピエール・カルピが記したのと同じ――老人が近づいてきて案内役を買って出た。老人はピエール・デルーヴルと名乗った。直訳すると〝作品の石〟。石工だったフリーメーソンを彷彿させる名前だ。正体はともかく、その人物がジャックに初歩的な図像学〔絵画や彫刻といった美術表現の意味や由来などの研究。イコノグラフィー〕の手ほどきをし、キリスト教の大聖堂全体を理解する目を与えた。それ以来、作家は大聖堂を神に近づくための〝仕掛け〟として見るようになったという。

けれども、デルーヴルの教えは無料《ただ》ではなかった。ジャックは自分が真に教えを授かるに値する人物かどうかを師に示したうえで、学んだことを世に光を与えるために使い、混乱を撒き散らすためには用いないことを約束している。

フォベルもそれと似たようなことを、ぼくにしていたのだろうか？

あの頃、情報の雨あられに見舞われたぼくは、亡霊を見るようになっていたのだろうか？

絵が好きな若者と会話のひと時を持とうだなんて、よほどいい人にしかできないことだ。

話を元に戻そう。とにかく落ち着け。想像力の手綱を引いて、感情的になるのを抑えるんだ。師がぼくの前に現れる必要があるなら、きっとそうするに違いない。今日でなければ明日か明後日、もっと時間のある時に。現れなければ、この作り話は永久に忘れることだ。要するに、試みに遭ったというのは単なる自分だけの幻想だったとあきらめるんだ。そう気持ちを奮い立たせ、《真珠》の展示されている部屋に引き返した。師に会えるかどうかは別として、前回、多くを学んだ数枚の絵を鑑賞すれば、少しは心が静まるだろう。どの絵を眺めても損はない。いずれも巨匠が見る側に、精神的体験をうながすのを目的に制作したはずだから。

ぼくが選んだのか、逆に選ばれたのかはわからないが、そこで目を留めたのは《樫の木の下の聖家族》だった。

この絵は日曜日にフォベルと分析した《真珠》とよく似ていた。同じ聖母とふたりの幼子が集合体の核となっている。聖エリサベツは描かれていない。最初に目にした時から彼女の不在に違和感を覚え、個人的な感情も相まって、場面に気まずさを感じた。

待つのをあきらめ、ぼくは本能のおもむくまま絵の謎に意識を向けた。

当初はさほど重要視していなかったが、《聖家族》を見つめて5分もすると、気まずさ——師の不在と重なったせいだとみなしていた——は得も言われぬ不安に変わった。

〝変だな〟ぼくは目をこすった。〝どうしてこんなふうに感じるんだ？〟

そのわけを突き止めるべく、絵の構図に注目した。《真珠》はレオナルドの《岩窟の聖母》と同様、人物が三角形を描いて集まっているように見えた。だがこの《聖家族》は斜めに配置され、人物が分散していく感じがする。ということは、〝まとまりのなさ〟がぼくの不安の原因だろうか？　〝いや違う〟とぼくは却下した。場面はいたって牧歌的な雰囲気で、脅威を感じさせるものは何もない。《真珠》ではほとんど陰に隠れていたヨセフが、この絵では物思いに耽《ふけ》りながらのんびりと子どもたちを眺めている。彼らを待ち受ける未来を予感していないのか、心配している様子はない。背景には《真珠》ともよく似た夜明けの様子が描かれている。ふたりの幼子が、やがて人類にもたらすことになる曙光の兆しだ。

情景は実に穏やかだ。少々物憂げでも、心休まるものに見える。

なのにぼくの中に平穏さが感じられないのはなぜだろう？

「何だって？　不安に駆られて仕方がないって？」

ドクトル・フォベルの厳かな声に、はっとして振り返る。そこには師が立っていた。それこそ無から現れ出たかのようにして。

「また会えてうれしいよ」と温かく言い加えた。

ぼくは真っ先に足元を確認した。亡霊には足がない、と何かで読んだことがあったが、もちろんフォベルには足があった。バックルつきの英国製の革靴を履いていて、ぼくの耳に靴音が聞こえなかったのは不思議だったが、前回とまったく同じ恰好をしていた。

「この絵がある種の不安を感じさせるのはもっともなことだ……」まるでぼくの心理状態を見透かしたかのように師は言った。

ぼくは彼に微笑んだ。おそらく驚きを取り繕おうとして無理に笑顔を作ったのだと思う。師は約束どおり初回とまったく同じ場所に登場した。もしかすると美術館の展示室が空になるのを待っていたのかもしれない。なぜなら彼が現れた時、その場はほぼ完全な静寂に包まれていたからだ。師は言葉を続けた。

「……それはこの絵のメッセージが、日曜日に保留の課題とした《岩窟の聖母》と同様、非常に怪しいものだからだ。覚えているかね？」

ぼくはうなずいた。

「その怪しさはどこから来るか、わかるかね？　絵をよく見てみるんだ」

言われたとおりにしたが、何も口にはしなかった。

「いいか？　ひと時で構わないから、キリスト教的な考え方を棄てて想像してほしい。宗教的な事柄を無視して眺めてみると、この絵はふたりの子どもがいる家庭の図に見えるだろう。だがきみも、何百万人ものキリスト教徒たちも承知しているように、イエスはひとりっ子のはずだ」

〝そうか！〟ぼくは心の中で叫んだ。〝どうしていままで気づかなかったんだろう？〟

「まだある。子どもたちに注目してくれ。柳製の揺りかごにも。前に《真珠》で見たのと同じ

《樫の木の下の聖家族》 1518年　ラファエロ・サンツィオ
マドリード　プラド美術館所蔵

ものだ。唯一の違いは、両方の子どもが片足をシーツの上に載せているところだ。そのシンボルを読み取るのに、何も天才である必要はない、そうだろう？　両者は同じ揺りかごに由来する、つまり同じ家系に属していると、ラファエロは伝えているんだ」

「大天使ガブリエルのね」ぼくは悪気もなく洩らした。

フォベルはぼくの肩に手を置いた。身体《からだ》に戦慄が走る。

「冗談で描いた絵ではない。20世紀初頭、オーストリアの哲学者ルドルフ・シュタイナーは、なぜルネサンス期の画家たちが聖母とともにそっくりなふたりの幼子を描くことに固執したのか、ようやく納得できたという。ラファエロやレオナルドだけではない。ティエポロ、フェルナンド・ヤニェス・デ・ラ・アルメディナ、フアン・デ・フアネス、ベルナルディーノ・ルイーニ、ルーカス・クラナッハ（父）、ペドロ・ベルゲーテなどなど、諸々の画家たちだ。ひとりの母親と瓜二つなふたりの赤ん坊を描くことは、暗黙の習慣と化した。まるで画家たちが、その時まで隠されていた何らかの知識を得て、作品を依頼してきたパトロンたちとそのことを共有したがっているかのように。もちろん、巧妙な方法を使ってだ」

ぼくは持っていた愛用のノートに《ルドルフ・シュタイナー》と殴り書きした。

「それは『新黙示録』とは違う知識なんですか？」

「ああ、違う。実際シュタイナーにとってそれらの絵は、ふたりのイエスが存在することを示すものだった。ガリラヤでほぼ同時に別々の家庭に生まれ、隣人として育ったふたりのメシアだ。ただし、その事実は世間に隠されることになった。シュタイナーが講演会で語った説明によると、原始キリスト教共同体が不必要な分裂を避けるために隠すことにしたのだそうだ。それから何世紀も後に、その秘密を手にした者たちが、それを図像の中に盛り込んで示唆し始めた。スキャンダルもしくはさらに最悪の事態を避けるため、幼子ふたりのうちひとりを洗礼者ヨハネだと装ってね」

「ふたりの幼子イエス!?　使徒トマスがイエスの兄弟ではないかという話は聞いたことがあるけれど。トマスという名がアラム語で〝双子〟を意味するからとかいう……。注3　でも、あなたがおっしゃっていることは、それよりもっと信じがたい。そんなの、ナンセンスだ！」

「そうやって決めつけるのはよさないか」師は重々しい口調でたしなめた。「しっかり目を見開き、先入観によらず世界を見つめ、つねに情報収集に努めよ。その後、どこに真実があるか、自分自身で見極めよ。それが崇高なる道を歩む者の鉄則だ」

その言葉が、自分をはるか遠くまで運んで行くことになろうとは考えもしなかった。当時ぼくが、シュタイナーについて知っていたことなどたかが知れている。高い評価を得た哲学者でゲーテの信奉者、作家で芸術家、バイオダイナミック農法や、病気を心身のバランスの乱れと捉える治療の推進者で、自由ヴァルドルフ学校における独自の教育で有名、ということぐらいだった。絵を描き、彫刻し、執筆し、建築物まで考案した20世紀のレオナルド・ダ・ヴィンチは、伝統的な学習だけでなく直観的な部分も重視し、感情面から芸術にアプローチする教育システムを構築した。フォベルの口から彼の名前が出たことで、期待感が湧いてきた。実は、ふとしたきっかけから、彼のことを語らせたら右に出る者はいない人物を知っていた。シュタイナーの名を丸で囲んで強調し、横に《ルチア》とメモする。

ヒントを書いたノートをバッグにしまい込むと、一日中彼に話したくて仕方がなかった話題を切り出した。

「鉄則に〝情報収集に努めよ〟が含まれていてよかったです。すでに実践しているから」

「本当か？」

「ええ。エル・エスコリアルの図書館に行って、『新黙示録』をこの目で確かめてきました」と報告する。「いまでは、あの本がどのようにレオナルドやラファエロにインスピレーションを与えたかも、ダ・ヴィンチがその本を持っていたことも知っています」

その報告は師にとっては爆弾発言だったらしい。彼の表情が変わると同時に瞳孔も大きく広がった。

「何と……」フォベルは言葉に詰まる。「そいつは驚きだ」

「それに」自分のペースに持ち込めたように感じ、勢い余って口にした。「先週、修道院で福者の本を閲覧したのはあなただったのですか？」

師の黒い瞳が一瞬きらめいた。

「いや、行っていないが。どうしてそんなことを言い出すのかね？」

「え?……」慌てて弁解する。「い、いえ、勘違いでした」

「ラファエロについては?　彼と『新黙示録』のつながりをつかんだか?」

がっかりしたようにぼくは首を横に振った。

「それはどこにも答えがなくて」

「実に単純明快なことだ。エル・エスコリアルの図書館は誰が管理していた?」

「アウグスティノ会の修道士たちですが」

「きみには語らなかったか?」

「何をですか?」

「ローマにおけるラファエロ・サンツィオの主《おも》な指導者のひとりが、聖アウグスティノ会の総長エジーディオ・ダ・ヴィテルボだったと」

「いいえ、聞いていません」

「だとすると、教皇ユリウス2世の司書だった、トマッソ・インギラミのことも聞いてはいないだろうな」

「はい」

「両者は、ラファエロの同郷人、ドナート・ブラマンテの推薦で若き画家ラファエロをユリウス2世の宮廷に迎え入れた。《アテナイの学堂》の絵画計画を監督したのも彼らふたりだ。どちらもマルシリオ・フィチーノ〔1433－1499〕の信奉者だった。フィチーノは人文主義者で哲学者・神学者。プラトンやヘルメス・トリスメギストスの著作をラテン語に翻訳して、失われし古代の叡智への際限なき情熱を解き放った。とはいえ、キリスト教と両立できる教えだけだがね。フィチーノはコジモ・デ・メディチの時代に、フィレンツェ郊外カレッジにあったプラトン・アカデミーで、言うなればルネサンスを〝考案〟した人物だ。注4 また、哲学者たちが形而上的なものに達するには、形而下的な素養が不可欠との思想を吹き込んだ。つまり哲学者たちの集団にとって目に見える物質は、目に見えない霊的なもの、すなわち神とつながるための隠された扉だったということだ。注5 ラファエロは彼らから学んだことを絵に描くことで、崇高な目的に貢献した」

「彼の絵は霊的な世界への扉だったというんですか？」

「まさに12世紀の建築の工匠たちが建てた、ゴシック建築の大聖堂のようにね」注6

「では、その考えはもっと古くから……」

「実際、先史時代から続いている。原始時代、少なくとも4万年前には、霊的な世界に触れるのを可能にするための図が洞窟の岩壁に描かれている。絵画は今日のような美的なものではなく、実用的な意義があるものとみなされていた。描かれた場面やシンボルを見つめることで、しばしば超自然的な現象がもたらされたからだ。当然それらの絵を、目ではなく魂で見ることを学ばねばならなかった」

「それでラファエロは？　目的を達成したんですか？　それらの扉を……開けて？」

フォベルは髪を指でとかしながら、どう説明しようか考えあぐねている様子だった。

「中世ルネサンス期には誰もが、芸術家や知識人たちだけが奥義の極みに達する準備のできた者たちだと（また奇人であるとも）認めていた。ある意味、超越的な世界への鍵の守り手のように捉えられていたと言える。地上界と天上界とを結ぶ能力のある人々だと」

「霊媒みたいに……」

「平たく言えばそういうことだが、芸術的なことを語る際には誤解を招くような言葉は使わぬ方がよい。ただ、当時の人々が、人間のみごとな創造物が〝至高の領域〟から命じられたもの、あるいは介入があったものだと、ごく自然に受け入れていたのも確かだ。要するに、完全なる秩序と調和は至高の領域から来ると信じていたということになる。フィチーノはこのことについて多くを書き残している。彼自身が超自然的なものと交信ができたこともわかっている。[注7] 何しろ過去には、トマス・アクィナスのような教会の尊敬すべき賢人たちでさえ、神秘について研究していたのだからな。おそらくローマでラファエロは、超越的な世界の存在と、どのようにそれとつながるかをパトロンたちから指導されたに違いない」

「もっともらしく聞こえますね」

「事実だからさ。きみに証明してあげよう。まずは先ほど名前を上げた教皇の司書、トマッソ・インギラミからだ」

「どうぞ」

「1509年、《アテナイの学堂》を制作中だったラファエロは数日間、インギラミの肖像を描くのに時間を取っている。画家は新プラトン主義者だった友人を斜視の姿のままで表現した。斜視は後年、ラファエロが傑作《キリストの変容》で描いた、霊に憑かれた少年にもうかがえる。一見欠点のように映るが、実はその時代に象徴化された鍵、あるいは暗号においては、両者――〝変わった目つき〟をした賢人インギラミと少年――が、超自然的な知識の源につながっていることを示すものだった。一方は学問とカバラ〔ユダヤ教の神秘主義思想〕、神秘学の知識を通じて、他方は恍惚状態に陥ることで霊的な世界に達していた」

「それはちょっとないんじゃないかな。そんなこと言ったら、当時の大物の半分は神秘家になってしまうじゃないですか。福者アマデオも、教皇の司書も、ラファエロも……」

「半分ではない。全員だ！　それに大物だけでなく無名の者もだ。エジーディオ・ダ・ヴィテルボ、トマッソ・インギラミといった師がラファエロに叩き込んだ理論、新プラトン主義者フィチーノの理論によると、人間とは《神の精神を備えた理性的な魂でありながらも、肉体を用いる存在である》。注8　したがって、地上に降りてきた人間の使命は、《神と世界をつなぐ絆》の役目を果たす以外の何ものでもない。注9　それから福者アマデオについてだが」フォベルは声の調子を幾分和らげた。「きみに言わなかったことがある。ラファエロと『新黙示録』との関連性を明らかに示すものだ」

「いったいそれは？」

《トマッソ・インギラミの肖像》 1509年　ラファエロ・サンツィオ
フィレンツェ　パラティーナ美術館所蔵

「《キリストの変容》に描かれている。原画はバチカン美術館にある。ぜひ見てみるといい」

「遠すぎますよ、ドクトル」とぼくは嘆息した。

「現地まで行く必要はない。きみは実についているよ。この美術館には弟子のジャン・フランチェスコ・ペンニが描いたみごとな複製があるから、ここに居ながら鑑賞できる。ジョルジョ・ヴァザーリはその絵をラファエロの最高傑作と評し、《最も美しく神聖な》絵であると述べている。それにはわたしも同感だ。人類史上、他のどの絵も成しえなかった、目に見える世界と見えない世界がいかにつながっているのかが描写されている」

「でも上に天国、下に地上を描いた絵は星の数ほどありますよ」とぼくは反論する。

「確かにそうだ。しかし《キリストの変容》には、他の絵にはない叡智が隠されている。それは、双方の世界が人間を媒体として互いにどのように関わり合っているのか、そのあり方を説明しているからだ。まさにフィチーノと彼のアカデミーが主張していた哲学が表現されている」

ぼくはさすがに、その話を半信半疑で聞いていた。

「《キリストの変容》はあの世との交信に関する指導書か説明書みたいなものだと？」

「自分で確かめてみたまえ。その絵の前に立ったら、次のことに注意して観察してみるといい。そうすれば納得がいくだろう。地上の場面に描かれているのは、12歳ぐらいの少年を囲んで議論しているイエスの弟子たちだ。何かに憑かれたかの少年は〝変わった目つき〟をしているが、右手で天を左手で地を指しているところに注目だ。それは彼の根本的な役割が、双方の世界を仲介することであるのを表している。さらに言えば、やはりその場面も、聖書から引用されたものではない。タボル山のふもとで霊に取り憑かれた少年が使徒たちとともにいた、という記述はどこにもない。一方その場面では、マタイが書を開けた状態で座っている。足を地に着けることなくだ。それは超越した事柄を理解するのに、従来の知識が役に立たないことを示している。マタイの視線はひとりの女性に注がれている。彼女には別の重要な鍵が隠されている。絵を見る側に背を向けひざまずいているその女性は〝ソピアー〟、古代ギリシア語〝叡智〟の寓意《アレゴリー》だ。彼女は人差し指で霊に憑かれたと思しき少年を示している。まるで絵を見る者に対し、叡智は、この世界から別の世界へ跳躍する鍵がどこにあるかを知っている、と指摘しているようだ。その鍵とは少年だ。とはいえ、誰もが理解しているわけではない。ユダは不信の表情で情景を眺めているし、シモンや小ヤコブ、トマスもしかりだ。バルトロマイだけが天に昇っていくイエスを指差しているが、彼もまたイエスを見てはいない。しかし肝心なのはその指だ。最初に少年を、次いで復活したキリストを指差すのは、霊に取り憑かれたような（あるいはインギラミのような！）特別な者を介してのみ、われわれは超自然的な領域に達することができると声を大にして告げているのだ。そのことを認識するには、〝ソピアー（叡智）〟に頼らねばならない。そうなると確かに、先ほどきみが言ったように、ほとんど霊媒に近いことを示しているいると言えよう。てんかん持ちの少年と神の子イエスは密接に結びついている。何とも驚くべき教えではないか！」

「ところで、それのどこが『新黙示録』と関わるんですか？」

「まだ話していなかったが、《キリストの変容》はラファエロが死の間際に描いた作品だ。巨匠はこの絵の完成を見ぬまま37歳で夭折した。ジュリオ・デ・メディチ（先日、話したレオ10世の肖像画に描かれている枢機卿のひとり）は、その絵をフランス・ナルボンヌに送る予定だったのだが、画家の死によって計画は頓挫した。絵は彼の死の直前に工房で弟子たちが仕上げたが、彼の死の床で完成させたという説もあれば、パンテオンで営まれた葬儀の日に棺の前で描き上げたという説もある。だがわたしが最も驚いたのは、ジュリオ・デ・メディチがその絵をローマに残すことに決めて……サン・ピエトロ・イン・モントリオ教会に送ったことだ！」

「どういうことだか、ぼくにはさっぱり……」

「すぐにわかるさ。まさにその教会は１５０２年、スペイン人教皇アレクサンデル6世の時代に、自分が次に天使教皇として即位すると信じていたスペイン・カセレスの枢機卿が、初めて『新黙示録』の手稿を世に示した場所だ。その本を当時のエリート層に解き放ち、熱狂させた張本人は彼だった。その名は、ベルナルディーノ・ロペス・デ・カルバハル。なぜ多くの教会の中からそこを儀式の場にしたか、わかるか？　その教会は福者アマデオがローマで最後に行き着いた場所。そこは彼の建てた教会だったのだ！」

「ちょっと学生さん、まもなく閉館時間ですよ」

《キリストの変容》
ジャンフランチェスコ・ペンニによるラファエロの原画（1520年）の複製
マドリード　プラド美術館所蔵

警備員の声がぼくを至福の時から現実に引き戻す。ラファエロ。福者アマデオ。レオナルド。フォベルがぼくに示してきたもののひとつひとつが、円環を閉じるかたちで意義を持っているのがわかった。向こうの世界との媒体として機能する絵。神聖なる歴史の秘密を見守る番人……。

「聞こえてますか？　閉館です！」

「もう出ますから。ちょっと待って」ぼくは邪魔されたかのように応じた。

「急いでくださいね」

ドクトル・フォベルは肩をすくめた。

「Tempus fugit（光陰矢のごとし）だな」と言った。「とはいえ、この辺でお開きにした方がいいだろう。きみの方は、これから考えるべきことで頭がいっぱいになっている。時間を取って学んだことを消化し、好きな時に戻ってきなさい。わたしはいつでもここにいるから」

「13号展示室に？」

師の満面に笑みが広がる。

「それは言葉のあやというものだ」

フランスかぶれのプラド美術館の師は、再び別れの挨拶もなく背を向け、足音も立てずに美術館の奥へと立ち去った。通りへの出口のない方向へと――。

「学生さん！　閉めますよ!!」

「はい、すぐに出ます！」

注1　Pier Carpi, *Le profezie di papa Giovanni: la storia dell'umanità dal 1935 al 2033*, Edizioni mediterranee 1976.

注2　Christian Jacq, *Le voyage initiatique*, éditions Pocket 1977.

注3　キリスト教の伝統でトマスはディディモとも呼ばれているが、これもギリシア語で〝双子〟という意味になる。

注4　ドイツ出身の美術史家エルヴィン・パノフスキー（１８９２－１９６８）は『イコノロジー研究』（邦訳　美術出版社１９７１年／筑摩書房２００２年）で、フィレンツェのプラトン・アカデミーを次のように定義している。《互いに硬い友情で結ばれ、人類文化や創造力に対する共通の嗜好を持ち、プラトンに対する宗教的な崇拝の念、善良で情の厚い賢人マルシリオ・フィチーノへの熱狂的な尊敬の念を抱くエリート集団だった》。

注5　Marsilio Ficino, « On the Platonic Nature. Instructions and function of the Philosopher », *en Meditations on the Soul*, Inner Traditions International, Rochester, VT, 1996.

注6　この考えについては、ぼくの小説『テンプル騎士団の扉』（２０００年）に詳しい。

注7　Manuel Ríos Mazcarelle, *Savonarola: una tragedia del Renacimiento*, Merino, Madrid, 2000.

注8　Marsilio Ficino, *In Platonis Alcibiadem Epitome*, bibl. 1990.

注9　Marsilio Ficino, *Theologia Platonica*, III, 2, bibl. 1990.

5　ふたりの幼子イエス

フォベルとの束の間の対話を終えたぼくは、そこで得た情報を自分なりに消化するのに数日かかった。まるで彼の第2の教えに、精神エネルギーを根こそぎ吸い取られた気分だった。その晩、寮に戻ったぼくは食欲もテレビを見る気力もなく、そのままベッドに潜り込んだ。幸い翌日の《予言と戦争について》の発表は予想以上にうまく行った。注1 頭脳が最後の力を振り絞った甲斐もあり、ぼくの成績は押し上げられ、自分に自信がついたのは言うまでもない。けれどもその後、師との二度めの対話の内容を書き残しておこう、あるいはマリーナに全部話して聞かせようと思ったが、それは無理だった。唯一自分の中で処理できたのは印象だけだ。記憶のきらめき。形にならないイメージの残光。つまりぼくは、情報過多でパンク寸前に陥ってしまい、そこから回復するのに一定期間、インターバルを置く必要があったんだ。

クリスマス休暇が静養になることを期待した。少なくとも10日間、プラド美術館のことも、奇妙な師のことも考えずに過ごせる。そうすれば落ち着けたはずだったのだが、セゴビア県トゥレガノまでの予期せぬ電撃訪問が入った。その時ほど自分の足として使える車があることをありがたく思ったことはない。女優ルチア・ボセは壮観なトゥレガノ城（フェリペ2世の有力な秘書だったアントニオ・ペレスが幽閉されていた場所だ）のお膝元に、天使をテーマにした世界初の美術館を作ろうと、製粉工場の跡地を借りたばかりだった〔2000年オープン〕。セメント袋やレンガ、足場だらけの建物の中で、クリスマス・ソングを連発する古いラジオと壁に掛けられた風景画をお伴に、一緒にコーヒーでも飲もうと誘われた。

大女優との約束に謎らしきことは何もない。言うなれば、自分で蒔いた種だった。火曜日、プラド美術館から出るなりルチアに電話した。以前マドリードの有力紙のインタビューで、彼女が熱烈なルドルフ・シュタイナーの愛読者だと語っていたのが頭の片隅に残っていた。そこでフォベルがシュタイナーの名を口にするや、彼女に取材を申し込もうと即決した。〝偶然〟に後押しされて、無謀にも彼女の留守番電話に長いメッセージを残したら、予想に反して、あっという間に返事があった。学生寮に戻ったところ、すでにぼく宛ての伝言が残されていた。

《すぐにいらっしゃい《ヴェニーテ・プレスト》　ルチア》

もちろん、飛んでいった。

玄関扉を開けて出迎えた女性ホストは、銀幕のイメージそのままだった。ルチアは――1947年のミス・イタリアで国際的な映画女優、伝説の闘牛士ルイス・ミゲル・ドミンギンの妻でミュージシャンのミゲル・ボセの母、孫たちもアーティストだ――ぼくが誰だか知ったうえで、会見を受け入れてくれた。実は一年ほど前、彼女のお気に入りの雑誌のひとつに、ぼくの書いた天使についての記事が華々しく掲載されたことがあった。それで（あとで知ったが）留守番電話に残されたメッセージを聞き、ぼくの名前にピンと来たという。「天使に関する記事は、何もかも目を通して隅々まで記憶しているわ」と。だったら当然、ぼくのルポルタージュは面白かったに違いない。1990年2月にバレンシア・パイポルタの若者グループが、「生身の天使たちと出会って、人類の未来に関わる終末論的な予言に満ちた〝2000ページの本〟を授けられた」[注2]と発言して、国内メディアを仰天させた直後に掲載したものだ。その中でぼくは、ほかにも本を受け取ったグループがいることを明らかにした。そちらのグループはひとりの画家を中心とした若者の集団だったが、その記述が、当時すでに天使の美術館を構想していた女優のアンテナに引っかかったわけだ。

「で、あなた自身は、その子たちが肉体を持った天使を見たと信じているの？　それとも信じていないの？」左右の頬に挨拶のキスをし、建築途中の美術館の内部に案内するや、いきなり訊かれた。

急な問いに虚を突かれ、ぼくは肩をすくめた。相手は、火山のような激しい性格だが、その内に黄金の心が秘められていると気づくのにそう時間はかからなかった。

「そうですね……」と言い淀む。「何を言っても反論になってしまうかもしれませんが。正直なところわからないんです」

「わたしは信じるわ《イオ・スィ・クレド》！」スペイン語とイタリア語がみごとに融合した口調ではつらつと応じた。

「右に同じく！」急ごしらえのキッチンから声がする。40歳過ぎほどのよく日灼けした男性で、髪は薄いが知的な目をしている。

「そうそう、紹介するわ。こちらわたしの友人、ロマーノ・ジュディチッシ。あなたがルドルフ・シュタイナーとふたりの幼子イエスの説について話がしたいということだったから、来てもらったのよ。彼はそのテーマの専門家なの。同席しても構わないかしら？」

「それはありがたい！」

「いまこの場に、生身の天使が現れても不思議ではない。それは何らおかしな話ではないさ」

ぼくの挨拶に男性は自信満々にそう返すと、にっこり笑ってスツールに座るよう勧めてくれた。

「聖書には、ふたりの天使がアブラハムの前に姿を現し、席に座って食事をし、その様子を家族全員が見たと語られている。それならば彼らが望めば、いまの時代に現れることだって十分考えられる」

「ロマーノがそのひとりで、わたしの特製コーヒーを飲みにきたとも考えられるわね」とルチアが冗談を言う。

「そのとおり《チェルト》！」

そのあと3人でさまざまなことを話し合った。とりわけ〝目に見えない存在が肉体を持つのは可能か？〟という問いは興味深かった。ドクトル・フォベルと対話したばかりのぼくは、それがラファエロ・サンツィオの関心事のひとつだったと、本で読んで知っていた。偉大なレオナルドと違い、ウルビーノの巨匠は超自然的なものを描くのをやめなかった。実際彼は、目に見えるものが持つ具体性や真実味を使って、目に見えないものを描いたのだと思う。

プラド美術館の師は、ラファエロの絵の源泉のひとつとして、聖トマス・アクィナスの名を挙げていたが、どういうつもりで口にしたのだろう。というのも、この中世の偉大な神学者がそういった問いに対し、〝学術的〟かつ〝理性的〟な説明をしようとしていたことを、まもなく知ることになったからだ。

アクィナスによると、目に見えないものは時として目に見えるものになることがある。しかも、実際に手で触れられるものにだ。そうなると描写は可能になる。

「聖トマス・アクィナス！」ぼくの口から彼の著作『神学大全』が出た途端、ロマーノが叫んだ。「トマス・アクィナスが一時期、やはり当時傑出していた別の神学者、ペトルス・ロンバルドゥスと激しい議論に及んだのを知ってるかい？　ルチアもそうだが、その頑固なミラノ人ペトルスは、天使は肉体を持っていると信じていた」

「でも、トマス・アクィナスはそれを否定したと思うのですが……」

「必ずしもそうではないんだ、ハビエル。彼が否定したのは、天使たちが生まれながらに肉体を持っていたということだ。必要とあらば、つまりマリアの前に現れて妊娠を告げるような場合には、天使は肉体を作り出す手段を心得ていた、と信じていたんだ」

「手段？」ぼくは興味津々にロマーノを見つめた。「いったいどんな手段ですか？」

「『神学大全』でトマス・アクィナスは、天使たちは濃縮した空気や雲から肉体を作ることができると述べている」

最近、どこかで同じような考えと出会った気がして、ほどなく思い出した。中世の画家たちはイエスや聖霊、神を表すのに、輝くアーモンド型の光背（マンドルラ）で全身を包んで描いたが、ラファエロはそれをしなかった最初の近代的な画家だ。マンドルラは、像が神聖な天界の存在であることを信者たちに知らせる意図でつけられた、いわば信号機みたいなものだった。しかしラファエロは、マンドルラの代わりに輝く大気や雲を描いた。彼はアクィナスの著作を読んでいたのだろうか？

ロマーノがさらに『神学大全』について力説したので、メモを取るのが大変だった（それでも控えめにしていたらしい）。〝天使的博士〟――１２７４年の没後、アクィナスにつけられたあだ名――が毎晩徹夜をして、教会の祭壇前で衰弱しながら生み出した大作には、驚異的な事柄について無数の持論が展開されていた。２００万語以上の単語で綴られた本文中、超自然的な問いに費やした部分は少なくない。たとえば、天使たちが一時的に肉体を得る件についても大胆な主張をしている。

《空気は、気体の状態だと形も色も持たないが、濃縮すると何らかの形を帯び、色も伴ってくる。そのことは雲を見れば一目瞭然だ。天使たちが空気から肉体を作り出すのもそれと同じ原理で、神と同じ能力を用いて、大気中の物質を濃縮させ、自分たちが使用する肉体を得る》注3

「本当に《ヴェラメンテ》、とっても詩的な理論ね」ルチアが横で、コクのあるイタリアン・コーヒーを淹れながら、感慨深げにコメントした。「雲からできた天使だなんて！　気に入ったわ!!」

ロマーノは微笑んだ。

「少なくともトマス・アクィナスは、天使を見たと証言した、あるいは、いまもなお証言している多くの人々の名誉を回復したと言える」

「しかし、聖書の登場人物にあまりに物質的な性質を与えてしまうと、聖書の読み方は物質主義的なものになってしまいませんか？」

「より正確になるさ」ロマーノは真顔で言い返した。「肉体的なものは精神的なものと同じ、〝全なるもの〟の一部と考えようではないか。双方の世界はそれぞれ完全であり、永遠に影響を及ぼし合う。トマス・アクィナス以前の時代のスコラ学者たちが考えていたような、〝異なるふたつの場所〟ではない」

「さあ、議論《ディスクーテレ》はそれぐらいにして」ルチアはコーヒーポットを脇に置くと、ようやくテーブルに着いた。「パスタを賞味してちょうだい！」

　食事をしながら女性ホストは、自分の美術館に抱いている構想や、地元の政治家たちを説得することの大変さを話題にし、会話の緊張を和らげた。

「……何しろ、移牧や畜殺の話しかできないんだから。そんな人たちにふたりのイエスの大いなる秘密《グランデ・セグレート》など語ったらどうなるか、想像してみて！」

　食後に3杯めのコーヒーを飲み干し、ふたつめのパイまで平らげると、ぼくがトゥレガノまでやってくることになった本題への準備は整った。まずはロマーノから小さな本を手渡され、ぼくはそれを興味深く眺めた。表紙には《岩窟の聖母》の最初のヴァージョンが、ぼくには誰の作品なのかわからない他の宗教画とともに使われていた。

「わたしの著作だ」自慢する様子もなくロマーノは告げる。

『ふたりの幼子イエス　ある陰謀の歴史』というタイトルで、専門書を扱う小出版社から刊行されたものだった。

「最初にきみが知っておくべきことは」とロマーノは続けた。「幼子イエスがひとりではなくふたりいたと主張したのは、シュタイナーだけではなかったということだ。このことは福音書にも書かれている」

　ぼくの話し相手は大まじめに言っていた。

「『マタイ福音書』に出てくる幼子は、ベツレヘムですでに結婚が決まっていた夫婦のもとに生まれ、父方の系図はダビデ王の息子ソロモンまでさかのぼる。よってその子は、ベツレヘムに生まれたダビデの子孫がユダヤ人の王となる、という預言の候補者となる。マタイは、ヘロデ大王が自身の一族を脅かす幼子を抹殺する計画を立て、その子を見つけ出すのに旅路にあった魔術師たちを使おうとしたとも書いている。両親は幼子を連れてエジプトに逃亡し、帰還後、ナザレに落ち着いた」

〝またも預言にこだわっているのか〟と思ったが、そのまま話を聞いた。

「一方、『ルカ福音書』の幼子の系図は、ダビデ王の別の息子ナタンを経由してアダムとエバまでさかのぼる。その子はナザレの出身だが、ローマが行なった住民登録のため身重の母親がベツレヘムを訪れている間に生まれたという点がマタイとは違う」

ロマーノが自著でシュタイナーを引用しているページを開けたので、ぼくは黙ってその箇所を読んだ。

《わたしたちの時代の始まりには、ベツレヘムとナザレにヨセフというふたりの男性がいて、両者はそれぞれマリアというよくある名前の女性と結婚していました。ナザレのマリアは純潔の乙女、ベツレヘムのマリアは過去のすべての罪を受け継いでいました。ふたりのヨセフはどちらもダビデの子孫です。ただしベツレヘムのヨセフはソロモンに通じる王の家系、ナザレのヨセフはダビデの別の息子ナタンに通じる祭司の家系だった

のです》注4

「それが歴史の始まりさ」と微笑む。「どちらの夫婦にも男の子が生まれ、どちらもイエスと名づけられた。マタイが述べた王の家系・ソロモン系のイエスの前では東方の三博士がひざまずき、ルカが述べた祭司の家系・ナタン系のイエスは羊飼いたちに崇められている。それらのエピソードについて話す際、われわれはたいてい、記憶を頼りに行なうが、まるですべての福音史家、マタイ、マルコ、ルカ、ヨハネが同じことを語っているかのように、ごっちゃにする傾向がある。だがそうではない。４つの福音書は別々のことを語っており、しばしば矛盾が生じている。シュタイナーは……」

「いくらなんでも、ちょっとそれは……」

「我慢して、ハビエル」コーヒーのお代わりを注いでくれながら、ルチアが遮った。「ここからがいいところなのだから」

「ありがとう《グラッツェ》、ルチア」ロマーノは再び微笑した。「シュタイナーは、その矛盾のわけを明解に説明した唯一の人物だ。それができたのは、彼が複雑な思考法を発達させ、高度な霊的真実に至ることができたからだ。著作や講演会で彼はしばしば、伝統的な科学に対する〝霊的科学〟の存在について話している。その学問では、魂や転生、下界や天界といったものは問題ではなくなるという。おそらくシュタイナーは、非物質的な情報源につながることで、ふたりの幼子の人物伝を再構築したのだろう」

「つまり、神の啓示みたいなものを通じて?」ぼくは500年前に福者アマデオが行なった危険な試みを思い浮かべながら訊いた。

「どう呼ぼうと勝手だよ、ハビエル。〝霊的科学〟を極めるためには、どうしても物質的な世界から離れねばならない。シュタイナーはそれをやってのけたんだ」

「彼は霊媒だったんですか?」

「そんなわけはないだろう! シュタイナーは哲学者だぞ。もしも彼が64歳でこの世を去ることなく、50歳で神秘的な分野に没頭してもいなかったとしたら、今日ベルクソンやフッサール、カール・ポパーと肩を並べていたことだろう。だが幸か不幸か、彼は別の方面の探究をした。とはいえ、それらは交霊術とはまったく関係ないものだ」

「だったら……シュタイナーはどうやって真実に至ったのですか?」

「それは推測するしかない。シュタイナーは、われわれ人間が知覚で捉えられる物質世界の背後に、霊的世界が存在していることを確信していた。しかも、人間の誰もがそれらふたつの世界にアクセスする能力があると考えていた。たとえば、覚醒と睡眠の狭間をコントロールし、目に見えないその世界に飛んでいかれるようになるには、簡単な訓練で十分らしい」

「本当に誰にでもできることだと考えていたんでしょうか」

「実際、われわれはそれをしているよ。たとえば、読書をしていて感動を覚えたとする。その時、人はふだんとは別の精神状態に入っている。他の世界に入るようにしてね。ある絵に感銘を受けたり、心の琴線に触れる旋律を聴いたりした時にも同様のことが起こっている。一瞬、物質的なものを超えて、何か崇高なものの一部となったような感覚だ。シュタイナーは意識を保ったままでその状態を探究し、そこから多くの情報を引き出した」

「ふたりの幼子イエスについても……」

「そういうことだ。講演の中でも、彼はたびたび詳しく触れている。ソロモン系のイエスとナタン系のイエスが、同じ村で一緒に育ったことや、双方の両親がかなり親しかったことも だ。マタイが語るソロモン系イエスが早い時期から賢者としての才覚を表す一方、ルカが語るナタン系イエスは社会になじむのは苦手だった。その代わり、心は限りなく純粋で愛に溢れていた。ソロモン系イエスには実の兄弟たちがいたが、ナタン系イエスはひとりっ子だった。前者が生まれる前には、大天使ガブリエルが父ヨセフの夢に現れた。彼だけにだったとマタイは語っている。一方後者は、母マリアが同じ大天使のビジョンを見たあとに生まれた、とルカは言っている。両者の違いは歴然としているだろう？」

「確かに」ぼくは息を吸い込む。「それが真実だと仮定して、最終的にどうやって、ふたりのイエスはひとりになったのですか？」

「何かが起こったからだ」

「何かとは？」

「これは、理性的な考え方をしてしまうわれわれには最も受け入れがたい部分だ。なるべくわかりやすく解説してみよう」

そう確約したロマーノに、ぼくはうなずき返して先を続けるよううながした。

「ナタン系のイエスが12歳になった時、双方の家族が子ども連れでエルサレムへ過越し祭の巡礼に行ったと、シュタイナーは書いている。『ルカ福音書』の、イエスが神殿で迷子になるエピソードを覚えているか？　無口で内向的だったイエスが、非常に博識で年齢に不相応な聖書の知識を持つ少年に変貌してその場から去った。シュタイナーはそれを、神殿でふたりの少年の魂がナタン系イエスの中にひとつになったと語っている。それは説明がややこしい霊的なプロセスによるもので、完全になるのに3日かかったと。魂が抜けたソロモン系イエスは、すべての知性を純粋なナタン系イエスに残し、衰弱してまもなく死亡したという」

「何だかSFみたいだなあ」

「気持ちはわかる。いま話しているのは一般的でない論理だからな。しかしその瞬間から、福音史家たちはイエスについて沈黙する。ヨルダン川のほとりに現れ、ヨハネから洗礼を受けて公に活動を開始するまでの間、イエスに何があったのかは一切語らない。次に登場するのはわれわれがよく知っている、聖別され、自分の使命を自覚し、そのために死ぬ覚悟ができている男だ」

「シュタイナーがそのことに気づくまで、誰も知らなかったのですか？」前にプラド美術館の師に言われたことを思い出しながら、ぼくは少々辛口の質問をした。
「もちろんほかにもいたさ！　多くの画家たちが無意識のうちにその考えとつながって、絵画作品の中にそれを表現している。おそらく哲学者シュタイナーとよく似たプロセスを経たに違いない。それらの幻視家アーティストの最たる人物が、16世紀初頭の画家ベルゴニョーネだ。彼は神殿でイエスに起こったことを、ミラノにある教会の中にフレスコ画で再現した。ちなみにその教会は、ミラノの守護聖人、聖アンブロージョを祀った場所だ。それでこの絵を本の装丁に使ったんだ。ほら、これだよ」

示された箇所を見てぼくは愕然とした。その絵がある教会のことは知っていた。ミラノへ取材旅行に出かけた際、スフォルツァ城の近くをぶらついていた時にその教会を見つけて、立ち寄っていた。純金の祭壇や、世界終末が近づくと柱から落ちると言われているブロンズの蛇、地下聖堂に安置された聖人の骸骨の前で物思いに耽《ふけ》ったりもした。なのにその絵にはまったく記憶がない。ロマーノの説明では、教会の聖遺物博物館に宝物として保管されているとのことだ。どこか原始的なスタイルで描かれた板絵だが、ぼくにインパクトを与えたのは、その古風な雰囲気ではない。実際、絵の中にはふたりのイエスが見える。ひとりは玉座に座って博士たちに囲まれ、もうひとりは聖母に伴われ立ち去るところだ。

こんなことがありうるなんて……。

「どうだい？　ご感想は？」

ぼくは肩をすくめた。ロマーノは参ったかと言わんばかりに、意気揚々と続けた。

「先ほども言ったとおり、同時代の他の画家たちも、その考えを作品として形にしている。シュタイナーは、秘密が明かされる時がやってきたから画家たちは秘密と〝つながった〟のだと示唆していた。その意味ではプラド美術館に素晴らしい例がひとつある。ベルゴニョーネの直弟子で、レオナルド・ダ・ヴィンチの下でも働いた画家、ベルナルディーノ・ルイーニが描いた板絵だ。《聖家族》というタイトルで、イタリア絵画の展示室にある。フェリペ2世がフィレンツェ市から贈られたものだ。そのうち見に行くといい。素晴らしい絵だよ。レオナルドの作風に非常によく似た、少々やぶ睨みのマリアと、[注5] 杖に寄りかかったヨセフの穏やかなまなざしの下で、ふたりの幼子が抱擁し合っている。いいか、ハビエル。その絵を前にしたら、足早に立ち去らずに数分間止まれ。画面から流れ出てくる〝気〟を吸い込むんだ。アイリスの香りがしてきたら、板絵の左下隅に注目だ。幼子のひとり、洗礼者ヨハネのトレードマーク、棒状の十字架の下だ。一見、ふたりめのイエスのほのめかしには見えない……が、きみには告げておくよ。その絵はフェリペ2世の目にかなうように手が加えられたと、わたしは踏んでいる。その十字架はあとで加筆されたものだ。ふたりの幼子イエスの秘密が表現されていたことに気づき、恐れをなした者の手によってね」

「加筆？」

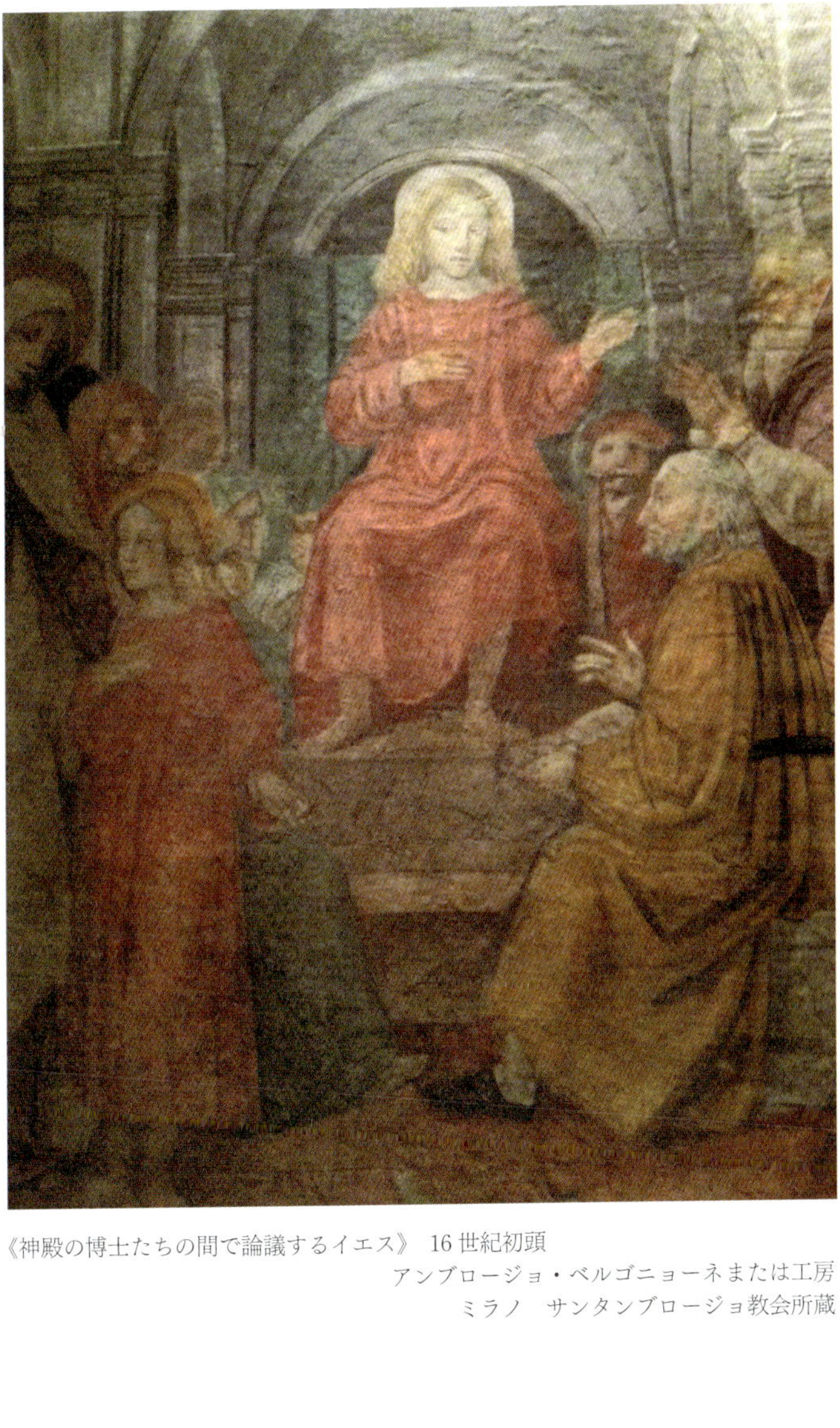

《神殿の博士たちの間で論議するイエス》　16 世紀初頭
アンブロージョ・ベルゴニョーネまたは工房
ミラノ　サンタンブロージョ教会所蔵

「そうだ。そういった絵の所有者は、幼子のひとりにわざわざ洗礼者ヨハネの特徴をつけ加えて、カムフラージュすることを選んだ。誰も異端審問所にマークされたくなかったからさ。それで絵のメッセージを隠すべく、子羊の皮を身につけさせたり、十字架をそばに置いたりした。画家自身に修正を求めることもあったが、本人が拒否したり、死亡したりしていた場合には、他の画家が請け負ったのだろう。目的は、より〝正統な〟絵に見せて、誰にも疑念を抱かれぬようにするためだ」

「ほかにも同じような憂き目に遭った絵を教えてもらえますか？」

「ごまんとあるさ！　レオナルドの《岩窟の聖母》〔↓P52、53〕もそのひとつだ」

「本当ですか？」

「当然だとも。最初のヴァージョン、ルーヴル美術館版は、そっくりなふたりの赤ん坊が描かれている。一方、二番めのヴァージョン、ロンドンのナショナル・ギャラリー版は、一方の幼子に洗礼者ヨハネの十字架を担がせている。その十字架と人物たちの頭上にある光輪はレオナルドが描いたものではなく、あとからつけ加えられたものだ」

「でも、誰がレオナルドの作品にそんな冒瀆を？」

「それは大した問題ではない、ハビエル。当時、画家の重要性は作品のメッセージよりもずっと低かった。そのことを思い出すんだ」

ルチアが瞳をきらめかせてぼくを見た。

《聖家族》　16世紀　ベルナルディーノ・ルイーニ　マドリード　プラド美術館所蔵

「さあ《エッベネ》、いまではどう思う？」

彼女の問いに返す言葉がなかった。頭が真っ白で、まったく何も考えが浮かばない。

「この真実の隠蔽は、悪辣極まる陰謀だというのがわたしの見解だ……」というと、ロマーノはさらにつけ加えた。「だが、シュタイナーの説が当たっているとすれば、ルネサンス期の画家たちは、その陰謀を崩す寸前まで行っていたということになる。秘密を公にしたのだからな！」

「でも何人かだけなのよ、ハビエル。やり遂げられたのはわずかなの」

「ラファエロも？」

「ああ、彼もそうだ。《真珠の聖家族》〔↓P21〕と呼ばれている絵を知っているか？」

〝それはもう！〟ぼくは大きくうなずいた。

「シュタイナーはラファエロの代表的な作品中、洗礼者ヨハネの死以前の場面と関わる絵をすべて観察した。もちろんだが、そこに《キリストの変容》〔↓p105〕は含まれない。なぜなら、ラファエロに対しそれらの絵を描くよううながした人物は、前世でその聖書の登場人物だったからだと、シュタイナーは述べている」

「その考えを受け入れるには、まずは生まれ変わりを信じる必要がありますね」

「そういうことだ」とロマーノは認めた。「ところで《アテナイの学堂》〔↓P57〕は？　その絵も知っているか？」

「えっ!?」それは驚きだった。「あの絵にもイエスが描かれているんですか?」

「ひとりではなく、3人もね」

全身が震撼する。

「何と……」

「それから、ラファエロがふたり」

その新事実に、ぼくは呆然となった。占星術師たちの間にラファエロの自画像があるのは知っていたが、ウルビーノの巨匠がもうひとり隠れていたなんて。二重に描かれた理由を説明できる人がいるだろうか?

と思っていたら、ありがたいことに、ロマーノが説明してくれた。

「知ってのとおり、あの壁画は新プラトン主義の考え方に基づいて描かれたものだ。ラファエロは同時代の人々に、プラトンの思想と科学、キリスト教の教えが、完全なる調和のうちに共存できることを示そうとした。それで画面の右側にはキリスト教徒たちを、左側には異教徒たちを描いたんだ」

「それで、イエスはどこに?」

「言ったとおり、イエスは3人描かれている。ひとりは『マタイ福音書』に出てくる知的な幼子で、場面のアーチを支える柱の近くにある、途中までしかない柱の上で本を広げている。ふたりめは神殿で変容した12歳の少年でその柱の反対側にいる。3人めは成人したキリストで白い衣をまとい、立ち姿で鑑賞者の方を見つめている。隣にいる洗礼者ヨハネが本を示しているが、イエスは注目していない」

あとで寮の図書室で確かめられるよう、ぼくはしゃかりきになって要点をメモした。書き終えたところで、すかさず尋ねる。

「で、ラファエロは？」

「幼子イエスと少年イエスの間にいる。青い服を着た男性の肩に手を置いている少年だ。その男性は途中までしかない柱の上で本を支えているが、ラファエロはその顔を自身の最初の師、ペルジーノとして描いている。自分はふたりの幼子イエスの秘密を、師の工房に入門した時から知っている。彼はそのことを、そういうかたちで語っているんだ」注6
「興味深いなあ」とつぶやくと、ルチアに訂正された。

「〝興味深い〟ではなく、〝魅力的すぎる《アッファシナンテ》〟でしょ！」

《アテナイの学堂》詳細：（左から右へ）幼子イエス、少年ラファエロ、画家ペルジーノ、12歳のイエス、さらに先には、立ってこちらを見ているキリストの姿が描かれている。

注1　その時の論文は記事として公にもなった。雑誌『科学を超えて』湾岸戦争特別号　1991年3月

注2　« Paiporta: los ángeles *y el Libro de las dos mil páginas*（パイポルタ　天使たちと〝2000ページの本〟）» 雑誌『科学を超えて』14号、1990年4月。また後年、ヘスス・カジェホと共著で出版した『不思議の国スペイン』（2007年）でも取り上げている。

注3　トマス・アクィナス『神学大全』第1部51問3項。

注4　Romano Giudicissi y Maribel García Polo, *Los dos niños Jesús: historia de una onspiración*, Muñoz Moya y Montraveta, Cerdanyola del Vallès, 1987.

注5　ルイーニの描く聖母たちが斜視になっている理由は、前章で述べたとおりだ。『ロリータ』の著者ウラジミール・ナボコフは、短編『ラ・ヴェネツィアーナ』（1924年）の中で、その種の目つきに〝ルイーニ風のまなざし〟という表現を充てている。

注6　この考えは Giorgio I. Spadaro, *The Esoteric Meaning in Raphael's Paintings*, Lindisfarne Books, Great Barrington, MA, 2006. で展開されている。

6　小さな亡霊たち

「ルチア・ボセと会ってきたの？　わたしにひと言も言わないで？」

　マリーナのグリーンの瞳が火花を散らしていた。クリスマスと新年の休暇明けまでのしばしの別れを惜しむべく、おしゃべりでもしようと思って、ぼくらはモンクロアにある行きつけのカフェテリアで待ち合わせた。彼女は翌日からナバラ州のパンプローナへ、ぼくはバレンシア州のカステリョンへそれぞれ帰省し、北と南に離ればなれになる予定だった。１９９０年当時は、まだ現在のようにインターネットは一般に普及していなかったし、携帯電話は高価で手が出せず、遠距離通話は目玉が飛び出るほど高かった。だから積もる話は、休み前に心置きなく済ませておくのが得策だった。話題が山積していたので、まずはトゥレガノ訪問の件に軽く触れ、それから別の話をしようと思ったんだけど……誤算だった。ぼくはその午後、マリーナと彼女の父親がルチア・ボセの熱烈なファンであったのを初めて知った。前もって話していれば、彼女は是が非でも会いに行ったであろうことも。悔しさと憤りの狭間で彼女は、ぼくがルチアについて知らないことを山ほど並べ立てた。ミケランジェロ・アントニオーニ、ジュゼッペ・デ・サンティス、フェデリコ・フェリーニといったイタリア映画界の巨匠たちの名作に出演した話から、ルイス・ミゲル・ドミンギンとの有名な夫婦喧嘩（50年代のマドリードで、妻にひとりで車を運転させなかったという）の詳細まで。マリーナを取材に連れて行かなかったことへの罪悪感と後悔の念は、彼女がぼくの目の前に紙の束を突き出した時、頂点に達した。

「な……何それ？」

「あなたが楽しんでいる間、わたしは新聞資料館で調査していたんだからね」

彼女の言葉はとげとげしかった。

「新聞資料館？　きみが？　何を探しに？」気にするべきか否かもわからぬまま問い返す。

「あなたの亡霊のこと！」

ぼくは二の句が継げなかった。マリーナはぼくの超常現象への傾倒ぶりには感心せず、出会って以来、そういう話は怖いから、できれば聞きたくないと言い渡されていた。彼女は日曜日のミサに欠かさず出席して聖体拝領する、よきキリスト教徒だと自認していて、そういった類《たぐい》のテーマとは一線を画したいと考えていた。なのに、どういう風の吹き回しか、彼女は自分からぼくの領域に近づいた。エル・エスコリアルへの道すがら、ぼくから聞いた話が気になって仕方がなく、自分で答えを探すことに決めたのだという。

「覚えてないの？」遠い目をして彼女は言った。その視線はぼくらの目の前にあるマサパン〔アーモンド粉を砂糖や蜂蜜で練ったスペインの伝統菓子〕も、カフェテリアのショーウィンドウも通り越したはるか彼方に向けられていた。「今回の件にあなたが首を突っ込むことになった原因を作った男性は、まるで亡霊みたいだって、車の中で話していたでしょ？　その時、美術館の展示室にはほかに誰もいなくて、あなたしかその人を見ていない、握手したら手が異様に冷たくて寒気がしたって。それに団体客がやってきたら、いきなり姿を消したことも」

「そんなことまで話した？」

「話したじゃないの！　それ、本当なんでしょ？」

「うん……もちろん」

「あなたが正気なら、その奇妙な師は亡霊以外の何ものでもない。きっとプラド美術館で亡くなって、さまよっている霊なのよ」

彼女の単純思考にぼくは思わず微笑んだ。

「それで、あんな所で死ぬ人なんかそう多くはないだろうから、正体を突き止めてみようと新聞資料館へ行ったってわけ」

「彼はルイス・フォベルという名前の医者だよ」と、ぼくは一応思い出させる。

「何言ってるのよ！　そんなの嘘に決まってるじゃないの。プラドで亡くなった人の中にフォベルなんていなかったもの。実際そんな名字、過去40年間のマドリードの死亡記事に一度も載ったことがないんだから」そう言っていわくありげに微笑む。「その代わりに、あなたの亡霊らしき人をふたり見つけたわ」

「本当？」

めかし込んだマリーナが、当時ティルソ・デ・モリーナ地区にあった国立新聞図書館の朽ちかけた木の机に座って、青い作業着の男性職員が、製本した古い新聞の束を運んでくるのを待っている図など、どうにも想像がつかなかった。日頃は愛想もそっけもない職員も、さすがに彼女のことは邪険にはしなかったに違いない。

「一番最近に亡くなった例は１９６１年よ」マリーナはぼくの憶測をよそに続ける。該当箇所をコピーの束から探すと、ぼくの前に開いて置いた。「ほら、ここ。わかる？」

「まじめに言っているんじゃないよね？」

「いいから、ここを読んでみて」

１９６１年2月26日付の日刊紙『ＡＢＣ』の記事で、《プラド美術館で強盗失敗》との見出しがついていた。ぼくは純然たる好奇心から目を通し始めた。25日午前1時頃、宿直室——美術館と同じ棟にある——にいた同美術館の守衛とその妻が、大きな物音に驚き外へ出てみると、ケーブルを腰に巻きつけた状態で、男が道に倒れていた。ルイス・デ・アラルコン通りに面した美術館の外壁から落下し、全身を強打し呼吸困難に陥ったのだ。壁についたコーニス〔建物の軒に帯状に取りつけた突出部分。軒蛇腹〕を伝って内部に忍び込もうとしたらしい。記事によると、救急車が到着する前に死亡したという。

「さあさあ、次も読んで」マリーナがぼくを急かした。「『エル・カソ』や『ラ・バングアルディア』の記事もあるから」

事件専門の週刊新聞『エル・カソ』にはもっと詳しく出ていた。《プラド美術館に盗みに入ろうとして死亡》と題し、こそ泥の経路まで再現してあった。イタリア絵画の展示室にある天窓のガラスを外して侵入し、ゴヤの展示室にある2枚のマハ――《着衣のマハ》と《裸のマハ》――をざら紙でくるんで持ち出す手はずだった。たった一歩の踏み外しで、計画はおろか、生命まで台無しになった。死亡した未遂犯はバジェカス地区在住のエドゥアルド・ランカーニョ・ペニャガリカノ、18歳。美術館の熱心な訪問者で前科はない。

「これは違うな」ぼくはつぶやく。「彼であるわけがない。歳が若すぎるもの」

「そうかなあ」

「そうだとも」

「ランカーニョの顔写真があったらよかったんだけど、どこにもなくて。そうすれば……」

「写真があっても結果は同じだよ」と制する。「彼じゃない。ドクトル・フォベルは若くはないんだ、マリーナ」

彼女はまるでゲームでも楽しんでいるかのようにぼくを見た。

「わかったわ。もうひとり候補者がいるの。そっちの方がまだましかもしれない。もっと利口そうだし、それほど若くもないし。あなたのドクトルにふさわしい気品もあるわ。詩人だったのよ。名前はテオドシオ・ベステイロ・トーレス。美術館の真ん前で自殺したんですって……１００年以上前のことだけど」

「そんな詩人、聞いたことがないな」

「かの伯爵夫人エミリア・パルド・バサンにも近しい文芸サークルに所属していたそうよ。何冊か詩集も出しているようだし」

「確かなの？」

「当り前でしょ！　ちゃんと調べたかどうか、知りたいって言うの？」

ぼくはうなずいた。

「もちろん調べたわよ。テオドシオ・ベステイロは絵が好きだったんですって。１８４７年ガリシア州ビーゴ生まれで、12歳の時に、家族の勧めでポンテベドラ県トゥイの神学校に入っている。頭のいい少年だったに違いないわ。だって、まだ学生だった時に、神学校の人文科学部で教えることになったって。それも教区の司教の命令でよ。だけど聖職者にはならずに、24歳で神学校を退学してマドリードに出てきた」

「う〜ん……どうして宗教生活を捨てたのか、わかる？」

「彼の純粋理性と哲学が読書によって交差したことで、別のものの見方をするようになったからだって書かれていたけど、真相はどうだか。好きな女性でもできたからじゃないかしら。誰もそんなこと、言ってないけど……」

「興味深いね」とつぶやく。「それで、どうなったの？」

「マドリードでの生活はトゥイよりもさらに厄介だったみたい。音楽を教えて生計を立てながら、狂ったように執筆を始めて。執筆や仕事の合間の時間を利用しては、プラド美術館や詩人たちのサークルに顔を出すようになったって」

　マリーナは持ってきたコピーの束の1枚に視線を落とすと、続けた。

「彼の代表作は、傑出したガリシア人の人生を綴った人物百科事典全5巻だけど、ほかにも神学と哲学に関する本を2冊、戯曲を2冊、詩集を2冊、伝説集を2冊出している……。それにサルスエラ〔スペイン独特のオペレッタ〕も1曲、作曲してるのよ」

「多才な人物だったわけだ。で、どうして自殺を？」

「確かなことはわかってないのよ。遺書もなし、説明もなし。それどころか死ぬ前に、多くの著作をみずから燃やしてしまったんですって。何人かの友人たちが、当時の新聞にお悔やみの言葉を寄せたおかげで、多少なりとも彼のことが世に知られたようなもので。友人たちは彼の自殺の原因が、ゲーテかルソーに溺れすぎたせいか、あるいは同時代の知識人たちの間に漂っていたロマン主義の風潮のせいではないかと言っていたわ。当時、ありふれた生活をするくらいなら、死んだ方がましだって思ってた天才たちが大勢いたんですって。知ってた？　実際に自殺しちゃった人ではジェラール・ド・ネルヴァルやマリアーノ・ホセ・デ・ララが有名だけど、ほかにもいっぱいいいたそうよ」

「ふうん……」ぼくは気のない返事をした。「それで、彼は美術館で自殺したというの？」

「美術館で、じゃなくて、美術館の前で。あの辺、屋外サロンが開かれたりして、かつてはサロン・デル・プラドと呼ばれてたそうよ。１８７６年6月13日の深夜1時頃に。何とその日は彼の29歳の誕生日だったんですって」

「やっぱり若くして亡くなったんだ」

「拳銃自殺でね。新聞に何て報道されてるか見てみなさいよ。ぞっとするから。《テオドシオはひざまずいた姿勢で天を仰ぎ、左手を胸に当てた状態で絶命していた》注1っていうのよ。右手に拳銃っていうのを書き忘れているけど」

「かわいそうに」

「ええ。マドリード在住のガリシア人コミュニティにとっては相当ショックなできごとだったみたい。親しかった詩人たちの間では、事件から1年経っても〝プラドに死す〟の話は冷めやらず、パルド・バサン、フランシスコ・アニョン、ベニート・ビセットほか、友人たちが彼を偲んで詩集『孤高のガリシア人作家・詩人、テオドシオ・ベステイロ・トーレスに捧ぐ葬儀の花冠』注2を出版したそうよ。だけどそれが大変な物議を醸したらしいわ」

「でも、どうして？」

「わからない？　だって彼ら、自殺を正当化したのよ！　当時カトリック色が強かったスペインで、みずから命を経った人間は伝染病患者も同様で、共同墓地にすら埋葬されなかったんだから。ハビエル、実際この記事を読んでみると、彼の死がどれだけ多くの人たちに影響を及ぼしたかがわかるわよ」

ぼくは手持ちぶさたにコピーの束をぱらぱらとめくる。

「彼の写真に注目して」マリーナがぼくの手を止めた。そこには額が広く鉤鼻で、ひげを切り揃えた男性の顔があった。

「運よく『葬儀の花冠』に載っていたの」

「でも、これもフォベルじゃないよ」と即座に否定する。

「確かなの？」

ぼくは確信を持ちつつも、勝ち誇った表情にならぬよう、極力穏やかな顔でマリーナを見つめた。動機が何であれ、彼女がぼくのために骨を折ってくれたのだから、その意味は大きい。もちろん彼女の方はそんなこと、想像もしていなかっただろうけど。

「それを裏づける理由はふたつ。ドクトル・フォベルは60歳以上で、どう転んでも中年以下には見えないこと。それからこのベステイロという人の顔に似た特徴があったとしても、耳とあごの形が決定的に違う」

「だったら、彼の正体を調べる方法はひとつしかないじゃない」

ひるむことなくマリーナは、ぼくの片手を取って結論を述べた。

「本人に訊くのよ！」

「何を？」ぼくは目を丸くした。「まさか、あなたは亡霊ですか？　本名はベステイロですかって？」

「気が進まないなら」彼女はにっこり笑う。「わたしが代わりに訊いてあげる。ルチア・ボセに紹介してくれなかったんだから、その人に会わせてくれてもいいでしょ？」

「ねえ、マリーナ」ぼくはもう一方の手を彼女の手の上に載せた。「きみ、気は確かかい？」

注1　Carta de Victorino Novo y G. M. Curros, en *El Heraldo Gallego* del 18 de julio de 1876.

注2　詩集は1877年、ガリシア州オレンセで出版された。名前が挙がっているエミリア・パルド・バサン（1851－1921）は小説家、ジャーナリスト、詩人、劇作家、翻訳家、出版人。フランシスコ・アニョン（1812－1878）はジャーナリストで詩人。ベニート・ビセット（1824－1878）はジャーナリストで歴史家、劇作家、小説家。

7　異端の画家、ボッティチェリ

1991年1月8日火曜日の午後、ぼくはルイス・デ・アラルコン通り23番地にいた。三度めの訪問。ひとりきりで。

〝プラド美術館の亡霊〟にこちらの予定を伝える手立ても、再会の日時の約束もないまま、20日足らずの休暇のあと、直接彼を探しに戻った。前回までの――あまりに突然で強烈な衝撃を伴った――対話は、奇妙なかたちで記憶の中に溶け込んでいた。師との出会いが〝ちょっといい話〟といった性質のものだったなら、久しぶりに顔を合わせた故郷の友人たちとの場を盛り上げることもあったかもしれない。しかしながら現実は、マドリードから500キロ離れた場所にいても、ぼくの頭はそのことでいっぱいだった。師は――彼の正体が何であろうと――首都で出会った興味深い人物リストの筆頭に上っていた。無理もない。二度にわたる対話で、ぼくの方はそれまで考えもしなかったこと、知らなかったことの探究に傾いていったのだから。

まるで運命によって突然、地上で唯一、芸術の謎のベールを引き剝がすことのできる魔術師の面前に、差し出されたかのような気分だった。師が取り払うベールは、目に見えるものと見えないものを隔てるものだと言い換えてもいい。そのため遠く離れていても、絵に込められた画家の真意を考えざるをえなかったというわけだ。

休暇中に培われた展望を携えたぼくは、再び彼のレッスンを受ける準備ができたように感じていた。もっともっと知りたかった。自分の目の前に新たに開けた刺激的な世界を巡りたいと思った。美術館の前に立ったぼくは、これから館内で待ち受ける教えを思えば、1月の凍てつく寒さも、わずかばかりの自責の念も、障害と呼ぶほどのものではないと思っていた。

ぼくの心をさいなんでいた自責の念というのは、マリーナに対するものだ。新学期の開始に合わせて今朝マドリードに戻ってきたぼくが、まず会いに行くのが彼女ではなく、プラド美術館の師だということを内緒にしていた。

連れてこようかと考えなくもなかったが、やめておくことにした。ぼくが同伴者とやってきたら、師はいい顔をしないに決まっている。知らない女の子と一緒にいるぼくを見て、もう二度と〝現れない〟可能性もある。それはいまのぼくにとっては耐えがたい事態だった。

そう思いながらも、彼女のために策を講じた。テープレコーダーと90分のカセットテープを2本、携えてきていた。フォベルの許可さえ得られれば、すべて録音するつもりだ。師の低く説得力のある声を聞けば、マリーナも美術館の亡霊へのこだわりを捨てるだろう。

そしてこのぼくも。

美術館に一歩踏み込むや、今回はこれまでと勝手が違うと悟った。

何てこった。黒山の人だかりじゃないか。ごった返すチケット売り場付近を迂回すべく、階段を昇ってゴヤの上扉と呼ばれる――悪魔を蹴りつけるカルロス5世のブロンズ像がそびえ立つ――1階の入口から入る。熱気を帯びた階下の喧騒はどこか威嚇的ですらある。

その後、人の流れに逆らい、別の階段から地上階にあるイタリア絵画の展示室へと下った。ぼくの予想どおり師が人目を避けているとすれば、彼にとってこれほど都合の悪い日はない。

しかしその読みは外れた。

ティントレット、ラファエロ、ヴェロネーゼの作品が眠る大展示室を横切った際、ぼくは彼を見つけた。師はそこにいた。バーゲンセールのショーウィンドウでも眺めるように、絵から絵へとさすらう観光客の波が最も押し寄せている一角にたたずんでいた。例によって非の打ち所のないウールのコートに身を包み、黙って周囲を通り過ぎる人々を観察している。かと言って、居心地悪そうにも見えない。まるで展示室内の監視を任されているような感じだ。

そこでぼくは歩みを速め、しおれたクリスマスツリーのモミの木をどこかへ運び出そうとしている作業員のグループをかわすと、もたつくことなく彼のもとへたどり着いた。

「こんにちは、ドクトル。また会えてよかったです」

フォベルは軽く会釈して応じた。久しぶりに会っても、何の感慨もなさそうだ。

「人混みは嫌いかと思っていたので……」とぼくはつけ加える。

師は反応が鈍かった。まるで長い昏睡から覚めたばかりのように。そして言った。

「覚えておくといい。ひとりになれる場所はふたつしかない。まったく誰もいない場所か、雑踏の只中だ」

彼の言葉に辛辣さは感じられなかった。むしろ逆だ。まるで最後に言葉を交わしたのはほんの2～3時間前のことで、いまからごく自然に会話を再開するといった感じだ。

「しばらくぶりだな」

「マドリードを離れていたもので」

「となると、これまで一緒に話したことを熟考するには十分な時間が持てたということだな。それに、わたしへの質問をいくつか携えて戻ってきたのではないのかね？」

「それはもう、山ほどありますよ。あのお……もし差し支えなければ……？」そう言ってぼくはテープレコーダーを取り出してみせた。

視線を上げたフォベルは、録音装置を蔑みの目で見つめた。手ぶりで拒否され、ぼくはおとなしく引き下がり、テープレコーダーをアノラックのポケットにしまい込む。

「中には、お尋ねするのも憚《はばか》られるような質問もあって……」

「世界は勇気ある者に開かれている。訊いてみなさい。きみとわたしの仲ではないか」

ほとんどわからぬほどだったが、フォベルの顔がほころんだ。左右の口元にかすかにえくぼを浮かべ、頑強そうなあごをしゃくっている。どう見ても現実にしか見えないその仕草に親しみを感じ、一瞬ぼくは何でも打ち明けられそうな気分になった。

「それで？」と師はうながした。「きみの質問とは何かね？」

「悪く受け取らないでください。あなたはここの事情に通じていらっしゃるのでお尋ねしますが、プラド美術館に亡霊が出るかどうか、ご存じですか？」

回りくどい？　そりゃあ、ぼくだっていっそのこと、〝あなたは亡霊なんですか？〟とか〝ひょっとして、テオドシオ・ベステイロというお名前では？〟と質問したかった。だけど結局は、慎重さの方が勝った。不用意なひと言で水の泡にしたくなかったからね。

「亡霊？」

「ええ」訊き返されてまごついた。「つまり、もしかして誰かがここで命を絶って……それで……」

ようやく質問の真意を汲《く》み取ったらしく、ドクトルは穴のあくほどぼくを見つめた。

「そういった事柄に、きみがそんなに興味があるとは知らなかったよ」

うなずくぼくの前で師の物腰から柔らかさが消えていく。すると、ルイス・フォベルはいきなり踵《きびす》を返し、群衆の中に分け入りながら命じた。

「ついてくるんだ！」

当然ぼくは従った。

そう遠くまでは行かなかった。師に連れて行かれたのは、隣接する同じイタリア絵画の展示室だった。驚くことに、その場にいた観光客も、駆けずり回っている子どもたちも、フォベルのことを気にもしない。彼はそのまままっすぐ進み、正面に現れた3枚の絵に目を留めた。緻密な細工が施された額にはめられた、ルネサンス期のみごとな板絵だ。もしもっとよく照明が当たっていたら、森へと開かれている大窓のひとつと見紛ったかもしれない。穏やかで、静かな海を彷彿させる、ほれぼれするような世界。

〝ボッティチェリの板絵だ！〟と思った。

プラド美術館を一度しか訪れたことのない人でも、この作品は記憶に残っているだろう。人目を引く3枚同寸の板絵で、15世期にヨーロッパで確立した風景画だ。この絵の場合、風景である地中海沿岸の松の森は、狩猟の場面に貫かれている。主役はひとりの騎士に追われる全裸の女性。《プリマヴェーラ（春）》で有名なボッティチェリの作品で、プラド美術館が唯一所蔵するものだ。コレクションに加わったのは、スペイン内戦〔1936－39〕直前のことだと聞いている。カタルーニャの保守派政治家で美術収集家だった、フランセスク・カンボーが寄贈した。彼の言葉をそのまま引用すれば《わたしの魂が変容し（……）心の奥底に激しい喜びを生み出すに至った》注1からだという。つまり彼は、他の人々にも一連の作品を眺める機会を得さ

《ナスタジオ・デリ・オネスティ》 第Ⅰ場面　1483年　サンドロ・ボッティチェリ
マドリード　プラド美術館所蔵

《ナスタジオ・デリ・オネスティ》第II場面

《ナスタジオ・デリ・オネスティ》第Ⅲ場面

せたかったんだ。おかげでぼくもその作品を知ることができた。それまでにも何度も足を止めて見入ったことがある。だからこそ、そこに連れて行かれたことに驚いたのだ。

「きみの目の前にあるこの作品は」と師は最初の板絵を指差して言った。「プラド美術館で見ることができる唯一の亡霊の絵だ」

　そう聞いて困惑した。絵の情景はまぶたの裏に浮かぶほど記憶していたが、さまよえる亡霊を思わせるものは何もなかった。フォベルはぼくの困惑に気づいたらしい。

「美術館のガイドブックには、ひとつとしてこの絵を亡霊出現の描写だと述べたものはない。それはわたしも知っている……」秘密を明かすように声を落として囁いた。「が、ここに描かれているのはまさに亡霊だ。三つの恐怖の場面は、ジョヴァンニ・ボッカッチョが１３５１年前後に著した『デカメロン』の１００ある物語のひとつから着想を得ている」

「物語？　亡霊の？　ディケンズの小説のような？」

「そう。チャールズ・ディケンズが５００年後に執筆することになるのと同じ、教訓的な物語だ。しかしボッティチェリにインスピレーションを与えたのは、『残酷な愛人たちの地獄』と題された、決まった曜日に繰り返される、呪いと復讐の話だ」

　ぼくは作品の手前に立っている解説パネルに素早く目を通した。美術館の学芸員はこの作品を《ナスタジオ・デリ・オネスティ》と名づけていた。どこにも地獄や愛人といった記述はない。一瞬、ぼくの質問をかわそうとしたドクトルが、話題をそらして惑わすために連作の前へ連れてきただけかと思った。でも、そうではない。師は大まじめに話していた。その絵の中に亡霊がいる、と。

「これらの板絵の主人公は、グレーの胴衣《ダブレット》を身につけ、赤いタイツと黄色いブーツを履いた若者だ。３枚とも出てくるが、第Ⅰ場面には二度現れている。わかるか？」

「ってことは……彼が亡霊？」

「違う！」と師は笑う。「ひとつの構図の中に同一人物が何度も現れるのは、妙な感じがするかもしれぬが、だからといって超自然的なものだとは限らない。むしろそれはしるしだ」

「しるし？」

「絵の中に人物がダブルで現れていたら、作品が何かを伝えたがっていると思って間違いない。それらは歴史を語る絵だ。漫画のようなものと考えていい。ここにある絵のように、登場人物たちが何度も繰り返し現れてね」

ルチア・ボセの所で《アテナイの学堂》の絵に見つけた繰り返しを思い出したが、その場で口にするのは控えた……。

「胴衣《ダブレット》姿の若者は名をナスタジオといい、裕福な家の出だった」と話は続く。「ナスタジオはパオロ・トラヴェルサロという名の男の娘に恋をした。何度も求婚するが、その時代の女性には珍しく、娘はすげなく拒絶する。第Ⅰ場面の左側に描かれているのは、想い人に振られた傷心のナスタジオが、自殺をしようとラヴェンナ近郊の松の森に入った場面だ。若者の表情を見てみろ。落ち込んでがっくりしているだろう？　狂気を犯す寸前だ」

「それにしても、どうしてボッティチェリは彼に枝なんか持たせたんだろう？」

「いい目のつけどころだ！　そこから本当の物語は始まる。時は5月。当時のヨーロッパは幻影的な部分がまだ多かった時代だった。注2 自殺の方法を考えながら森をさまよっていたナスタジオは、ぞっとするような光景を目撃した。突然、白馬に乗った騎士が出現し、逃げまどう赤毛の娘に剣を振りかざす。攻撃をやめさせようと、ナスタジオは地面に落ちていた枝を手に取り、騎士と猟犬たちに立ち向かう。だが、騎士は彼に道をあけるよう命じる。《神の裁きを遂げさせろ！》と憤怒の形相で叫ぶ。《この性悪女にふさわしい罰を絶え間なく与えるのが、わたしの役目だ……金曜日の定刻にここで追いつくことになっている》」注3
「何が何やらさっぱり……」

「単純明快だ。ナスタジオが見たのは亡霊の出現。森の空隙で何度となく繰り返される、冥土のビジョンだよ。事実、第Ⅱ場面ではそれがもっとよくわかる。ボッカッチョによると、グイドという名の騎士が馬から降りて娘に切りかかり、彼女の心臓とはらわたをえぐり出して、猟犬たちに食べさせるのだという。《しかし即座に娘は》と騎士は説明している。《神の力と正義によって、死ななかったかのように起き上がると、再びむなしい逃避行を開始する。そしてわたしと猟犬たちの追跡も新たに始まるのだ》」

「なぜ、そんなことを？」

「基本的には非常にわかりやすい話だ、ハビエル。騎士グイドと追われる女は、ずっと昔に死んでいるのだ。過去に騎士はその女に失恋し、ナスタジオのように森に入り、命を絶った。そんなふたりに神は永劫の罰を下す。彼に対しては臆病だったために、彼女に対しては《心が頑なで冷たく、愛を受け入れることも同情心を抱くこともなかった》ために、追い追われる関係を永久に続ける結果となった。ボッティチェリは背景の奥の方に、ふたりの亡霊を繰り返し登場させ、永遠の円環という考えを強調している。見えるか？」

ぼくはうなずく。

「つまり、これは悲劇……」

「だが、ナスタジオにとってはそうではない！」

わけがわからずフォベルを見つめると、彼は説明を続けた。

「ふたりの亡霊に出くわし、騎士の身の上話に共感したナスタジオは、ある計画を企てる。それは第Ⅲ場面に描かれている。近づいて、よく見てごらん。彼が取った作戦はシンプルだが実に巧妙だ。翌週金曜日に森の中の空き地で、パオロ・トラヴェルサロの家族を招いて宴会を催したのだ。板絵に表されているように万事完璧に整えてね。そこへ一週間前と同じ時刻に、騎士、猟犬、娘の亡霊が現れ、宴会に乱入し、招待客たちは騒然となる」

「そのようですね。女性たちは恐怖に駆られてテーブルを引っくり返し、男性たちは驚きの目で騎士を見つめている」

「若者がどこにいるかわかるか？　落ちつき払って招待客たちをなだめ、事情を説明している。女性たちは不幸な話に哀れみを感じ、トラヴェルサロの高慢な娘は瞬時にその事件の教訓を理解する。《凄惨な場面は別の好結果を生み出した》とボッカッチョは書いている。《恐怖に心底震え上がったラヴェンナの若い娘たちはそれ以来、男たちの意向に対してますます従順になったという》」

「最終的にナスタジオは、パオロ・トラヴェルサロの娘と結婚に漕ぎつけたんですか？」

「自分の目で確かめるがいい。第Ⅲ場面の右側だ。ナスタジオの腕を取る女性が見えないか？　それは以前、板絵の左側で悲鳴を上げていた女性たちのひとり、おそらくは赤いドレスを着たのが彼の愛する女性だと言われている」さらにつけ加える。「ここにはないが、第Ⅳ場面が存在する。画家に絵を依頼した一家が所有するヴェネチアの宮殿にある。その最後の場面には婚礼の場面が描かれていて、誰もがトラヴェルサロの娘の賢明な決断を祝っている」

「いま話を聞いて思ったのですが、いったい誰が、偉大なボッティチェリに亡霊の物語などを描くよう依頼したんですか？　それと、どういう経緯で？」

「信じられないかもしれんが、きみの目の前にあるのはクワトロチェント（１４００年代）、初期ルネサンスから盛期ルネサンスにかけての時代に、結婚祝いの贈り物として制作された。カッソーネと呼ばれる大櫃《おおびつ》の周囲に描かれたものだ。第Ⅲ場面を注意深く見ると、木の枝から紋章がぶら下がっているのがわかる。それらをしかるべく解釈すれば、きみの問いへの答えになる。右はフィレンツェの豪商プッチ家、真ん中は市の統治者メディチ家、左はビーニ家の紋章だ。当時の記録から、１４８３年にジャノッツォ・プッチとルクレツィア・ビーニが、ロレンツォ・デ・メディチの面前で結婚式を挙げたことがわかっている。そこに描かれているとおりだ！　権勢を誇るプッチ家は、芸術作品に巧妙にカムフラージュするかたちで、おとなしく婚家に従うよう花嫁に警告しているわけだ。これらの絵は長年、プッチ夫人の寝室にあった衣装ケースを彩っていたことだろう」

その時まで単なる風景画だと思い込んでいたぼくは、呆然としながらしばし師の言葉を反芻した。と同時に、プラドの亡霊に関するぼくの問いを自分の領域にスライドさせた師の手腕にも感服していた。

〝それは歴史を語る絵だ……〟

「見てのとおり」フォベルは満足げにだめ押しをした。「超自然的なものへの関心は、必ずしもいまに始まったものではない」

「確かに」

「一方、その時代に斬新なものと考えられたのは、巨匠がした亡霊たちの描き方だった。これらの板絵を制作した時、ボッティチェリは37歳。1年前にマルシリオ・フィチーノの思想（またしても！）に影響を受けた《プリマヴェーラ》を仕上げ、《ヴィーナスの誕生》に着手する直前で、画家としての絶頂期にあった。超自然的なものをいかに表現するかを熟知し、みごとに実践する。それができる人物は、後年ラファエロがフィレンツェにやってくるまで現れなかった」

「う〜ん。どうしてあなたは、そうやって何もかも関連づけられるんですか？」

「すべてはつながっているからだよ！」

「数々の予言とも？　ボッティチェリも『新黙示録』の流行病にかかっていたと？」

「そうではないと言うのかね？」

あざけるように微笑むと、間髪を入れずに話を続けた。

「ボッティチェリがこの板絵を描いた1〜2年後、フィレンツェが予言の都と化した事実は、当時の歴史家たちの間では知られたことだ」

「冗談ですか？」

「そうではない。彼が《ナスタジオ》を制作したあと、フィレンツェでは前代未聞の騒動が起こり、巨匠は完全に感化されてしまった」

「とても信じられませんね」

「わたしは嘘をついていないよ、ハビエル。恐るべき騒動の原因は、ジロラモ・サヴォナローラという、フィレンツェで最も力のある聖職者と化したドミニコ会士だ。教会や政治の腐敗、フィレンツェの不道徳さや贅沢ぶり、ばか騒ぎを説教壇から激しく糾弾し、信仰に立ち返るよう訴えた。まもなく彼の名はイタリア全土に知れ渡り、あまりに信奉者が増加したため、ロレンツォ・デ・メディチと教皇アレクサンデル6世が何度も始末しようとしたが、失敗している。サヴォナローラの説教を聞いたミケランジェロがこう述べている。彼の声は非常に甲高くてよく通るうえ、聞く者を包み込むところがあり、一度耳にしたら最後、生涯頭から離れない、とね」

「彼の説教はそんなに深刻だったんですか？」

「深刻などというものではない。〝主の犬〟[注4]サヴォナローラは、何度となく教会のことをキリストの福音のメッセージを裏切った〝傲慢な売春婦〟と非難したばかりか、国に神聖な秩序を取り戻すためには、フランスのシャルル8世がナポリとミラノの継承権を主張してイタリアに侵攻し、ローマから教皇を追い出してくれたらいいとまで公言した。その後、本当にシャルル8世がイタリアに侵攻したため、予言が当たったとみなされ、彼の名声は最高潮に達した。サヴォナローラはフィレンツェに神権政治を確立せんとし、宗教権力と政治権力の融合に向けて踏み出さなければ、あらゆる種類の神罰が下ると言って政治当局を脅した。みずからが修道院長を務めるサン・マルコ修道院では、フラ・アンジェリコの作品群の前でひざまずき、聖書の預言者たちの霊に心酔しては、恍惚状態で説教に向かったという」

「幻影を見るようになったことで、予言が誘発されるようになったのかも……」

「おそらくそうだろう。肖像画に見られる、青白い顔をして焦点の定まらぬ目をし、鉤裂きだらけの修道服《アビト》を身につけた姿は、いかにもトランスに陥りそうだ。サン・マルコ修道院の院長は、忠実な弟子シルヴェストロ・ダンドレア・マルッフィ修道士と、フィレンツェの悲惨な未来を予言するようになった。マルッフィは夢遊病者で、独居房の瓦屋根を伝ってさまよう姿が頻繁に目撃されている。弟子は目が覚めると悲惨なビジョンを語り、それをサヴォナローラが慎重に書き留めた。やがてサヴォナローラ自身も予言の能力を伸ばすことになる。予言しただけでなく、『予言の本質に関する対話』と『天啓大要』というふたつの論文も著し、教会の大変革と間近に迫ったキリストの千年王国の到来を臆面もなく告げている」

「つまりドミニコ会士が、異端審問官たちの同志だったはずの修道士が、異端と紙一重の内容を説教壇から叫び……誰も彼を止めることができなかった！」

師はうなずいた。

「加えてフィレンツェにはその頃、異教徒たちが大勢いて、カトリック教義から外れた異説にも比較的寛容だった。それゆえ当初は人々も大目に見ていたが、次第に看過できなくなったらしく、知識人たちがサヴォナローラを攻撃し始めた。カトリックの教義から離れているという点では彼らも一緒だったが、ドミニコ会士の主張はあまりに独善的すぎた。ボッティチェリの師マルシリオ・フィチーノが、サヴォナローラを《反キリストの発散物》と呼ぶに至ったことからも察しがつくだろう」

「なのに、どうしてボッティチェリはフィチーノと意見を異にし、サヴォナローラのような狂信者に共感したんですか？」

「ふむ……それは完全なる謎だ。彼がいつ、なぜ、アカデミーの新プラトン主義者たちと距離を置くようになったのかは、誰にもわからない。しかし何らかの理由で、狂った修道士の説教に惹かれるようになった。ボッティチェリはレオナルド・ダ・ヴィンチの親友で、彼と一緒に小さな食堂まで開いたことがある。[注5]が、光から遠ざかり、最たる闇に落ち込む結果になった。ヴァザーリは画家たちの『列伝』〔↓p54〕で、ボッティチェリが《分派の熱心な支持者》になり、《絵画制作から離れ、収入がなくなったことで、破滅に向かった》と記している」

「何てひどい」

「さらにひどいことが起こる」

「本当ですか？」

「痛ましいのはサヴォナローラが、無信仰の時代の作品をすべて破壊するようにと、画家を説得したことだ。工房からそれらの作品を放り出し、市内で毎週行なっている〝虚栄の焼却〟で燃やすよううながした。その話はどこかで耳にしたことがあるのではないか？　ドミニコ会士のお告げに従い、フィレンツェを壊滅させるであろう神の怒りを避けるため、悔悟者たちが、彫刻、家具、衣装、道具、書物、絵画を灰にし始めた」

　ぼくは両手で顔を覆った。

「何ということを……」

「それはルネサンスにあるまじき、忌《いま》わしい瞬間だった。だがサヴォナローラの影響は、ボッティチェリを彼の教えの熱狂的な信奉者に駆り立てただけではない（ちなみに画家は、修道士のことを〝教会の刷新者〟と呼んでいた）。天才サンドロは、修道士の思想に従った絵まで描いている。驚くほど緻密なやり方でだ」

「嘘だ……」とぼくはつぶやく。

「本当だよ」と師は訂正する。「すでに人騒がせな説教師が世を去ったあとの１５０１年、ボッティチェリはわれを忘れてカンバスに向かっていた。自作である証拠に日付と署名を入れている。何らかの理由で、彼が唯一そうした作品だ。今日ロンドンに展示され、《神秘の降誕》というタイトルで知られている。その絵の中で、イエスの誕生は過去のできごとではなく、別の兆しを伴ってやってくる予言的なできごととして示されている。悪魔は打ちのめされ、天使は人間に抱擁している。それは、彼が信奉していたドミニコ会士が、１４９４年のクリスマスの説教で告げていた予言のひとつだ。注6『メディチ家の統治によって腐敗したフィレンツェは地に落ち、教皇庁は沈み、モーロ人とトルコ人はキリスト教に改宗して、神と直接相まみえることのできる繁栄の時代がやってくる』」

「確かですか？」

「ああ」

ドクトル・フォベルはコートのポケットに手を突っ込むと、いま話していた作品のカラー写真を取り出した。〝タイミングよく持っていたのか⁉〟と不思議でならなかった。古い美術雑

《神秘の降誕》 1501 年　サンドロ・ボッティチェリ
ロンドン　ナショナル・ギャラリー所蔵

誌の折り込みページだったらしい。周囲にいた5～6人の人たちがじろじろ見ているのも構わず、ぼくの目の前でゆっくりと開いた。鮮やかなカラー写真だったが、原画の威厳と素晴らしさを反映しているようには思えなかった。

両手で写真を平らに広げると、師は話を続けた。

「ボッティチェリがこの絵を描いたのは、サヴォナローラと弟子のシルヴェストロ・マルッフィ、ドメニコ・ダ・ペーシャ両修道士が、フィレンツェのシニョーリア広場で絞首刑に処され、遺体が火焙りにされた3年後のことだ。彼らは異端のかどで処刑されたことから、迫害は支持者たちにも及んだ。そのため、画家は自分が信奉者であった事実を慎重に隠さねばならなかった」

「どうすれば、この絵がサヴォナローラ修道士の異端思想と関係すると断言できるんですか？」

「サヴォナローラの著作を読み、絵の着眼点に気づけばね」と微笑む。

「そうは言っても……」

「たとえば『天啓大要』で、彼は〝聖母の12の特権〟と呼ぶものを説明するのにかなりのページを割いている。信者たちが宗教行列で街の通りを練り歩く際に唱える、短い連禱の一種だ。さてそこで、絵の中で宙に浮く12人の天使が手にした枝のリボンに注目してみる。すると何やら文字が記されているのがわかる。12あるうちの7つしか読めないが、それらはみな、サヴォナローラの〝特権〟を一字一字再現したものだ。イタリア語ではこう書かれている。《父なる神の真の花嫁》、《父なる神の驚嘆すべき花嫁》、《言葉では表現できぬ聖所》……」

「それだけですか？　それがすべての根拠？」

「当然そうではない。画面の上部、署名と日付とともに書かれた銘文にも小さな謎が隠されている。間違いだらけのギリシア語で記されているが、おおよそこんなことが書いてある。《この絵は西暦１５００年の終わり、イタリアの動乱の最中にわたくしアレッサンドロが、１千年紀のあとの２千年紀の半ばに描いたものである。『ヨハネの黙示録』11章では３年半に及ぶ悪魔による蹂躙から解放された後、12章へと続く。われわれはこの絵に表されたような状態を見るだろう》」

「何が言いたいんでしょうね？」

「『ヨハネの黙示録』を参照するよう言っているんだ。わからないか？」

「11章と12章を？」

「そうだ。『黙示録』11章には大いなる災いの地上到来が語られ、２名の証人（福音史家ヨハネの考えではエノクとエリヤ）について言及されている。ふたりは聖都で１２６０日間、預言する。口から火を吐き、敵を牽制しながらね。ふたりとも殺されてしまうが、その後、雲に乗って昇天する。サヴォナローラはその文面を、自身と弟子のドメニコ・ダ・ペーシャになぞらえるようになった。そのうえ、興味深いことに両者は3年半（これはまさに１２６０日余りに当たる）説教をしたあと捕まり、絞首刑と火刑に処せられた。《殺され》そして《雲に乗って天に昇る》ところも一緒だ」

「口から火を吐いていたことも……」とぼくはつけ加える。

「つまりボッティチェリは、師サヴォナローラのことを語る隠語として『ヨハネの黙示録』を使っているのだ」フォベルは続けた。「12章では、別の3年半について語られるが、その後、地上には、悪魔を打ち破り、千年王国をもたらす天使が到来する。千年王国はイエスを先頭に、真の信者と殉教者たちが世界を統治するとされている。ボッティチェリがこの作品を描いた時、彼は自分が、その新たな主の降誕の前段階を生きていると信じていた」

「でもキリストが戻ってくると本当に信じていたんでしょうか?」

「そうであっても別段おかしくはない。1500年頃のフィレンツェでは多くの人々が、それが起こると確信していた。サヴォナローラ自身はその日付を説教で否定しながらも、たびたび口にしたことで噂は広まった。もっと面白いのは、彼はその変革が1517年までに起こると踏んでいたが、注7 信奉者たちにはその待ち時間が耐えがたかったことだ。弟子20名が密談で、ピエトロ・ベルナルディーノという男を独自に天使教皇に指名したことで、師と対立し離反しているほどだからな」注8
「またしても天使教皇?」

「そうだ。ほとんど神に派遣された天使のような、教会の刷新者としての教皇の登場はこの時代、見果てぬ夢に終わったが、サヴォナローラもボッティチェリも亡くなったあと、差し迫る天使教皇の到来を擁護した残党のひとりが誰だったかわかるか？」

「教えてください。きっと、あっと驚くような人物なんでしょう？」

　この会話にとどめの一撃を加えるかのように、フォベルは白髪混じりの太い眉を吊り上げ、額にしわを寄せた。

「プラドにあるこの3枚の板絵を結婚祝いとしてボッティチェリに依頼した家族の名を覚えているか？」

「プッチ家です」

「よろしい。その新婚夫婦の曾孫《ひまご》に当たる、哲学者フランチェスコ・プッチが『キリストの王国』という論文で、ローマ教皇庁は数々の罪によって16世紀が終わる前に廃止され、新たな秩序と至高の牧者が到来すると告げている」

「ひとつの周期が終わるってことか！」ぼくは叫んだ。「で、そのプッチはどうなったんですか？」

「彼は……激動の人生を送ることになった。ヨーロッパ中を旅して回り、ポーランドのクラクフでは、英国の有名な魔術師で占星術師ジョン・ディーと知り合った。ディーが天使たちとの交信を学んだと聞いて意気投合し、〝錬金術師の皇帝〟ルドルフ2世への表敬訪問にプラハまで同行している。注9 だが運命の皮肉か、その後、異端のかどで逮捕され、ローマに送られた。牢獄ではジョルダーノ・ブルーノとも知り合ったという。不幸なことに釈放されることなく、

1597年に処刑された。3年後にブルーノが処刑される同じ広場でね」

「何てひどい時代だったんだろう」

「それに、何てひどい人間たちか」

「まったく、そのとおり。何てひどい人間たちだ！」

しばしの間、ぼくらは黙り込んだ。互いに自然と《ナスタジオ・デリ・オネスティ》の素晴らしい板絵へ視線を戻していた。まるでそこに、多少なりとも、ボッティチェリが信仰と引き換えに失った心の平穏が見つかるとでもいうように。にわかにぼくは、その日のレッスンが終わったことを悟った。そこで次の約束をすることなく師が消えてしまう前に、自分の方から話を切り出すことにした。

「次回はいつ会えますか、ドクトル？」

フォベルは板絵から目を外すと、まるでぼくを通り越してはるか彼方を見るように、こちらを見つめた。

「会う……？」うつろな感じで口ごもる。

「ええ。ご都合がよろしければ、2～3日後にまた来ますが、そうでなければ……」

「これまでわたしと会うのに、予定を記す必要があったか？」いきなり言葉を遮られた。「必要を感じた時に、導かれるに任せなさい。きみが光を渇望すれば、必然的にまたここへ来たくなる。絵は霊的な世界への扉だといったのを覚えているか？」

ぼくはどぎまぎしながらうなずいた。

「それらの扉を自分自身で開けることを学ぶんだ。そうすれば、わたしと会うのに支障はなくなる。以上だ」

その教えをぼくは受け流した。彼に訊いておかねばならない別のことがあったからだ。

「あの、ほかの人を一緒に連れてきてもいいですか？」

しかし、フォベルはもう答えなかった。別れの挨拶もなく、身をひるがえすと美術館の雑踏の中へ消えていった。

注1　Francesc Cambó, *Memorias (1876-1936)*, Alianza, Madrid, 1987.

注2　David Cast, «Boccaccio, Botticelli y la historia de *Nastagio degli Onesti*», en VV. AA., *Historias inmortales*, Galaxia Gutenberg, Barcelona, 2002.

注3　《　》はジョヴァンニ・ボッカッチョ『デカメロン』5日め第8話より引用。

注4　ドミニコ会士はラテン語名（Dominicanis）をもじって「主の犬（Domini canis）」とも呼ばれた。

注5　1478年頃のことで、店名は〝サンドロとレオナルドの三匹の蛙の旗印〟。メニューがあまりに斬新すぎて客が入らず、あっけなく閉店した。店の正面には、それぞれが描いた素晴らしい油絵が飾ってあったというが、現存していない。

注6　サヴォナローラの予言（言及のみで文章としては残っていない）とボッティチェリの《神秘の降誕》を最初に結びつ

けたのは、次の文献だ。John Pope Hennessy, *Sandro Botticelli, the Nativity in the National Gallery,* The Gallery Books, Londres, 1947.

注7　著作『聖書の秘密の共有』（1508年頃）にはそう書かれている。

注8　Marjorie Reeves, *The Influence of Prophecy in the Later Middle Ages,* Oxford University Press, Oxford, 1969.

注9　ジョン・ディーは、ぼくの小説『失われた天使』（邦訳：ナチュラルスピリット　2015年）の核となる、重要な歴史的人物のひとりだ。彼についてさらに知りたい読者は、同作品をお読みいただきたい。

8　栄光の道

　年末年始の休暇後、マリーナから届いた第一報は凶兆を伴うものだった。いつものように午前8時30分に電話してくるのではなく、朝早く寮の受付に寄って、伝言をメッセージボックスに置いていったんだ。
《ハビエル、マドリードに戻っているかわからないけど、いるんだったら教室まで来て。お願い、緊急なの》
　午前7時にその伝言を受け取り、半ば好奇心から彼女を観察していた寮の秘書トニーによると、メッセージの主《ぬし》は何だかひどく怯えているようだったという。ひと目で丸っこくてかわいらしいマリーナの字だとわかったが、間違いか冗談かもしれないとも思い、念のためどんな女の子だったか教えてほしいとトニーに頼んだ。
「金髪でやせ型で、明るい瞳の、あなたぐらいの背丈の娘よ」

彼女だ。

「どうかしたの、ハビエル？」ぼくの顔色が変わったのを見てか、心配そうに尋ねてくる。寮生たちにとってトニーは母親みたいな存在だ。それだけにぼくらのことは何でも知っている。何時に寮を出て何時に戻ってきたかといったことから、恋人の有無、成績の良し悪しまで。

ぼくは慌てて部屋にかけ戻ると、コートと講義用のファイルを手に取り、朝食も摂らずに街路樹が立ち並ぶグレゴリオ・デル・アモ通りに飛び出し、薬学部に向かって走った。

《教室まで来て。お願い》

マリーナは教室が開くのを待って、2時間は図書館で時間をつぶしたに違いない。でも、どうして？

《緊急なの》

1限めの講義が始まる5分前に薬学部の本館――個性に乏しい赤レンガとコンクリートの堂々たる建物――に到着した。教室の一番後ろの列に放心した様子でマリーナが座っている。背を丸め、薄化粧もせず、だぶだぶの男物のタートルネックのセーター姿で、飾り気のないピンで髪を留めている。何と言っても際立っていたのは目の隈だ。紫色のたるみがエメラルド色の瞳の下にできている。一睡もせず夜を明かしたに違いない。

「来てくれてありがとう……」ぼくを見ると、笑顔を作ろうともせずにマリーナはつぶやいた。

「休暇はどうだった？」

　ぼくは何も言わなかった。反応のしようがなかったからだ。

「ねえ、ここを出ましょう」と彼女は懇願するように言った。

　即座にノートや筆記用具を巨大な布バッグに無造作に突っ込み、大ぶりの羊毛オーバーを鎧《よろい》のように着込む。そんな彼女に落ち着かない気分でつき添い、薬学部の外へ出る。少し外の空気を吸ったところで、何があったのかを聞ければいいと思った。これから耳にするのは予感どおり深刻な話かもしれない。いずれにしても学内から離れた方がいいだろう。鉛のように重苦しい沈黙に包まれながら、ぼくらはコンプルテンセ通りに沿って歩き始めた。

「何て言ったらいいかわからないんだけど、ハビエル」とうとうマリーナが口火を切った。際限のない圧迫から解放されたい一心で、力を振り絞って第一歩を踏み出したという感じだ。

「あの人と会うのはやめた方がいいわ！」

　彼女を見つめるぼくの顔は、相当呆けていたに違いない。

「昨晩……」と話し始めたものの、息を吸うのに中断する。ぼくの腕を取ってぐいぐいと引っ張って歩きながら、話し続けるための力を充電している感じだ。「昨晩、ひとりの男が訪ねてきたの。うちの玄関によ。両親は旅行中だったので会っていないけど。むしろその方がよかったわ。怖い思いをさせずに済んだから」

　マリーナは矢継ぎ早にそこまで言った。ひと息でだ。

「ちょっと待って。きみ……見知らぬ相手にドアを開けたの？」

「えっ……」息も絶え絶えに答える彼女。「そうよ。だって……礼儀正しく自己紹介して、わたしにどうしても伝えなきゃならない大事な話があるって言うんだもの。午後8時45分で、そんなに遅い時刻じゃなかったし、妹も家にいたから中に通したのよ。コーヒーだけ飲んでいったわ。だけど怖かったのは、その人のしたことじゃなくて、言ったことなの」

「で、何て言ったの？」まだどう反応してよいやらわからず、とりあえず訊いた。

「問題はそれよ、ハビエル。その男はわたしに、あなたのことを話しに来たの。あなたが大学で何を専攻しているか、特に最近、プラド美術館を訪れていることもよく知っているって。それでね、わたしたちのことを見張っていたって言うのよ。わたしがあなたのために新聞資料館で記事をコピーしたことも、あなたがルチア・ボセに会いに行ったことも知っていた。ふたりでエル・エスコリアルへ、予言の本を見に行った日のことまで、語って聞かせたのよ」

「『新黙示録』のこと？」

「そう。その本は……ええと」仕切り直すと、一気に口にする。「いったい何に首を突っ込んでいるのか知らないけど、その男からは、あらゆるものから手を引くようあなたを説得してくれって、そのように頼まれたわ。あなたの身のためにもだって」

「あらゆるものから手を引く？　いったい何のこと？」仰天しながらぼくは言い返した。

「プラドの亡霊だか何だか知らないけど、会いに行くのをやめろって。信頼に足る人物じゃないから。特に、その件で余計なことを詮索するのをやめろって。やめる、やめる。全部やめるの。わからない？」

「でも、ぼくは……」

「ハビエル」真顔になって腕を振り放すと、マリーナはぼくの目を見つめた。「男は本気よ。それは誓って言える。わたしに対して脅しはしなかったけど、その寸前まで行っていた。信じて。顔に表れていたもの。ぞっとするほど暗い目をして……」

「だけど、きみに名乗ったんじゃないの？」

「名乗ってなんかいないわよ！　絵の鑑定人をしているってだけ。わたしたちがエル・エスコリアルでした不用意な質問が、ある重要な研究を危険にさらすことになったって」

「あっ！」記憶の中に明かりを灯されたように、急にその理由がわかった気がした。「そいつは、ぼくらの前に福者アマデオの本を閲覧に行った人物に違いない！　だからぼくらに注目したんだよ！」

　マリーナの表情が翳《かげ》った。

「それぐらいわたしだって考えついたわよ、ハビエル。でも、そんなことはどうでもいい。嫌なのは、その男がわたしたちのことをつけ回っていること。尾行しているのよ。わかる？　何らかの理由で、あなたがしていることが、男の妨げになっているから。だとすると、昨晩の訪問は警告よ。あの男には何とも言えない暗さが漂っていたわ」

「で、望みはそれだけ？」無理に笑顔を作って言った。「ドクトル・フォベルを忘れろ、絵のことをあれこれ訊くなって？」

「何よ、ハビエル！　大したことじゃないって言いたいの？」

マリーナは興奮して唇をわなわなと震わせた。

「こっちは男のせいでひと晩中眠れなかったのよ！　朝一で学部に来たのは、少なくとも周りに人がいて、わたしには近づけないだろうと踏んだからよ。そいつが戻ってこないとも限らないから、妹にも早く家を出るよう言ったわ」

「でもね、マリーナ……そこまでびくびくすることはないよ。ね？」ぼくは彼女をなだめようと、顔にかかった素敵な巻き毛の束を払った。「確かなのは、相手がいかれたやつだということ。何でもかんでも気になって仕方がない、ガリ勉タイプによくいるだろう？　エル・エスコリアルの訪問者台帳で住所を知って、きみとお近づきになろうと思って訪ねてきたんだよ。脅しというわけでは……」

「相手は実際にうちに来て、わたしは対面しているのよ！　まだわからない？　ハビエル！」

「それはそうだけど……」ぼくは口ごもる。マリーナは怯えきっていた。「警察に相談してみようか？　そうすれば……」

「何て説明するのよ、警察に？　ねえ？　ある専門家が自分の研究している本を閲覧するのが気に入らないらしくて……って？　うちのキッチンでコーヒーを飲んで、何もしないで帰ったとでも説明するの？　いい加減にしてよ、まったく！」

マリーナは両手を強く握り締め、憤りをあらわにしている。言えば言うほど彼女を怒らせるだけだ。ぼくらはしばし無言のままで、凍った水たまりを飛び越えながら、大学周辺をラ・コルーニャ通りの外れまで歩き、その後、冬場の慰めである朝日を浴びて、モンクロアの商業地区をだらだらと散歩し続けた。このままでは新学期最初の講義をさぼることになるし、悪いスタートとなってしまうが、ふたりともそんなことはどうでもいいといった様子だった。

安心感を与えようと彼女の肩に腕を回し、しばらくその状態で歩いた。

「ぼくがわからないのは、マリーナ、どうしてきみがそんなに怯えなきゃならないかだ。ともかく相手は気が済んで帰ったんだろう？」

出版社「フォンド・デ・クルトゥーラ・エコノミカ」の書店のショーウィンドウの前で立ち止まって、ぼくは初めて口を開いた。起こったことを振り返ってみれば、彼女の不安を和らげる助けになるかもしれない。

「それに、〝セニョールX〞がきみに言ったのは、ぼくが謎の男と会うのをやめろということだけだし」

彼女が反応するまで一世紀ほどかかったように思えた。ショーウィンドウ越しに展示された本を見つめ、表紙についた謳い文句を懸命に目で追っている。その後、それまで見せたこともないほどの哀愁を帯びた苦笑いを浮かべ、ガラスに映ったぼくの顔に目を向けた。

「ばかにしたければすればいいわ、ハビエル。でも、ほかにも言ってきたことがあるんだから」と悔恨に満ちた調子で告げる。

「ほかにも？　どんなこと？」

「死について語ったの。かなり長い間ひとりで、モノローグみたいに。なぜだか知らないけど、その考えに執着しているようだった」

「脅されなかったって、さっきは……」

「脅されてなんかいない！」いきなり遮られた。「死について漠然とした話をしたまでよ。よき死を迎える準備をするのは大いなる美徳だとか、太古の人々のように、あの世行きの荷物を減らしていくことを学ばねばならないとか。散々繰り返して……。とにかくどれもこれも奇妙で、すごく変な話だった……」

　マリーナが悪夢のような体験を思い出したことで再び震え出したのに気づき、落ち着かせようと、本能的に彼女を抱き締めた。どのぐらいの間かわからないけれど、ぼくらの体は初めて触れ合い、エネルギーが通い合った。このまま時が止まってくれたらと思った。ぼくは片手を伸ばすと、そっと彼女の頭を撫でた。

「落ち着いて。いいかい？　もう大丈夫だから」

「……死のことばかり、ひたすらしゃべって、しゃべりまくって。おかしいわよ」ぼくの仕草にはまったく頓着なく、彼女は繰り返した。その思い出を頭から拭い去ることなどできないとでも言うように。

「それにしても、何のためにきみにそんなことを言ったんだろう？」

「わたしが知るわけないでしょ、ハビエル！」

抱擁はかき消えた。彼女はいつの間にか、ぼくの腕の中からすり抜けていた。

「その男が唯一要求してきたのは、あなたがあのいまいましいプラドの師から離れることよ。あなたは間違った考え方に傾きかけている、罠に満ちた時代の思想に染まりつつあるって。だからわたしは怖くなったの！　すごく怖くなったのよ‼」

マリーナの瞳がにわかに潤んだ。

「何もかもまやかしだ」ぼくはできる限り落ち着いた調子で囁いた。「意味のないことだよ」

「そうだわ！」と彼女が叫んだ。「帰り際に、あなたに言づてを頼まれたんだった……」

マリーナは涙を拭うと、取り乱した様子のまま、巨大な布バッグを引っかき回し、半分折りにした紙の束を取り出した。ぼくの目の前でひらひらと振ってみせる。３〜４枚の紙で、ペンで描いたスケッチ画がちらりと見えた。エジプトのミイラのようにも思えたが、そんなはずはないとその考えを打ち消した。

「何、それ？」

「鍵よ」

「鍵？」

「そう言っていたわ。〝栄光に入る鍵〟だって。心を開いてよく考え、有害な思想を無視するようにって。そうすればきっと、悪から離れることができるからって」

興味津々、紙の束に目を通す。それは百年以上昔の雑誌『マドリード画報』のコピーだった。そこには――ぼくの勘はさほど外れてはいなかったのだが――干からびて黒ずんだ遺体の写生画が載っていて、添えられた一文がさらに特異さを際立たせていた。

《皇帝カール５世のミイラを写生したもの。１８７１年》

「ど……どう思う？」マリーナはその不気味な絵から視線を上げると、疑念と怯えが入り混じった目でぼくを見た。ぼくの関心が急速にその絵に傾いていくのを案じているのだ。

「当然、取り合わないさ」とぼくは微笑む。「悪を永久に退ける、いい選択肢だろう？」

「で、この話をきれいさっぱり忘れて、今後一切、手を引くつもり？」

「それはできない」彼女の肩を再び抱いて、ショーウィンドウから遠ざかる。「せっかく面白くなってきているのに、いまさら忘れろだなんて」

残念ながら、ほんのわずか前に通い合ったエネルギーはどこかへ消えてしまっていた。

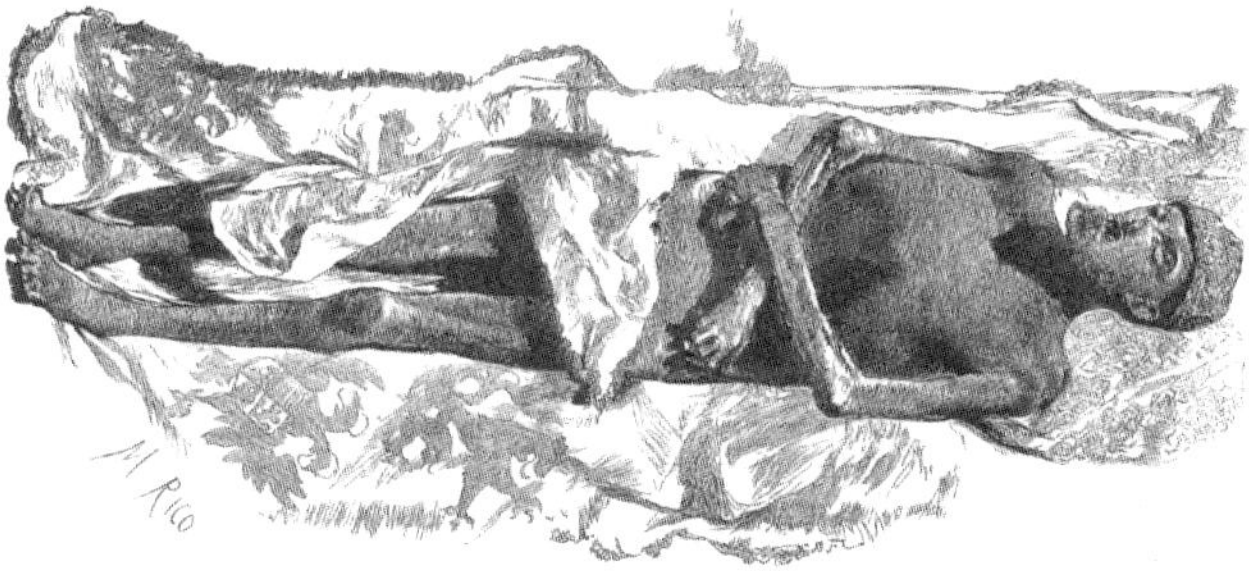

皇帝カール5世のミイラを写生したもの。1871年

9　ティツィアーノの秘密

実際、ぼくは資料を読むというよりむさぼった。

その晩マリーナが妹と泊まることになっていたエステルおばさんの家まで、彼女を送り届けたあと、腰を据えてそれらのページと向き合わざるをえなかった。ぼくは二重の理由でうずうずしていた。ひとつは資料の内容に惹かれたこと。もうひとつは、彼女をひどく怯えさせたセニョールXの正体を探る糸口が、何らかの痕跡、しるしとして隠されていると直観したからだ。

当初はなかなか集中できなかった。自分が監視されていると知り、気になって仕方なかったためだ。しかしぼくのそんな神経過敏も、五感を手元のコピーに向けた途端に霧散した。ぼくは古い文献を読むのが好きだった。その意味では、ぼくにとっては文献も絵と同じで、読み始めて1~2分もすると、単なる紙ではなくなり、過去を垣間見る展望台と化す。

『マドリード画報』は、当時世間を大いに騒がせた隔週発行の雑誌だった。スペインのロマン派詩人――当然、亡霊や妖精、さまよえる魂の愛好家だった――グスタボ・アドルフォ・ベッケル編集という鳴り物入りで始まり、散文詩、パリの流行通信、東洋風の短編があるかと思えば、オルタレサ通りの最近の公共事業に関する陳述書があるというように、政治から芸術まで、あらゆる性質の記事が同居していた。調べてみてわかったが、それは短命の出版物で、わずか3年しか続かなかったということだ。

セニョールXが寄こしたのは、同誌の1872年1月15日号のコピーだった。まず気になったのは誰かが当時、エル・エスコリアス修道院の王家の霊廟でローマ皇帝カール5世（スペイン国王カルロス1世）の棺を開け、腐っていない、ひげも何もかもがそのままミイラ化した体を確認した事実だ。スペイン史の偉大なる皇帝の墓が冒瀆されたと聞いたことはなかったし、こんなに不吉な事実を語る時代の文献が存在するなど、なおさら知らなかった。それにしても、どうしてセニョールXはぼくにこんなものを見せたかったのだろう？　いったいぼくをどこへ導くつもりか？　さらに好奇心をそそられたのは、その情報でぼくを何から遠ざけようとしているのかということだ。

写生画とともに掲載された文章は、絵にも増して意味深長なものだった。ある画家から別の画家への公開状。もう少し具体的に言うと、写生画の制作者――王立サン・フェルナンド美術アカデミーの優秀な学生、マルティン・リコ――が当代きってのスペイン人画家マリアノ・フォルトゥニィに宛てた献辞みたいなものだ。リコがフォルトゥニィに送った書簡には、カール

5世の遺体を暴く冒険に及んだ理由の説明はなく、ひたすら巨匠に対する過剰なまでの賛辞が綴られている。このふたりから連想される情報としては、フォルトゥニィがプラド美術館と特別な関係にあったことだ。フォルトゥニィは、やはり画家で同美術館の館長だったフェデリコ・デ・マドラソの娘婿だった。セニョールXがぼくに注目させたかったのは、その点なのだろうか？　美術館の19世紀絵画のコーナーへ行けと言いたいのか？　マドラソの作品目録を調べろと？　でも、いったい何を探すために？

念のため、その書簡を注意深く読み直す。

ドン・マリアノ・フォルトゥニィ殿

拝啓　貴方に本誌『マドリード画報』第49号上にて、わたくしが手がけたカール5世のミイラの素描を挿し絵のかたちで謹呈いたします。

〔……〕

皇帝のご遺体は至極良好な状態で保存され、3～4センチ幅のレースに縁取られた白いシーツに包まれ、さらに緋色のダマスク織で覆われておりました。一般に伝えられている説とは違い、埋葬から3世紀を経ても損傷は皆無に等しく、何ひとつ欠けることなく完全に保たれていると断言できます。それどころか、ご遺体の安置された棺を開けて、その神々しいお姿を拝む幸運に恵まれた者たちの震える手が落としたであろう、ろうそくの滴がいくつか胸の上に固まっておりました。

とりわけ目を引いたのは、皇帝の口の周囲に蓄えた豊かなひげが白髪ではなく、肖像画に描かれている活力に満ちた王子時代と同様、濃い栗色であったことです。頭髪は金ラメ入り絹布の縁なし帽《スカルキャップ》で隠れてよく見えません。骨が露出しているのは左右両方の前腕と首の左側の一部のみです。

世に栄華を極めた後、質素の内に亡くなり、天に召された亡骸《なきがら》をこの目でしかと見つめた際に、わたくしが体験した感動、魂を揺さぶった感情をここで吐露するのは差し控えます。この書簡があまりに長大になって、貴重なお時間を割かせたくはないからです。

それでも貴方の寛大さに甘えて、ひと言述べさせていただきます。わたくしはこの素描ほど、多大な不安と煩わしさ、難しさに直面した絵画制作に取り組んだことはございません。それはこの絵を描く際に、棺を覗き込むため、体を完全にアルファベットのCの形にしなければならなかったという、体勢の問題に加えて、モデルから30センチ以上離れることができなかったためです。そのような状態で描くことがいかに大変かは、貴方には十分察しがつくかと存じます。

〔……〕

末筆となりましたが、多大な好意と喜びの詰まったこの思い出の品をぜひとも受け取ってくださるよう、切に願って結びの言葉といたします。

敬具

12月18日　エスコリアルにて

マルティン・リコ

学生寮内の小さな図書室で、学習机の冷たい明かりの下、『図解ヨーロッパ−アメリカ世界百科事典』――通称『エスパサ百科事典』。有名なエスパサ社刊の黒地に金文字の背のやつだ――第51巻と首っ引きで、書簡の著者について調べてみた。プラド美術館所蔵の作品[注1]が1点添えられたマルティン・リコの項目を読み、奇を衒《てら》った作戦に出た、この19世紀写実主義者・風景画家の才能に改めて脱帽した。彼はまったく明らかにしていないが、何らかの方法でカール5世の不朽の遺体に近づき、過去に何度となくティツィアーノが描いた男の姿をその目で確かめている。さぞかし衝撃的な瞬間だったに違いない。唯一無二の。でもほかに何があるというのか？

例の事件に関係して、あることがぼくの頭に引っかかっていた。マリーナによると、セニョールXは資料を手渡す前に、死についてのよしなしごとを語ったと言っていた。彼女の説明を聞く限りでは、彼の語りが演出、つまり演技に思えてならなかった。ある特定の情報を人間の脳に刷り込むには、不条理なできごとと結びつけるのが一番だと、情報学部の講義で習った。聞き手を惹きつけたいジャーナリストにとってそのやり方は、ある種の常套手段のようなものだ。たとえば、港湾労働者たちのデモを取材したレポーターが、クレーンに逆さ吊りになった一労働者の映像を盛り込んだとしたら、そのメッセージは視聴者の頭により長く残る。人間の脳は〝正常な状態〟が侵されると、そのエピソードに関わる些細なことまで記憶に留めてしまうらしい。マリーナに対してセニョールXがしたこともそれではないだろうか？　自分が口にした言葉を、あとで彼女が思い出すように。でも、そうだとしたら、どうして？　何のために？

これといった代案もないので、ぼくはその仮説に基づいて進めていくことにした。

まずしたのは、セニョールXのモノローグの内容の分析だ。白紙に書き出し、要点をふたつに絞る。ひとつは何とも古めかしい言葉に聞こえる《よき死を迎える準備は大いなる美徳》。もうひとつは《荷物を減らしていく》という表現だ。次いでその2点を手がかりに、百科事典にあるリコやフォルトゥニィ、ベッケルの記述と照らし合わせて、彼らとの関連性や意義を探ってみたものの、これといった収穫はなかった。ところが、『エスパサ百科事典』にあったカール5世の項目の長い文面を追っていったところ、先ほど絞ったふたつの言葉と関わりそうな部分に出くわした。それによると、ミイラと化した皇帝は、人生晩年の2年半を《死に臨む心の準備》に費やしたその時代唯一の統治者だった。すべての地位を捨て、カセレス県の修道院に隠棲するかたちで、死までの日々を過ごした。さらに興味深いのは、それを《荷物を軽くしたうえで》行なったことだ。自分の埋葬時には、宝石も装飾品も権力の象徴も副葬せぬよう厳命したという。

謎の解明にわずかな光が射してきたところで、ぼくはサンティ・ヒメネスを訪ねることにした。歴史地理学部の院生で、寮の同じ階に住んでいるサンティは、その頃ちょうどカール5世に関する博士号論文を執筆していた。年長である彼は半ば寮の主《ぬし》と化していて、年度初めの部屋割りでも優先権を与えられていることから、他の寮生にとっては羨望の的だった。彼が毎年選ぶ場所は、3階〔日本の4階に相当〕の南側に位置する広々とした角部屋で、窓からプールが一望でき、小さな応接間や専用のシャワー、冷蔵庫、テレビ、電子レンジまでついていた。そのうえ自前のパソコンまで持っている。青白い顔をして牛乳瓶の底のような分厚いレンズのメガネをかけた彼が、女の子たちにモテるのは、そういった付加価値のおかげだと陰口を叩く者もいた。とはいえ、特別扱いされるだけの逸材だったことは認めざるをえない。彼には人を惹きつける尋常でない魅力と、類《たぐい》まれな問題解決能力があった。中古カメラからレアル・マドリードの公式ユニフォームまで、何でも手に入れる才覚に恵まれていた。だから、どうしても何かが必要になると、誰もが彼に頼っていた。彼は生まれながらの〝調達人〟だった。いつでも万全の態勢で、人助けができるとあらば――たとえ新顔がドアをノックしたとしても――救いの手を差し伸べることをいとわない……もちろん、後ほど報酬はしっかり請求したけど。

つまり、とうとうぼくにも彼に〝何か〟を依頼する時がやってきたというわけだ。

「カール5世が死を迎える準備をしていたかって？」

サンティはメガネのレンズ越しに目を丸くしてぼくを見た。突然こいつは何を言い出すんだ、といった様子だ。

「おれと歴史について語り合いたいって言うのか？　本当に用件はそれだけ？」

全館アナウンスで呼び出されたサンティは、髪もくしゃくしゃ、飲みかけの缶ビールを片手に受付へ現れた。ぼくは急に呼び立てた非礼を詫びると、彼の専門に関わった相談で大した手間は取らせないと思う、それ以外に何の頼みごともないと告げた。

「きみは確か、ジャーナリズムが専攻じゃなかったか？」釘を刺すかのように言ったあと、メガネを外して目をこすった。

「ええ、でも……皇帝の死にすごく興味があって……」

「だからと言って、きみを責めはしないよ」

「それでは、質問に答えてもらえると？」

「カール5世についてだろ？　当然じゃないか！　彼は何とも魅力的な人物だよ」まるで身内のことでも語るようにつけ加えた。「彼は当時、自分のやっていることを自覚しながら死んでいった、唯一の統治者と言える」

「教えてください、何もかも」

ぼくの気迫に根負けしたのだろう。未来のヒメネス博士は請われるまま、ぼくと一緒に寮を出た。近所にあるカフェテリアに入って奥まった席を選んで座り、ブラックコーヒーとドーナツを注文して、早速会話を始めた。

「カール5世の晩年を調べていくと、まず目につくのが、皇帝が死の3年前に称号や王位をすべて放棄するに至ったことだ。そんな例は類を見ない。たいていは国王も教皇も、天に召されるまでその座に就いているものだ。しかし彼はその慣例を破った。人生の終焉が近づきつつあるのを予感したかのようにね」

「きっかけとなるようなことでもあったのですか?」

「その可能性は高い。退位する少し前、カルロスは人格ががらりと変わった。年中、諸国の大使たちの訪問を受け、率先して軍事遠征を行ない、ヨーロッパの各王室と家族ぐるみのつき合いもする外向的な王だったのに、すっかり物憂げで寡黙な人間になってしまった。54歳にして健康面に陰りが見え始めたのも一因らしい。痛風と痔の痛みにむしばまれ、手遅れになる前に罪滅ぼしをすること以外、関心がなくなったようだ」

「健康状態の悪化?　たったそれだけの理由で王位を放棄したのですか?」

「まさかあ。そんなわけがないだろ?　エラスムスに〝シーザーの再来〟と称された男が、そんなことぐらいで変わりはしないよ」と、ぼくの不平は一笑に付された。「実際、退位の決定を下す直前に、彼は不幸に見舞われたんだ。すべてを手中に収めたるのに慣れた人物に起こりうる、最悪の事態にね。つまりは、戦いに敗北したんだよ！」

サンティは運ばれてきたばかりの軽食に視線を落とすと、まずはちょっとした逸話を語り始めた。まぶたを半分閉じて焙煎コーヒーの香りを吸い込んだだけで、まるで彼の記憶の中の百科事典にある、ハプスブルク家の項目につながったかの印象を受ける。そう言えば、アメリカ大陸からヨーロッパにコーヒーやビターチョコレートをもたらしたのは、カール5世だった。きっとそのためかもしれない。サンティの話では、教養があって、強情で、エネルギーに満ち溢れ、家族からも臣下からも尊敬されていた戦士が、突如輝きを失い始めたのは1554年頃のことだ。聖地エルサレムへの最後の十字軍遠征――過去にコロンブスや教皇インノケンティウス8世も思い描いた夢[注2]――が実現しなかったことで、皇帝が意気消沈したと見る歴史家たちもいる。その一方で、彼の生活の質の悪化を原因とする説もある。ルター思想の拡大を止めることができなかったのが理由だとする説もある。もっとも皇帝が、殺せる時にルターを殺しておかなかったことを、日々悔やんでいたのは確かなようだ。いずれにせよ、50歳を越えた頃には、もはやそんなものはどうでもいいという雰囲気で、彼の唯一の気がかりは、あの世へどのように移行するかだけだったらしい。

その少し前、カール5世は物質的なものを手放す方向への兆しを見せている。

たとえば1548年冬の書簡では、戦争行為によって自分の魂が堕落したことを恐れている様子がうかがわれる。宿敵のオスマン帝国皇帝スレイマン1世と散々やり合い、ローマ教皇クレメンス7世を有名な〝ローマ略奪〟〔1527年フランス王と結んだクレメンス7世に対し、カール5世が軍勢を差し向け、教皇軍を破ったあと、ローマで破壊と略奪の限りを尽くした事件〕で叩きのめすなど、長年戦いに明け暮れてきた末のことだ。自身の犯した数々の罪のせいで、永遠の生命を失うことになる。その思いが彼を怯えさせた。深いカトリック信仰に心を突き動かされて、その年の1月18日には遺言書をしたためている。息子である後の皇帝フェリペ2世のために、カール5世が自筆で記したものだ。

《過去の所業が災いとなり、激痛が再発し、余は生命の危険にさらされている。もしもの事態に備えたこの書簡でそなたに伝えることの行為すら、神のご意志でなされているように思えてならない……》。注3

「その時代から幾世紀も経た今日の観点から見ると」それらの情報を難なく諳んじ、ぼくを驚嘆させたあと、サンティは振り返る。「すべては彼が死ぬための準備だったと言ってしまうのは簡単なことだ」

「まだ経験の浅い若い王子にいきなり王位を譲るなんて、無責任では？」

「いや、それはまったくないな。1553年から1554年にかけての冬に、〝カトリックのシーザー〟は、ドイツをカトリック教国に戻すという希望を失った。メキシコやペルーの征服者《コンキスタドール》たちを通じてヨーロッパにもたらされた、富の大部分をプロテスタントとの戦いに費やしたにもかかわらずだ。それ以上に皇帝の心を痛めたのは、インスブルックでの屈辱的な敗北だ。フランス・ドイツ両国の同盟軍の攻撃で、フランス・メス市の包囲に失敗した重臣アルバ公が、皇帝軍の半数を失う結果となった」

「それで彼が死に向かい始めたと？」こまごまとした戦闘に立ち入りたくないため、ぼくは先を急かすような質問をした。

鼻先をこするサンティ。ぼくの関心ぶりにますます戸惑っている様子だ。

「部屋まで来てくれたら、きみを納得させられる証拠を見せられるんだけどな」

「何ですか？」

「当時のカール5世の心境を示す唯一の、それも神秘的にさえ思える奇妙な美しさを伴う資料だよ。きっときみも気に入ると思う。皇帝が自分の遺言状と同じぐらい、その作成に執着していたという。ほら、古代エジプトのファラオたちが自分の墓の内部を装飾で神聖化しただろう？〝ピラミッド文書〟と呼ばれる、あの世の地図でさ。あれと同じような役目を担ったんだと思う」

「いったいそれは……」

「絵画だよ」

「何ですって⁉　ぜひ見せてください‼」

図版を見たぼくは一瞬当惑したが、それはまもなく陶酔に変わった。その作品には見覚えがあった！　プラド美術館でレオーネ・レオーニの彫像《カール5世と憤激》の近くに展示され、ゴヤの扉から入場すると最初に迎えてくれる絵だ。何十回となく目にしていたが、立ち止まって眺めた試しはない。何てもったいないことをしていたんだと、いまさらながら後悔する。
「ティツィアーノだよ。何とも驚異的な作品だろう？」と言ってサンティは微笑んだ。「信じられないかもしれないが、この絵に画家の創意はほとんどない。カール5世の細かい指示のとおりに描かれたものだ。皇帝は進捗状況をひどく気にし、使者を頻繁にローマに送っては、画家が生きているか、依頼した作品が進んでいるかを確かめさせたと言われている。１５５４年の暮れに完成するまで絵を見ることはできなかったが、紛れもなくそれは練りに練った計画の結実だよ。そのことが歴史書でほとんど語られていないのは、残念な限りだ」

ぼくは図版をしげしげと観察した。驚愕したくなる場面だ。だだっ広いカスティーリャの平原の上で空がぽっかりと開き、神聖なる三位一体が垣間見え、聖書に出てくる預言者たちや族長たち、16世紀スペインの有名な面々を受け入れている。サンティは絵について何もかも熟知しているようだったので、ぼくは一切口を挟まず、驚きの声も上げなかった。

《ラ・グロリア（栄光）》 1551 － 1554 年　ティツィアーノ・ヴェチェッリオ
マドリード　プラド美術館所蔵

「何段階にもわたって構想された、複雑な絵だ」と説明を続ける。「最も注意を引くのは、皇帝の臨終の床にその絵が運ばれてくるまで、彼がその絵に託していた計画を周囲の誰も察知できなかったということ。カール5世がみずから自分の葬儀を準備し、生前に行なっていたのを知っているか？」

「本当ですか⁉」思わず声を洩らすぼく。

サンティはうなずいた。それからある文書を見せてくれた。目撃者であるイエズス会士ファン・デ・マリアナが書いたもので、どのように皇帝が《追悼ミサを歌う修道士たちの中に混じって、まるで自分がもうこの世を去ったかの如く、列席者たちとともに自身の永遠の眠りを祈っていた》[注4]かが説明されていた。皇帝は一種の心理劇とも呼ぶべき生前葬で、最終的に床に横たわり、死人の役まで演じていると言っていた。

「そしてこの絵は、その場面の一部だった」と説明する。「そこに何が表現されているか、もう気づいたかい？　それは死せるカール5世の魂を受け入れるため、完全に開かれた天国だ。まあ、奇跡のビジョンだよ」

ぼくは目を皿のように見開いた。

「きみの性格を知っているから念のために言っておくが、別の解釈を探しても無駄だぞ、ハビエル。皇帝がお気に入りの画家ティツィアーノ・ヴェチェッリオに、事細かく指示を出したことは周知の事実だ。自分を汚れなき純白の白装束に身を包んだ姿で描くように。あるいは、顔は、プロテスタントと戦いながら、つねに彼が擁護してきた三位一体の神に向けるようにと。王冠やきらびやかなものは一切描かない。カールはそのことを厳格に命じていた。ただ死を前にした自分自身が見たいとね」

〝荷物を減らして〟――マルティン・リコの地味なスケッチが思い出された。

「きみは当然わかっていると思うけど、ティツィアーノが皇帝を描いたのはこれが初めてではない」ぼくの思いをよそに、サンティは話を続けた。「《カール5世と犬》、《ミュールベルクの戦いに臨むカール5世》などなど。この絵の依頼を受けた時、画家はすでに老齢の域に達していた。皇帝よりもずっと年老いていたが、自分の名をヨーロッパ中に知らしめ、裕福にしてくれたパトロンの肖像画を描くのにそれまで以上に精を出した。彼の絵画の技法と学識豊かな会話の才能を見抜き、帝国の騎士の称号を与えたのは皇帝自身だった。いいか、よく見てくれ」

サンティは図版の右側、著名な人物たちの一群を人差し指で丸く囲んだ。

「ここにいるのがカール5世。見えるか？　下あごの長さが際立った顔がトレードマークだ。ティツィアーノは、イエス・キリストに目を釘づけにしている皇帝を描いた。その後ろには後継ぎ息子のフェリペ2世、亡き妻のイサベル・デ・ポルトゥガル、妹のマリア・フォン・エスターライヒ、母親のカスティーリャ女王、〝狂女王〟フアナと思しき姿もある。皇帝とその家族だけが白装束をまとっている。下にはラテン語聖書を持った聖ヒエロニムスからダビデ王、箱舟を掲げたノア、石板を手にしたモーセまで人間の群れが広がっている。みんな旧約聖書に出てくる人々だ。この絵の題名が何か、想像がつくかい？」

　ぼくは返す言葉がなく、肩をすくめる。

「何でもいいから！　言ってみろよ」

「《世の終わり》とか？」

「いいぞ、その調子！」と彼はからかった。「というのも、絵につけられたタイトルってのは所詮、美術館側が勝手につけた仮称だからだ。当時の画家たちは作品に名前などつけなかった。つけたとしても、権利は依頼主にあるから、気まぐれで変更されたことだろう。この絵は実にさまざまな名で呼ばれている。《最後の審判》、《栄光》、《天国》……」

「待ってください！　いま《栄光》って言いましたか？」

　セニョールXがマリーナに告げた言葉、〝栄光に入る鍵〟を思い出してぞっとした。

「ああ。見てのごとく、天上の栄光だろう？」

「ええ。あの、ひとつ訊きたいんですが……カール5世がこの絵について、扉とか敷居といった言葉を述べていた形跡はありますか？」

　サンティは、ぼくが〝興味あること〟を話すたびに、友人たちが見せるのと同じ表情でぼくを見た。

「何ともまあ……」半ばあざけった調子で、手にしたフォルダーの紙の間に何かを探した。

「もうひとつきみに見せたい資料がある。ええと……ああ、これこれ。皇帝の晩年に関する文書で、ヒエロニムス会士のホセ・デ・シグエンサ神父がティツィアーノの絵について語っているものだ。死を前に皇帝が、ユステの修道院に隠棲することに決めた際、最初に出した指示のひとつが、ティツィアーノの《栄光》をそこへ移すことだった。シグエンサは、この絵に対する皇帝の執着ぶりを如実に語っているよ」

〔……〕宝物番がやってくると、妃すなわち自分の妻の肖像画を持ってくるよう告げ、しばらくその絵に見入っていた。《最後の審判》の油彩を運んでくるよう命じた。皇帝が広々とした空間で、いつまでも瞑想しているため、侍医マティシオが心配し、身体の動きをつかさどる魂の活動を長時間停止するのは、健康によくないから控えるようにと告げに行くと、皇帝は侍医の方を振り返り、「余は気分が悪い」と体を小刻みに震わせながら言った。8月の終わり、午後4時のことであった。注5

「でも、ここでは扉のことに何も触れては……」

「ばか言うな！　何のためにカール5世が長時間、あの世にいる自分を見つめて過ごしたと思ってるんだ？　シグエンサ神父が記しているように、皇帝はティツィアーノの絵を眺めながらトランス状態に陥っていたのさ。おれ自身は秘教じみた事柄に入れ込む気はこれっぽっちもないけど、皇帝が自分に迫った死後の世界への長旅のために霊感を求め、この絵をあの世への自分専用の扉とみなしていたのは明白だ。彼の状態を考えれば、どんなに懐疑的な人間でも信じようと努めたところで不思議ではない」

注1　プラド美術館が所蔵しているマルティン・リコの作品は、《アサニョン川のほとり》（1858）、《ビダソア川の河口》（1865）、《貴婦人の塔》（1865）、《アルカラ・デ・グアダイラ》（1890頃）、そして傑作《ヴェネチアの眺め》（1900頃）だ。

注2　この件については、ぼくの著作『禁じられたルートと歴史に埋もれた謎』を参照してほしい。

注3　カール5世からフェリペ2世への指示　1548年1月18日、アウクスブルクにて。マヌエル・フェルナンデス・アルバレス著『*Carlos V el César y el hombre*』（Espasa, Madrid, 1999）より引用。

注4　Juan de Mariana, *Historia de España*, tomo VII, libro V, Francisco Oliva Impresor, Barcelona.

注5　ガブリエル・フィナルディの論文「*La Gloria de Tiziano*」（『*Tiziano y el legado veneciano*』Galaxia Gutenberg, Barcelona, 2005）より引用。

10 カール５世とロンギヌスの槍

信じる？

おそらく善良なサンティの言い分は正しいのだと思う。《栄光》のような絵は、理性では完全に理解しえないのだろう。絵に込められたメッセージをすべて解こうと思えば、確信を持って信じる行為が不可欠に違いない。

だったら、危険を冒してでも信じてみるか？

日々の人生は摂理にゆだねる方がいい。そういう結論に至ったのは、まさに１９９１年初頭のことだった。それに、いっそこの件をとことん突き詰めてやろうと決心したのも。サンティ・ヒメネスがしてくれたみごとなレッスンは、その時機・内容から判断しても単なる偶然などではなく、ぼくがプラド美術館の師と出くわして以来始まっていた周到な計画の一部分だったのだと思う。その計画が、結局はこのぼくを（ばかげたことだと思われるかもしれないけど）美術館にあるいくつかの絵の秘密へと押しやっていた。単にその流れに身を任せてしまったらどうだろうか？　これまでマドリード、エル・エスコリアル、トゥレガノで予期せぬ出会いがあったが、その人たちからもたらされたしるしに従ったところで、何か悪いことでもあるのか？　もっとも、それによってどこかへ導かれた場合、どこへ行き着くのだろうか？

そんなこんなで12時間も経たぬうちに、ぼくは《栄光》の前に立っていた。

セニョールXの謎、カルロス5世に関する資料、仲介役になったマリーナとサンティ。何もかもが、ぼくをその絵に押しやったのは確かだ。

一方ぼくの脳裏では、当時世界最強の権力を握った男が、自分の魂を神にゆだねた状況が飛び交ってやまなかった。皇帝の昇天がどのようなものだったか、自分なりにイメージできるよう、サンティは別れ際に2冊の分厚い伝記を貸してくれた。それを読んでわかったことがある。1558年9月21日（聖マタイの祝日）深夜2時頃、カセレス県ラ・ベラ地方の首都クアコスから約2キロのユステにある、修道院と棟続きの小さな石造りの家で、皇帝は息を引き取った。痩身の神経質な男には、国政が滞らぬよう配慮する時間は十分あったが、自分の所有物については必ずしもそうではなかったようだ。彼が偏愛した絵、蔵書、時計や天体観測器《アストロラーベ》のコレクション、痛風に病んだ片脚を支えるための特注の椅子もすべてユステに遺されたまま忘れられていた。息子のフェリペ2世が、父親の不朽の遺体とともにエル・エスコリアルへ運ぶよう命じるまで、絵画《栄光》もそこに眠っていた。つまり歴史の気まぐれで、〝あの世の扉〟とも呼ぶべきその絵と皇帝のミイラは揃って、スペインの王族が永眠する霊廟入りを果たしたということだ。

　激痛に四肢をむしばまれて衰弱し、クッションを山積みにした上に横たわった皇帝が、三位一体の神を見つめる自身の肖像画から片時も目を離さず見入っている姿は、ぼくには想像しがたかった。ヒエロニムス会士たちに囲まれた地上最強の男が、涙ながらに終油の秘跡を受け、居合わせた人々に赦しを求め、神に慈悲を請う。同時に、ティツィアーノの巨大な油彩画と非常によく似た場面、祝福された者たちが行く天国の情景を語った聖アウグスティヌスの著作の文面を思い出す。

　痛みと希望の狭間で揺れるやるせなさとともに、ぼくはプラドに到着した。

　無料入場券を急いで手に入れ、1階〔日本での2階に相当〕の展示室へと駆け昇る。その日は《栄光》が、これまでとは違う崇高な価値を得るとわかっていた。実際に3・30×2・40メートルの絵を前にして、この大きさではカールが亡くなった石造りの家に収容することなどできなかっただろうな、と納得した。どう見ても入りきらない。ユステの修道院の教会内中央祭壇、彼が後に妻の隣に埋葬されることになる場所の真上に、この絵を据えて祈っていたと考える方が理にかなっている。

　しばらく絵を眺めていてほかにも気づいたことがある。この絵は皇帝の慰め、信仰心の再認識、あの世への地図の役目を果たしたばかりか、皇帝の道が死によって中断されるものではないという希望の表れではなかったか。聖母と聖ヨハネ――画面左側で背を向けている男――の瞑想、神の赦しと子孫の永続を通じて、スペイン王国内に何らかのかたちで自身の影響が及び続けるという願いを具現化したものでもあったのではないか。

「ティツィアーノとハプスブルク家のカール！　大物2名による大した共謀だ！」

叫び声がぼくを物思いから引き剝がした。旅行者の口から飛び出した言葉ではない。間違いなくぼくに向けて叫ばれたものだ。声の主《ぬし》はすぐにわかった。

「ドクトル・フォベル!?　ま……まさか、お会いできるとは……」

セニョールXから警告を受けて以来、一番会うのを遠慮したい相手が、前回とはまったく雰囲気が違う展示室に現れた。ぼくは一歩後退する。

「そうかね？」師はシニカルに片側の眉を上げ、コートの襟元のボタンを外した。「わたしはいつでもここにいる、そう言ったはずだが」

「もちろん、それは覚えています」

「そのうえ、きみはわたしのお気に入りの一枚の前に立ち止まっていた。わたしと会うのは避けられんよ」

「本気でおっしゃっているんですか？」

「当り前だ。嘆かわしくもほとんどの入場者が見向きもせずに素通りしていく作品の前で立ちつくすきみを見て、ティツィアーノとカール5世のつながりを、少し話して聞かせることができればと考えていた……。きみならきっと興味を示すだろうとね」

「すみません、あいにく今日は時間がなくて……」

言い訳しながら、誰かがぼくらの会話に注目していないか横目でうかがう。24号展示室にはほとんど人がいない。誰もが通過するだけで、立ち止まる者などいなかったからだ。それでもなお、謎の人物セニョールXが近くにいて、一緒にいるところを見られているのではないかとの不安が、ぼくを警戒させる。いつになく落ち着かない様子にフォベルも気づいたらしい。

「おいおい、きみ。いったいどうしたんだ？」

「い、いえ、別に……」

師は顎をしゃくってぼくを見た。

「何でもありません、本当に」と、むきになって主張する。

「誰かと待ち合わせでもしているのか？」

首を横に振って否定した。彼は得意げな顔になる。

「だったら、短時間で話して進ぜよう。〝プラドの神秘《アルカノン》〟の筆頭に挙げられる絵の背後にあるものを」

「〝プラドの神秘《アルカノン》〟？」

「それだ、それ！」理解をうながすように叫ぶ。「きみのそういうところが、わたしは好きだ。わかるか？　自分の意志よりも好奇心が勝る辺りがね。では、少々時間をもらえるかな？」

「もちろんです」と仕方なく降参する。「でも、その〝神秘《アルカノン》〟っていったい何なのですか?」

「この美術館の所蔵品の、特異な分類のことだ。ごく少数の者しか知らないのは残念でならんがね。考え出されたのは比較的最近の話だ。おそらくは19世紀の初期、まだ魔術師や占星術師、神秘哲学の博士らが王室に出入りしていた時代だ。それらの一部の人々が一時期、秘密裏にこの美術館にある絵の歴史を研究し、超越的な性質を持ったものを選り分けて〝プラド美術館の神秘《アルカノン》目録〟と名づけた。〝プラドの神秘《アルカノン》〟とはそれを短縮したものだ」

〝そりゃ面白いな〟と思った。

「で、《栄光》はその神秘《アルカノン》の筆頭に挙がると?」

「ああ」フォベルが顔をしかめる。「ただし、われわれはそのリストを再検討すべきとも考えている。つまりは、カール5世がティツィアーノに依頼した絵のうち、必ずしもこれが、秘術的な要素を含んだ最初の作品ではないという意味で言っているのだ。神秘《アルカノン》の一端を紐解く絵が、すぐ近くにあるが、見てみるかい?」

「え、ええ」ぼくはしぶしぶ同意した。「でも、ちょっとだけですよ……」

フォベルのあとに続いて展示室を進む。ティツィアーノの《アダムとエバ》とルーベンスによるその複製画、ティントレットの《弟子たちの足を洗うキリスト》、ヴェロネーゼの《神殿の博士たちとの論争》……名画を次々と通り越していく。ようやく12号展示室の入口で立ち止まるかに見えた。そこはベラスケスが描いた、荘厳な王室の肖像画が並ぶギャラリーだ。ところが、美術館の聖域とも言うべきその展示室へは入らず、そこに背を向けるかたちで、目的の絵と対面した。それは……。

「……《ミュールベルクの戦いに臨むカール5世》だ」とフォベルは厳かに告げた。

正直がっかりした。これまで数えきれないほどその絵を目にしてきた。王や女王の騎馬肖像ブームの先駆けとされ、秘教めいたものとは著しくかけ離れたものだ。甲冑を身につけ、[注1]栗毛のスペイン馬にまたがり、権力を存分にひけらかしたカール5世の毅然たる雄姿を描いた巨大な――3・35×2・83メートル――油彩画には、謎のかけらもない。スペイン帝国が栄華を極めた重要な日、1547年4月24日を記念する、単なるプロパガンダでしかなかった。その日、ライプツィヒからほど近いミュールベルクで、皇帝軍はプロテスタント軍に圧勝した。肖像画には権力、支配、厳格さといった色がありありと表れている。一般受けはしそうだが、見てくればかりで、むしろぼくが絶対に興味を示さない部類の絵だ。

「この絵に秘密が？　冗談でしょう、ドクトル。どこから見ても肖像画のひとつですよ。どこにも秘密なんか隠されていませんよ」と反発する。

フォベルがいたずらっぽい表情を浮かべる。

「そんなふうに言いきっていいのか？　1分間できみの考えを覆《くつがえ》してみせるぞ」

「1分間で？」と復唱しながら周囲に目を配る。周辺はかなり混雑していて、こちらをうかがっている者を感知するのは至難のわざだ。

「いつの時代にも歴史上の権力者たちがそうであるように、カール5世もまた迷信深い人間だった」ぼくの心配など知りもせず、師は言いきった。「それは彼が、厳格なカトリック教徒だったからではない。知っているか？　皇帝は錬金術や占星術といった〝禁じられた科学〟に興じて余暇を過ごすのが常態化していたんだ。当時、傑出した神秘学者とされていたアグリッパたちを庇護していたほどだ。注2 他の権力者たちと同様、支配者として君臨する孤独を紛らわすべく、シンボルに頼る必要があった。象徴的なものを拠り所にする必要があった。象徴的なものと異端的なものは紙一重だからな」

「つまり……護符として使ったと？」

「正解だ！」

「あってもおかしくない話だとは思いますが、正直この絵には、どこにもそんな形跡は認められません」

「もっと目をよく開いて観察しなければならんな。ひとつは実にはっきりとした護符だ。絵の中で彼は赤い紐状のものを首にかけている。金の羊毛皮、金羊毛騎士団〔1429年ブルゴーニュ公国のフィリップ善良公が創設した世俗の騎士団。ハプスブルク家が継承し、後にスペインではブルボン家に引き継がれ現在に至っている〕のシンボルだ。絶対権力の象徴として、ハプスブルク家の王たちはみな身につけていた。ギリシア神話の英雄イアソンとアルゴ船の一行が追い求め、スペインの伝説上の建国者、ヘラクレスの手に収まった金の羊の毛皮を連想させるものだ。もうひとつの護符は、皇帝

《ミュールベルクの戦いに臨むカール5世》 1548年　ティツィアーノ・ヴェチェッリオ
マドリード　プラド美術館所蔵

が手にしている唯一の武器、途方もない力を持つ槍だ。もちろん槍が何を象徴するか、その意味は隠されているが、それでもこの絵で主役を演じている」

「や……槍⁉」

「彼の手に持たせるとしたら、本来は王笏か王剣が妥当なのだろうが、ティツィアーノは槍を選んだ。しかも特別な槍をね。その槍には名前もついている。王家が保有する最も強力な聖遺物〝聖槍〟あるいは〝ロンギヌスの槍〟」

どうにも納得がいかず頭を振った。ロンギヌスの槍については、ある程度の予備知識は持っている。ぼくの知りうる限りでは、フランク王国国王で、西ローマ帝国皇帝のカール1世〔742－814、カール大帝ともいう〕の時代から、世界の運命を掌握できるかけがえのない護符として所持され、ナポレオンが渇望し、ヒトラーが執着して第2次世界大戦初めに自身の勢力下に置いたと言われている。しかし、ぼくが知っているウィーンのホーフブルク宮殿にあるロンギヌスの槍は、2つの部分に分かれる刃渡り50センチほどの鉄製の両刃で、長い釘が金属の糸で縛りつけられている。目の前の絵で、カール5世が構えているものとは似ても似つかぬ形状だ。

フォベルはぼくの思考を読み取ったかのごとく、疑念を察知し、耳元で囁いた。

「ティツィアーノは一度も実物を目にすることなく、ロンギヌスの槍を描いたに違いない。無理からぬことだ。肖像画が描かれた当時、聖槍はニュルンベルクに厳重に保管されていたのだから。絵の中の槍は、画家がロンギヌスの伝説をもとに描いたものだろう」

コメントのしようがなく、ぼくは押し黙った。

「形状の別はともかく、シンボルについて考えてみるんだ」と師は続ける。「カール5世は両手でキリストの脇腹を貫いた武器を携えている。ヨーロッパのキリスト教国の王がみな、喉から手が出るほど欲した聖遺物のひとつだ。それが彼の手にあっても不思議ではない。ゲルマン系の神聖ローマ帝国皇帝の座に就いた時、聖遺物も引き継いだからだ。その聖槍は彼の王家が所持した最も貴重なものだった。その話は聞いたことがないか？」

ぼくは納得しきれぬままうなずいた。

ロンギヌスの槍の伝説についてはおぼろげながら知っている。その名はイエスの脇腹を突き刺した兵士の名前に由来し、突かれたイエスの肺からは血と水が溢れ出したと、福音史家ヨハネが福音書で述べている。[注3] 伝説によると、百人隊長ロンギヌスは、聖金曜日に3名の死刑囚の死期を早めるため、ゴルゴタの丘へと向かった。イエスと一緒に十字架に磔にされた2名の強盗ヘスタスとディスマスは、まだ苦しんでいたのでロンギヌスの部下たちが窒息をうながすべく脛骨を折った。けれどもイエスに対しては、百人隊長はそれに先立ち、異例の行為をした。彼が生きているかどうかを確認するのに、槍の先で脇腹を突いたのだ。死刑囚は身動きひとつしなかった。すでに頭を垂れ、ぴくりとも動かない。だからイエスの脛骨は折られず、そのことによって《主は彼の骨をことごとく守り、そのひとつさえ砕かれることはない》〔「詩篇」34章20節〕という聖書の預言が成就した。

そこから先の話は、魔術的な要素に満ちてくる。何人かの年代記作家は、聖なる肉体に槍を突き刺した際に、ロンギヌスの目にイエスの血が入り、目の病が治癒したことから、のちに兵士は改心したという。別の作家たちは、百人隊長がその日携えていたのは古代ローマの軍団が使用していた投槍のピルムではなく、ヘロデ・アンティパスから借りた槍だったと述べている。処刑の場を取り囲むユダヤ人たちを押し分けて進むため、権力の象徴として貸し与えられたものので、しかも、それを鋳造した預言者ピニアスは、槍に超自然的な要素を加えたとされている。ヨシュアがエリコの城壁を崩す際にも使用され、サウル王やダビデ王にも使われている。キリストの体に触れた時、その槍はさらに彼から神秘の力を吸い上げ、無敵の槍となった。

いずれにせよロンギヌスはその槍を故郷(現在のドイツ、ゾービンゲンという説もある)に持ち帰り、そこで——伝説も歴史家たちも知らない状況下で——カール1世かフリードリヒ1世の手に渡ったのではないかと言われている。[注4] カール1世が47回の戦いで勝利を収めることができたのも、彼の託宣によって使徒ヤコブの墓がスペインで発見されたのも、槍の持つ神秘的な力のおかげだという。だとすると、その聖槍が何世紀にもわたってフランク王国の最も神聖な宝物である、カール1世の鉄の王冠(キリストを磔にした釘がはめ込まれている)、剣、黄金の球などと一緒に保管されていたとしてもおかしくはない。それらの品々は当然、1520年にアーヘンで行なわれたカール5世の戴冠式でも重要な役割を担ったはずだ。

「だったら、ティツィアーノがその槍を目にしていてもおかしくないですよね? この絵を描いたのは1548年のことなのだから……」ぼくは異論を唱えた。

「確かに。しかし、だからこそ画家は目にしなかったとも言える。カール5世の戴冠式のあと、再びニュルンベルクにしまわれてしまった可能性が高いからだ。だが先ほど言ったように、ティツィアーノはカール5世から槍を携えた自分の姿を描くよう明確な指示を受けていた。しかも、しっかりとつかんだ状態でね」

「しっかりとつかんだ？　どういうことです？」

「聖槍伝説では、ザクセンへの何度めかの遠征から帰還した際、カール1世は落馬した。天のしるし、彗星が現れ、馬を驚かせたからだ。はずみで貴重な護符が地に落ち、同時に、アーヘン大聖堂の梁に刻まれた〝カロルス・プリンセプス（カール皇帝）〟の碑文から、〝プリンセプス〟の文字が消えた。それは明らかな凶兆で、カール1世はほどなく死亡した。同様の不運は後世フリードリヒ1世にも起こっている。〝赤髭王《バルバロッサ》〟・フリードリッヒ1世の場合は、トルコで川を渡っている最中に聖槍を落としたのだ。そのことを考慮すると、とても両者の後継者であるカール5世が、わざわざ握り締めてまで聖槍をひけらかしたとは思えない。少なくともいまきみが目の前で見ている光景のようにはね」

「では、この絵は彼の願望にすぎないと？」

「ふむ」師は満足げに言った。「非常に興味深い問いだ。1548年の冬、ティツィアーノはカール5世の肖像画を描くため、アウグスブルクに呼び出された。画家はすでに60歳で健康が危ぶまれたが、皇帝の健康はそれよりもずっと悪かった。確かに前年、ミュールベルクではプロテスタント教徒のゲルマン人たちに圧勝している。だが、カール自身がいつまで持ちこたえられるかは定かでない状態だった。その頃皇帝は何度も、ジョン・ディーを専属の占星術師として召し抱えようと試みている。以前話したあの英国の偉大な魔術師だよ。天体がいつまで自分を生き永らえさせるか、それを知りたかったからだ！　ディーは当時、護符にかけては超一流の人物とみなされ、その6年後にはロンドンでフェリペ2世のホロスコープを作成するに至っている。だがこの絵が描かれた時代、ディーは王室から王室へ渡り歩いて荒稼ぎしていたというのに、カール5世との接点は生まれなかったとされている。だが、本当のところは誰にもわからん。おそらくはディーか彼の信奉者の誰か、たとえばカール5世の側近で、後年息子フェリペのためにエル・エスコリアルの建築を指揮することになるフアン・デ・エレーラ辺りが、最強の護符を携えた肖像画を描いてもらえば、長寿を獲得できるとでも進言したのかもしれん……」

「あなたには脱帽ですよ、ドクトル。またしても何もかも関連づけてしまった」

「わたしが関連づけているのではない。ひとつひとつのできごとを結びつけているのは歴史の見方だ」

　ぼくはしばしその言葉を噛みしめた。ぼくが美術館に来たのはセニョールXが原因だったこと、また彼からは、隣にいる男からの悪影響を警告されたこともすっかり忘れていた。それにしても何が問題なんだろう？　これまでフォベルから学んだことはどれも胸躍らされるものだ。ぼくらの過去を眺める新たな方法を叩き込み、恣意的に操作や修正をされがちな文献や、戦争の主役たちの深い部分に流れる思いに気づかせる。そういったレッスンを受けて、どこが悪いのか？　歴史の琴線に触れることが、なぜセニョールXをいら立たせるのだろう？

暗雲をできる限り隅に押しやり、新たな疑問をフォベルに投げかけることにした。そして美術館の訪問中に、時間を気にして時計を見るのは、もうやめようと心に決めた。

「教えてください、ドクトル。ほかにもこういった強力な聖遺物を描いた絵はあるんですか？」

「もちろんだとも！　きみが気に入りそうな絵が一枚ある。皇帝が没したあと、フェリペ２世の時代に描かれたものだ。別の意味でまた、知的な挑戦となる作品だと請け合うよ。見てみたいかい？」

「当然です！」と応じて、ぼくは微笑んだ。

注１　この絵でカール５世が身につけている鉄と金の甲冑は、マドリード王宮内の王立兵器博物館に保存されている。肖像画と比べてみれば、どこまでティツィアーノが現実に忠実だったかがわかるだろう。

注２　師がここで言っているのは、ネステハイムのハインリッヒ・コルネリウス・アグリッパ（１４８６－１５３５）だ。カバラ主義者、魔術師、人文主義者、法律家、軍人、医師でもあったアグリッパは、若い頃、神聖ローマ皇帝マクシ

ミリアン1世、次いでカール5世に仕えている。後年、世界のものはみな、運や力を引き寄せたり跳ね返したりする繊細な力によってつながっているという確信を示した論文『神秘哲学について』を著し、広く影響を及ぼした。

注3　「ヨハネ福音書」19章34－37節には次のように書かれている。《しかし、兵士のうちのひとりがイエスの脇腹を槍で突き刺した。すると直ちに血と水が出てきた。それを目撃した者が証をしているのである。その証は真実である。その人はあなた方にも信じさせるために真実を話すということをよく知っているのである。このことが起こったのは、「彼の骨はひとつも砕かれない」という聖書の言葉が成就するためであった。また聖書の別のところには、「彼らは自分たちが突き刺した方を見る」と言われているからである》

注4　これらの伝説については、トレヴァ・レヴンズクロフト著『ロンギヌスの槍』（邦訳　学習研究社２００２年）がわかりやすい。

11　プラドの聖杯

師とぼくは来た道を引き返し、再び《栄光》の前を通り過ぎると、円形ホールの周囲の階段を地上階まで下った。ホールのすぐ近く、クリーム色で統一された丸天井の小展示室に、師が〝神秘《アルカノン》の中でも飛びきりの変わり種〟と呼ぶ作品があった。ファン・デ・フアネスの《最後の晩餐》だ。

「聖杯の展示室へようこそ！」師の声が人気《ひとけ》のない展示室に響き渡る。

フォベルはぼくをデ・フアネスの作品の前へ連れて行った。ぼくは驚きに目を見張る。鮮やかな色遣いと洗練された筆致が際立つ作品だったが、さっきまで巨大なミュールベルクの騎馬肖像画を見ていただけに、滑稽なほど小さく思えた。

「じっくり観察してみるんだ。この板絵はバレンシアのサン・エステバン教会の祭壇画として描かれた。この展示室にある作品のほとんどがその教会にあったものだ。元は聖別されたパンとブドウ酒をミサのあとにしまう聖櫃の蓋だった。デ・ファアネスがこれを制作したのはフェリペ2世の治世下の時代で、十二使徒に囲まれ、聖体の秘跡を定めるイエスを表している。見てのとおり配置《レイアウト》は、レオナルドがその60年前にミラノで描いた巨大な『最後の晩餐』を彷彿させる。デ・ファアネスはバレンシアの大聖堂にある複製画を見たのだろうが、それとは顕著な違いが認められる。この絵の中では、イエスとイスカリオテのユダを除く、すべての使徒に光輪がつけられ、それぞれの名がそこに記されている。テーブルの上にはパンとブドウ酒が置かれ、皿はきれいだ。当然、聖体は救世主《メシア》の手に輝き、特に聖杯は絵の中央に置かれている」

「どうして〝特に〟と強調されるんですか？」

「ファアン・デ・ファアネスが描いたこの聖杯が実在するものだからだ。金、真珠、エメラルドがはめ込まれた瑪瑙《めのう》の聖杯で、中世からバレンシアの大聖堂で保管されてきた。キリストが最後の晩餐で使用した本物の聖杯とみなされている」

「いくらなんでもそんなの誇張でしょう？」

「それがそうとも言い切れないのだよ。この絵に表されているのは、聖杯だと言われる（事実ヨーロッパには山ほどある）[注1]ものの中で唯一本物らしい外見をしているものだ」

「あなたも聖杯を信じていらっしゃるんですか？」

「単なる信仰上の問題から言っているのではない。バレンシア大聖堂の瑪瑙《めのう》の聖杯は、有能な考古学者たちによる調査の結果、紀元前1世紀頃にエジプトあるいはパレスチナで製造された

《最後の晩餐》 1562 年　フアン・デ・フアネス　マドリード　プラド美術館所蔵

高価な杯であることは間違いないという。注2 その手の器は非常に貴重なもので、当時エルサレムの裕福なユダヤ人だったアリマタヤのヨセフですら、家財道具のひとつとして持っていたとは考えられないほど高価なものだ」

「そうなると、最後の晩餐の杯だという説は迷宮入りになりますよ」と言い返す。「おまけに、どうしてイスラエルではなくバレンシアにあるのかという疑問も生じます」

「その問いに対する答えはある。実に興味深いものだ」

「どうぞ、先を続けてください」

「デ・ファアネスの描いた聖杯は、スペインに持ち込まれる前、300年近くローマにあった。当然そのためには、イエスの死後、聖ペテロが当時世界の首都だったローマへ持参し、その地で〝教皇の聖杯〟として原始キリスト教会のリーダーからリーダーへと継承されたと認めねばならない。わたしにはその方が、中世のフランス人作家とサクソン人作家たちが広めた説よりもずっと理にかなっていると思う。彼らは12世紀に〝メシアの死後まもなく、アリマタヤのヨセフが聖杯をグレートブリテン島へと運んだ〟などと主張したんだぞ。ばかばかしい！　何のためにアリマタヤが遠く離れた、それも当時は重要度も低かったブリテン諸島などに旅する必要がある？　しかも、その旅を確証づける遺跡も文献も何ひとつ存在していない」

「まあ、まあ……。でも、キリスト教の起源は疑わしい旅だらけだってことを忘れるわけにはいきませんよ。使徒ヤコブがスペインまで旅したとか。どれも神話でしか……」

「神話の話をしているのではない！」大声が室内に反響する。「〝教皇の聖杯〟が存在したのは紛れもない事実で、紀元後の数世紀、ローマで代々教皇が引き継いできたのも確かだ」

「だったら、そんなに貴重なものがどうしてスペインへ？」

「説明しよう。古代ローマの皇帝たちがキリスト教徒を弾圧したのは知っているな？」

ぼくはうなずいた。

「よろしい。西暦257〜260年の間、ウァレリアヌス帝の時代に、ローマ帝国はキリスト教徒に対する新たな収奪と殺戮《さつりく》、それも系統だったかたちでの迫害を開始する。キリスト教徒の墓まで荒らして、価値ある物品を漁ったそうだ。想像してみるんだ。そこで興味深いできごとが起こる。当時、教皇の聖杯の守り人はシクストゥス2世だった。彼は斬首される前、教会の唯一の宝を執事のラウレンティヌスにゆだねた。若き助祭ラウレンティヌスは、隠し場所が思い当たらず、故郷ヒスパニア・ウエスカ〔現在のスペイン・アラゴン州ウエスカ県〕の山中に駐屯する、キリスト教に改宗したローマ軍団のグループの家族たちのもとに送ったと言われている」

「証明できるんですか？」

「できるとも！」師は瞳を輝かせた。「約1000年後に語られるようになった、アーサー王やら魔法使いマーリンやら、アリマタヤらのいかさま説よりもずっと上手にな！　よく聞け。聖杯をヒスパニアへと送り出した数日後、ラウレンティヌスは拷問を受け、焼き網の上で死ぬまで焙られた。258年のことだ。彼が殉教し埋葬された場所には80年後、サン・ロレンツォ・フォーリ・レ・ムーラ大聖堂が建てられることになる。4世紀に教皇ダマスス1世が建てたその大聖堂の内部には、聖ラウレンティヌスが両側に取っ手がついた聖杯を台に乗せ、ひざまずいた兵士に手渡す場面が描かれたフレスコ画があった。不幸にも第2次大戦中、連合国軍のローマ空爆で破壊されてしまったが、存在した事実は記録に残っている」

「それがこれと同じ聖杯だったと？」デ・ファアネスの絵を示しながら訊く。「本当ですか？」

「話はまだ終わっていない！」と諫められた。「聖ラウレンティヌスの墓には現在、別の人物の遺骨も眠っている。ほかでもない、キリスト教最初の殉教者、聖ステファノの遺骨だ！　何のためにバレンシアの教会がファン・デ・ファアネスにこの絵を依頼したか？　そこにある解説パネルには書かれていないが、聖ステファノのためなんだ。われわれを取り巻くこれらのデ・ファアネスの作品たちは、何を表現しているか？　聖ステファノの生涯をだ！《晩餐》も他の絵も元々同じ祭壇にあったもので、たまたまここに一緒に展示されている。デ・ファアネスはこの聖遺物が何であるか、どんな謂れがあるかを熟知したうえで、これを描いたのだとわたしは思う」

「よおくわかりました。画家は祭壇のために聖ステファノの生涯と、彼の墓の同居人がスペインに送った品を描いたと、とりあえず認めるとして……」

「よろしい」

「……その教皇の杯がどうやってバレンシアに届いたかが、まだ明らかにされていないと思うんですが」

「それもたやすく説明できるさ。イスラム教徒のイベリア半島侵略直後の712年、冒瀆を避けるべくウエスカの司教が、ピレネー山脈一帯を点々としながら聖杯を隠すことになる。最初にイェブラ・デ・バサの洞窟、次いでサン・ペドロ・デ・シレサの修道院、その後はサン・アドリアン・デ・ササベの修道院……とね。そうしてサン・フアン・デ・ラ・ペーニャの修道院にたどり着き、そこに2世紀半留まった。聖杯が逗留した場所にはそれぞれ、聖ペテロに捧げられた教会が建てられている。これは明らかに教皇の聖杯を最初にミサで用いた人物を記念してのことだ。テンプル騎士団とカタリ派が完全に根絶された1410年、アラゴン王マルティン1世が亡くなった際、瑪瑙《めのう》の聖杯はサラゴサへ移り、最終的にバレンシアへやってきて現在に至っている。ヨハネ・パウロ2世がスペインを訪問した際、その聖杯を使ってミサを捧げている。[注3] それこそ教会がつねにその信仰を認めてきた証拠だろう。これは何の作り話でもない。長い歴史の中で、この最も重要な聖遺物がたどったそれぞれの地を証明する文献や記録はきちんと残っている。トリノの聖骸布でさえそうでないのにだよ」

「つまり16世紀にフアン・デ・フアネスは、その聖杯を絵に描くことで不滅のものとした……」と言って、ぼくは話を締めくくろうとした。

「……が、未解決の小さな謎がひとつ残っている」またしてもいたずらっぽい顔をして、フォベルはぼくを遮った。「《最後の晩餐》よりもだいぶ前に、フアン・デ・フアネスはみごとな

《聖体の秘跡を行なうキリスト》の絵を何枚も描いてすでに有名になっていた。いずれも右手に聖餅《ホスチア》、左手あるいは正面に聖杯を配した、いま目にしているのとよく似たポーズのイエスが、金箔の上に描かれた非常に敬虔な絵だ。最初に制作された絵はこの展示室にある。1545年頃の作品で、聖杯はどこにでもある聖杯の姿で描かれている。その絵を描いた時、デ・フアネスは20歳を少し過ぎたぐらいの若者だった。しかしその後、われわれにはわからぬ何らかの理由で、何度も同じ絵を描いている。ただし、当初の平凡だった杯を〝本物〟の瑪瑙《めのう》の聖杯に取り替えてだ。どうも彼はこの絵に執着していた節がある。最後の晩餐の真の聖杯は彼の故郷フエンテ・ラ・イゲラからほど近いバレンシアにあると忠告されたのかもしれないし、ハエンやアリカンテの聖顔布を見せられ、その顔を複製しなければという義務感に駆られたのかもしれない」注4

「だからデ・フアネスは聖遺物、とりわけ聖杯のエキスパートとなった。そうおっしゃりたいんですね？」

「そういうことだ。だが彼は早筆の画家ではなく、制作は何年にも及んだと言われている。バレンシア美術館が所蔵している2枚の《聖体の秘跡を行なうキリスト》は、髪色の違いから《金髪のキリスト》、《黒髪のキリスト》と呼ばれているが、初期の作品らしく聖杯が正しく描かれていない。まるで人から聞いたか、または見たものを思い出して描いたかのようだ。しかし後年の作品はそうではなく、たとえばバレンシア大聖堂にある、1570～1579年頃の

《聖体の秘跡を行なうキリスト》
1545 － 1550 年頃　フアン・デ・フアネス
マドリード　プラド美術館所蔵　公開

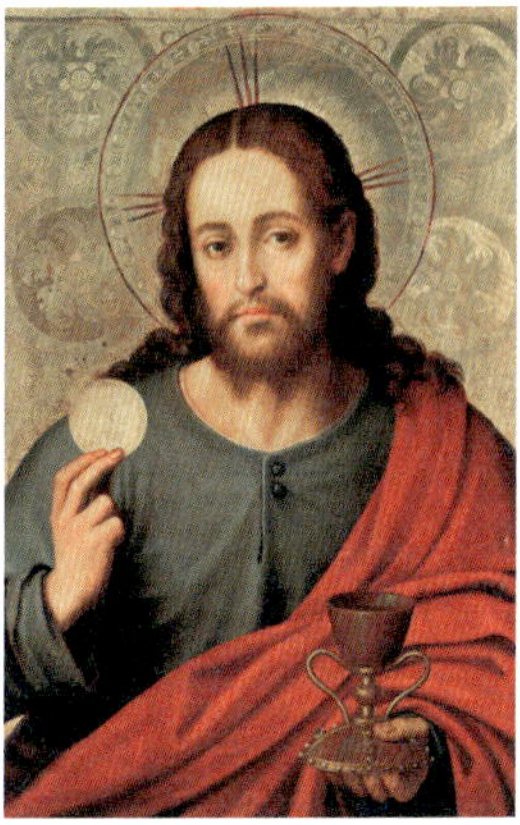

《聖体の秘跡を行なうキリスト》
1545 － 1550 年頃　フアン・デ・フアネス
マドリード　プラド美術館所蔵　非公開

《聖体の秘跡を行なうキリスト》
1560 － 1570 年頃　フアン・デ・フアネス
バレンシア　バレンシア美術館所蔵

聖杯
紀元前 1 世紀頃
バレンシア　バレンシア大聖堂所蔵

作とされる絵では、聖杯は驚くほどに精巧だ」

「つまり、学んだわけだ」

「あるいは実際に手にしてみたかだ！　確実なのは、デ・ファアネスが敬虔なだけでなく博学でもあったことだ。研究家の中には、彼がイタリアまで出向いてレオナルドやラファエロの優れた作品に触れ、そのうえで巨匠たちの感性までも存分に吸収するに至ったと見る者たちもいる。彼が自分の本名であるビセンテ・ファアン・マシップという名を使うのをやめたのも、その頃に違いない。やはり画家だった父親、ビセンテ・マシップの名前とあまりに似ていたためだ。ラテン語風の雅号、ファアン・デ・ファアネスの名で広く知られることになった」

「彼は聖杯について、何か書き残していますか？」

「知りうる限りでは何もない。ファアン・デ・ファアネスに関わるわずかな文献を手がかりに、彼の人生を調べてみたが、はっきりと言えるのは、ラファエロと同様、彼の絵との関わり方がかなり特異なものだったということだ」

「どういうことです？」

「すでにヒントは与えてあるぞ」フォベルは意地悪く微笑む。「彼のことを〝第2のラファエロ〟と呼んだ者たちもいたが、必ずしも作風が似ていたことだけが理由ではないと思う。それというのも、デ・ファアネスは毎回制作を始める前に、心の準備をすべく数日間断食と祈りをして過ごしていたんだ。聖なる使命に着手するたびに身が震え、作業開始の当日には早朝ミサに出向き、聖体拝領を受けたという。批評家たちの中には彼の作品、特に《聖体の秘跡を行なうキリスト》を、『あまりに神々しく、とても人間わざとは思えない』[注5]、『手ではなく魂で描いた絵のようだ』[注6]、『主はご自身の姿を描くのに、人間の中で最も素晴らしい人間を選び、彼の手を導いた。かつてアレクサンドロス大王が画家アペレスを選んだように』[注7]と評した者たちもいたが、何ら不思議ではない」

「厳密に言うと、どういった意味ですか？」

「つまりは、天からインスピレーションを受けた作品に見えるということさ。事実、描いている最中、たびたび彼には……あることが起こったという」

「あること？　いったいどんなことです？」

「それはな……彼がバレンシアのイエズス会教会のために傑作《聖母の戴冠》（ほかにも《無原罪の御宿り》もしくは《完全なる美》との名前でも呼ばれているが）を制作中に起こった事件で、語り種《ぐさ》になったことでね。どう見てもその絵は尋常ではないんだよ」

「じらさずに教えてください！」と頼む。

「話は実に単純だ。その作品は3メートル近くもある巨大な板絵でね。ギプスコア出身のイエズス会士で、バレンシアのサン・パブロ学院に赴任していたマルティン・アルベッロ神父（たまたま画家の聴罪司祭でもあった）の依頼で描かれたものだ。神父が恍惚に陥った際、彼の面前に聖母が出現して、自分の肖像画をデ・フアネスに依頼するよう命じた。『ヨハネの黙示録』に登場する聖母のように、太陽を身にまとって月に乗り、12の星の冠を被り、光に溢れた姿で描くようにと指示してね。それだけに何とも奇妙な絵だ。遠近法も幾何学めいたものもない。非常に目立つところに、主《おも》だった聖母の神秘の呼び名が組み入れられている。Civitas Dei（神の国）、Stella Maris（海の星）、Speculum sine macula（汚れなき鏡）、あるいはPorta Coeli（天国の扉）」

「〝天国の扉〟か」とぼくはつぶやく。

「そう。実際にその絵が、即座にその機能を果たしたことを知らねばならんな」

「というと？」

「ファン・デ・ファアネスは絵の完成間近に、あやうく命を落としかねない事故に見舞われた。絵の上部の仕上げをしている最中、足場が崩れ落ちたんだ。その時、奇跡が起こる。彼自身が描いた聖母が板絵から腕を伸ばし、落下する彼を受けとめたかと思うと、そっと床に下ろしたという」注8

「素敵な話ですね」

「実際、そういった話にも真実の痕跡が隠されている。ファン・デ・ファアネスにとって自分が描いた絵は、霊的な世界に近づけてくれる実在のもの、生き物のようなものだったわけだ。要するに扉としての役目を果たしていたと。彼の作品が高く評価され、模倣されたのは、おそらくは絵の所有者たちが物質的な限界を超えるのを可能にしたからだろう」

《無原罪の御宿り》1568 年頃　フアン・デ・フアネス
バレンシア　コンパニア・デ・ヘスス教会所蔵

「フラ・アンジェリコの作品も同じように言われていますが……」

「そのとおり。両者には一世紀の隔たりがあるが、どちらも自分の作品が果たすべき重要な役割を意識して描いていた。ビジョンの結果がそのまま作品に反映されたという部分も一致している。だから作品を見る者たちの中に、自分と同じ体験をもたらそうとしたところで、不思議ではない。面白いとは思わんか？」

「面白いどころか、啓示を受けた気分ですよ！」

「そうかい、そうかい」と師は初めて笑った。「そいつは傑作だ。啓示か、なるほどね」

注1　いくつか例を挙げると、ジェノヴァ大聖堂に保管されている、第1回十字軍がカイサリア・マリティマ（現在のテルアビブとハイファの間にあった港湾都市）で発見した六角形の皿、サクロ・カティーノ。フランス・トロワの大聖堂の宝物でフランス革命期に破壊された大理石のグラス。サンティアゴ街道沿いにあるオ・セブレイロの聖杯（ガリシア州の紋章に聖杯が描かれているのはそのためだ）。アイルランドのアーダの聖杯。また、スコットランドのエディンバラ郊外ロズリン・チャペルや、オーク島、はたまたグラストンベリーに埋められたままだという説もあるが、いずれも聖遺物がその場に留まるには歴史的根拠があまりない場所だ。
注2　Antonio Beltrán, *Estudio sobre el Santo Cáliz de la cathedral de Valencia*, Instituto Diocesano Valentino Roque Chabás, Valencia, 1984.
注3　ヨハネ・パウロ2世がミサを挙げたのは１９８２年11月8日のことだ。最近では２００６年7月8日に、ベネディクト16世もこの聖杯を使ってミサを執り行なっている。

注4　デ・ファネスと彼の工房が何年にもわたって繰り返し描いた《聖体の秘跡を行なうキリスト》は、20作ほどに上る。本文中で紹介されている以外に、バレンシアの市庁舎、バレンシア大聖堂、ソト・デ・チェラ（バレンシア県）の教区教会、ハベラ（アリカンテ県）の教区教会、マドリードのラサロ・ガルディアーノ美術館、バルセロナのグラセス・コレクション、ハンガリー・ブダペスト国立西洋美術館、ロンドンのジョン・フォード・コレクションなどがある。所在不明になっている（大半はスペイン内戦時に破壊されたと考えられている）のは、ベニマルフル（アリカンテ県）、スエカ（バレンシア県）、セゴルベ（カステリョン県）、またバレンシア市内のさまざまな教区教会にあったものだ。そのほとんどの作品でイエスの手ないし正面に、同じ聖杯が描かれていたという。

注5　Antonio Palomino, *El museo pictórico y escala óptica*, vol. 3: *El parnaso español, pintoresco y laureado*, Aguilar, Madrid, 1947.（スペインの画家アントニオ・パロミノの学術書だ。全３巻で初版は１７１５～24年刊）。

注6　Barón de Alcalahí, *Diccionario biográfico de artistas valencianos*, F. Domenech, Valencia, 1897.

注7　Marcos Antonio de Orellana, «Biografía pictórica valenciana», edición preparada por Xavier de Salas, en *Fuentes literarias para la Historia del Arte español*, Madrid, 1930.

注8　スペインの画家で美術研究家のフランシスコ・パチェコが語ったこの逸話で、まずは１６４４年にイエズス会士ファン・エウセビオ・ニーレンベルクが著作『*Firmamento religioso de luzidos astros en algunos claros varones de la Compañía de Iesús*』tomo2（María de Quiñones, Madrid）で、次いでリチャード・カンバーランドが１７８２年に著作『*Anecdotes of eminent painters in Spain*』vol.1（J. Walter, Londres, 1782）で取り上げた。

12 セニョールX

その午後、ぼくは閉館のわずか1時間前にプラド美術館をあとにした。どういうわけか、またもや時間の感覚がすっかり抜けていた。美術館の中で4時間も過ごしていたなんて！ エル・エスコリアルに出入りした謎めいたスパイと出くわすかもしれない、そんな警戒心も危惧の念も、結局は展示室の魅力からぼくを引き離すことはできなかった。

すでに夜の帳《とばり》が下り、プラド美術館のビジャヌエバ館も、近くにあるネプチューンの広場もホテル・リッツも、ほのかな街の灯と窓の明かりに溶け込んでいた。ちらりと時計を見やる。午後7時5分。セニョールXの恐怖のあと、一日エステルおばさんのもとで過ごしたマリーナを見舞いに行くのなら急がねば。

エステルおばさんのアパートへの最短ルート——タクシーを除く——は、レティーロ公園を横切ってメネンデス・ペラーヨ通りまで出る経路だ。つまりマドリード中心部最大の緑地帯を端から端まで歩かねばならない。そのために公園内の雑木林を突っ切れば近道にはなる。まだ人通りも少なく、さほど寒さも厳しくなかったので、地下鉄を二度乗り継いでイビサ通り駅まで行くよりも、いっそ歩いた方がいい気がした。

晴れ晴れとした気分で身も軽やかに進む。アノラックのポケットに両手を突っ込み、マフラーで口や耳まで覆って、雲にでも乗った心地で歩いていた。頭の中は感動ではち切れんばかりだった。公園の新鮮な夜気を深く吸い込み、これまでのことを振り返る。目的地に到着するまでにマリーナについて結論を出さねばならない。彼女をこのゲームに巻き込むかどうか。ぼくはこのゲームを続けるべきか否か。けれどもぼくは性懲りもなく、人間関係などそっちのけで結局はまた、美術作品の別の見方を師から学んでいる。ぼくにとってはその方が何倍も面白かったからだ。見ず知らずの人物のおかげで、プラド美術館にある絵を他の惑星の標本のごとく眺められるようになった。自分の美的感覚を満たすよりも、真の表現を追求した画家たちが組み立てたおもちゃでも見ている感じだろうか。ある種の究極の目的はたぶん、〝別世界〟へとつながる扉を開け放ち、向こう側の領域を感じ取ることだったのだと納得した。まるで4万年前のスペイン北部の洞窟で、初めて人間が絵を描き始めた頃の魔術的な役割を、芸術というものがそのままの状態で保ってきたかのように。

もしもフォベルの言い分が正しいとすれば、それは画家たちしか知らない〝秘密〟だったと言える。いや、絵を依頼した者たちの中にも、知っていた者がいたかもしれない。そしていまはそこに、このぼくも含まれている。美術館から数百メートル離れ、公園内の凍てつく舗装を踏み締めながら、しみじみ思う。ラファエロ、ティツィアーノ、ファン・デ・ファネス……。彼らは絵筆であの世への窓を開けたのだろうか？　以前なら物笑いの種も同然だった考えが、文句なしの一貫した論理に思える。ほんの数分前にぼくの価値観を引っくり返したフォベルの手腕には驚きだった。それにしてもプラド美術館の師は、なぜジャーナリズム専攻の学生なんかに秘密を打ち明けることにしたんだろう？　門外漢のぼくなどではなく、もっとふさわしい相手、たとえば館内で許可を得て、名画の前で模写している美術大学の学生たちもいるのに。少なくともぼくは、そういった世界には属していない人間だ。とはいえ実際、どの世界に属しているのかと問われても確固たる答えがあるわけではないが……。

「シエラさん！」

背後から叫ばれ、ぼくの夢想は吹っ飛んだ。彫刻が並ぶ遊歩道の入口付近から聞こえた気がする。

「シエラさん！」

再び聞こえた。必死になって追いかけてきている様子だ。

「あなた、シエラさんでしょう？　すみません、ちょっとお待ちを！」

公園内の暗がりから見知らぬ男に名前を呼ばれるのも驚きだけど、それ以上に、ぼくみたいな若造に敬語で話しかけてくる方が奇異に思えた。

「止まってください！」と声は食い下がる。「あなたにぜひ、お話ししなければならないことがあるのです！」

こちらが駆け出す前に追いつかれた。女王ウラカの彫像の真ん前で、相手は闇からぬっと現れた。鼻と口から真っ白い息を吐き出す男と対面し、急いで逃げなかった自分の鈍さを呪った。相手は片足を軽く引きずっているから、追いつかれることもなかったはずだろうに。

「ハア、ハア……ここでお会いできるとわかっていましたよ！」息切れしながら勝利宣言をすると、ぼくの言葉も待たずにつけ加えた。「あなた方はいつだってはまる」

「何がです？」

「あなたのような人間はハチミツに寄ってくるハエも同然」と言って慣れ慣れしくぼくの背中を手のひらで叩いてきた。「抗えないものだから！　ムフフ。好奇心にわれを忘れてね」

男は何だか面白がっている様子だ。明かりが足りず表情がよく見えないが、満面の笑みを浮かべていたのは確かだ。頭髪が薄く、平凡な顔立ちの、青白い肌をした男。初対面なのに、どことなくなじみの顔に思われた。どこかで会っているような……。だがその男が、ボタンを外したバーバリーのベージュ色のコート下に、黒スーツと黒ネクタイで正装しているのを見て、ぼくはその考えを退けた。相手はそれなりの地位にある人間に違いない。学部の教授陣や雑誌の編集者たちを除いて、ぼくの知り合いにネクタイを締めている人などいなかったからだ。

「ああ、失敬。わたくしとしたことが！　申し遅れました」と言って微笑むと、手にした新聞を丸めて小脇に挟んだ。「わたくしの名はフリアン・デ・プラダ、国家遺産の捜査官です。どうぞお見知り置きを」

「警察ですか？」少々びくつきながらぼくは訊き返した。

「似たようなものです。この国にある芸術品や貴重な文献の保護を担う部署でして」

ぼくは疑いのまなざしで男を見た。

「そうですか。で、何がそんなにおかしいんです？」と質す。「ハエがどうのこうのと」

「フフ……事情をお話ししましょう。わたくしどもは何年もある男を追跡していましてね。あなたがここ数週間会って話をしている相手です。めったに姿を現さず、捕まえたくても捕まらない。そこであいつをおびき出すべく、実はあなたをおとりに使っていたということで……へへへ」

ぼくは目を丸くした。師のことを差しているのは間違いない。

「彼が何をしたと？」

「むしろ何もしていないと言った方が当たっている……」と嘆息する。「何年も前に、あの男は王宮《アルカサル》で働いていたのですよ。ご存じでしたか？　わたくしと同じような仕事をしてね。所蔵品の目録を作ったり、芸術品を買いつけたり。その頃から遺産管理側に内緒で勝手に不特定の作品を集めているが、彼のもくろみについてはわかりません。本当のことを話したくないのか、逃げ回ってばかりでね。だが、クリスマス前にあなたと接触したのをわたくしは突き止めた。

最初は美術館で一緒にいるところを目撃しました。何とも楽しそうに。ぐふふ！　その後、あなたがエル・エスコリアルの図書館で『新黙示録』を閲覧したと知り、ふたりの間に何かあったなと確信しました。あれはドクトルが執着するもののひとつでね。知っています？　あいつはいつでも同じ話をするから」

「ぼくが彼といるところを目にしたと？」

「クリスマスの直前にね。否定はできんでしょう。《真珠》の前で話をしていた、と言えば思い出しますか？」

なぜデ・プラダの顔に見覚えがあったか、はたと思い至った。ぼくが師と出会った日、イタリア絵画の大展示室に現れた団体観光客の中にいたのが、彼だったのだろう。それでドクトルは急にぴりぴりして、そそくさと立ち去ったんだ。でも、どうして？

「では、あなただったんですね」と切り出す。「エル・エスコリアルでぼくの前に福者アマデオの本を閲覧したのは」

ドン・フリアンは肯定の言葉の代わりに白い歯を見せてにやりと笑った。

「それに昨日、マリーナの家を訪れて、ぼくがドクトルから離れるようにと彼女に言づてをしたのも」

再び男は無言でうなずいた。

「あいにく彼女の住所しかありませんでしたのでね。捜査官ゆえ、その日の訪問者台帳を調べ、そこで住所を。あなたの美術館での行動も、フォベルがあなたの周囲をうろついているのも知っていましたが、いったいどこであなたにお会いできるか、わかりませんでした。運よく思いどおりにここへと誘導できましたが」

「誘導した？」

「そうです、うひひ。同じようなタイプの共犯者を引き寄せるのも、やつの常套手段でしてね。好奇心旺盛で従順な若者と二、三度会ったあと《栄光》の前へ連れて行く。お決まりのパターンだ」と言って両手を振ると、もうもうと息を吐く。「ハプスブルク家や死を題材とした絵に目がないフォベルの習性を逆手にとって、あなたがティツィアーノのあの絵に向かうよう仕組んだってわけです。あなたが美術館を訪れた時、目の前でやつを捕まえる。現れるのを待って、やってきたら……パシッ！とね」

「パシッと？」

「えへへ。あなたはご存じないが、今日の午後、捕獲の段取りはすべて整っていたのですよ。フォベルが現れなかったのが残念ですが……」

　ぼくは愕然とした。

　デ・プラダとぼくは遊歩道を抜けて、すっかり葉の落ちたクルミやクリの木の下をレティーロ池の岸へと進んだ。その時刻にはレンタルボートも片づけられ、池を囲む遊歩道にはひと組のカップルとスポーツウェア姿でジョギングする男3人組しかいなかった。ぼくは相手の方を見た。《栄光》の前での話に続きがあるかと思ったからだ。でもそれはなかった。

「マリーナにカール5世のミイラの記事を手渡して言づてをするなんてずるいです」とつぶやく。

「ふふん！」男は満足げに、舌なめずりする猫を思わせる声を発した。「当時は何でも、使えるものは使ったものです。ハプスブルク家のやつらは絵が生きていると信じていたのですからね！」

「何だか気に入らないみたいですね」

「え？　まあ……正直言ってそうです。想像してごらんなさい。カール5世が隠棲先で《栄光》とともに亡くなったあと、後継者であるエル・エスコリアルの王、偉大なるフェリペ2世は自室で絵に囲まれて死んだ。彼はそれらの絵が自分の痛みを知覚できると信じていたようだ。つまりは、絵がまるで生き物のように、ほとんど超自然的なものであるとみなして」[注1]

「そういった話を聞くのは初めてではありません」エル・エスコリアルのファン・ルイス神父の話を思い出しながら言った。

「でしょうな。不幸にもそれは当時広まっていた一種の狂気でしたから。その影響は臣下たちにも及び、あなたが想像される以上にみな、その考えに感染していたのですよ」

「感染していた？　どういうことです？」

「思想ってのはね、感染するのですよ、シエラさん。まさにだからこそ、わたくしはここにいるのです。伝染病が再び広まるのを防ぐために。ご存じですか？　フェリペ2世が逝去して間もなく、王の魂が煉獄から出て天国へと入るのを見たと言う者が、聖職、世俗の別なく、全国各地に現れたことを」

「ということは、つまり……」

「そういった輩《やから》どもがいたということです」と遮られる。「中には、カルメル会のペドロ・デ・ラ・マドレ・デ・ディオス神父のように、『王の死から8日後に起こったことだ』と公言した者もいます。その何年か後には、わたくしと同名のフリアン・デ・アルカラという神父のように、パラクエジョ・デル・ハラマの近くで、奇妙な色をしたふたつの雲がひとつに合体すると同時に、王の魂が天に昇ったのを見たと言い出す者まで現れた」

「何ってこった。ＵＦＯが……」

「ばかなことを言わないでください！　フリアン神父が目にした幻影は非常に有名で、しかるべく記録され、同時代のさまざまな文献に引用されているのですよ。１６０３年9月の終わりのことで、噂が噂を呼び、かのムリーリョがセビリアのサン・フランシスコ修道院のために、油彩画に表すまでになりましてね。《栄光》を思い出させるものなど、何ひとつありません！　目の前にあの絵があったなら、地上に炎の柱が立っているのがわかるでしょうに。それは煉獄を表現したものです。天に開けた割れ目には、王を待つ聖母が現れています。われわれの王たちは、カトリック信仰をはるかに超えた突飛なものごとを信じていただけでなく、超自然的な

《フリアン・デ・アルカラ修道士の幻影》 1645 – 1648 年
バルトロメ・エステバン・ムリーリョ
マサチューセッツ州ウィリアムズタウン
スターリング・アンド・フランシーヌ・クラーク美術館所蔵

ものを丸ごと絵画のスタイルとして作り上げた。いいですか。それは現代人にとってははなはだ迷惑なことです」

退屈極まりない大演説を終えたドン・フリアンが、ポケットからタバコを取り出した。ぼくとしてはすぐにでも会話にけりをつけたかったが、彼がレティーロ公園の真ん中で、火花を散らしてライターで火をつけたので、一服するまで放っておくことにした。それから会話に決着をつけるべく最初の一手を打つことにした。男の話にはどこか妙なところがあった。彼が国家遺産の捜査官だとすれば、明らかに権限を逸脱している。そもそも本当に捜査官だろうか？どうやって確かめたらいいのか？　男のくゆらす——においがきつくて目にしみる——タバコの煙に、次第にぼくはいらいらし始めた。

「教えてほしいんですけど」自分でも気づかぬうちに、突破口を求めて言葉が出ていた。「あなたはドクトルの好みをよくご存じということですか？」

「そりゃあもう、十分すぎるほどに。あいつはひと昔前の時代のペテン師ですよ。あなたと同じで、こういったものごとになると、まったく見境がなくなってしまう」

ぼくは侮辱の言葉を聞き流すふりをしたが、相手はしつこく言い張った。

「あれあれ、お兄さん、腹を立てちゃあいけませんよ、へへへ！　われわれは20世紀の終わりに差しかかっているのです。人間は月に到達し、一家に一台テレビがある。コンコルドがパリ－ニューヨーク間を4時間足らずで飛行する。そんな時代に神秘やら死者の出現やら奇跡やらの話をし続けて、何の意味があるのです？　物理学ではいまや、素粒子が宇宙のある地点から別の地点へとテレポーテーションできる能力があると推測している。その時代に、何をいまさら、同時に二箇所に存在できるバイロケーション能力がある聖人などに興味を示しますか？　空を飛ぶ感覚を体験できる麻薬なども発見されているのに、ほうきに乗って空を飛ぶ魔女の話を鵜呑みにしますか？」

「そうか！……」とぼくは叫んだ。にわかに大演説の理由がわかった気がした。「こんな話をするのは、ぼくが雑誌社で働いているからだ。そうでしょう？　それでぼくのあとをつけた。ドクトルが語ったことを記事にされたら困るから。だから気に入らなかったんだ……」

フリアン・デ・プラダは急に真顔になった。

「よろしいですか、あなたは若く将来性のある青年です。たとえまだ十分時間があるからといって、ばかげたことにかまけて、才能を無駄にすることはない。学業に専念なさい。優秀な成績で卒業し、できるだけ高い地位の職に就くのです。自分に関わりのないことに首を突っ込むのはおやめなさい。そうでないと……」

「そうでないと、何なのです？」視線を池から戻して男を見つめ、圧力をかけた。

「未来を失うことになります。わたくしはあなたのためを思って忠告しているのです。フォベルは以前から、あなたのような若者の多くに、同じことを語ってきています。そしてみんなおかしくなってしまった」

ドン・フリアンの言葉は脅しというよりは、奇妙だけれどむしろ正直な懸念に聞こえた。その忠告をしばし考える必要があるとばかりに、ぼくはアノラックの中に身を縮め、池の対岸にそびえ立つアルフォンソ12世の騎馬像のシルエットから目を離すことなく囁いた。

「納得いかないのは、ドクトルがぼくに語る内容を、なぜあなたがそんなに気にするのかということです。あれは専門家の話で、興味を持つ人などほとんどいませんよ」

「勘違いせぬように」相手はもう1本タバコに火をつけ、深く吸い込むと言った。「わたくしはフォベルがあなたに語る内容を心配しているのではなく、その後にあなたが他人に話すことを心配しているのです。先ほどおっしゃったように、早晩、あなたは彼が語ったことを活字にするでしょう。あなたにとって何よりも、好奇心をそそる珍しいものだからです。その行動が、何世紀にもわたって保たれてきた秩序を乱すとも知らないで。わたくしが避けたいのはそのことなのです。フォベルの蒔いた種が、わたくしどもが苦労して築き上げたこの現実世界に根を下ろすことを危惧しているのです。科学の勝利で人類は純粋理性の二世紀を過ごしてきました。ところが三世紀めに、あなたのような人間があちらこちらで再び現れ、目に見えない、言葉で言い表せない、重さも長さも計れないものに興味を示し始める。絵の前でトランスに陥る目的で、世界中から人々が続々と詰めかける国立プラド美術館など想像がつきますか？　スペイン文化の偉大なる殿堂を狂信者たちの聖地《メッカ》にするおつもりですか？　少しは自覚してください」

「そんなの、どう考えても起こりそうもないですよ」

「そうは思えません。あなたは60年代をリアルタイムに経験していないでしょう？　だからそんな悠長なことが言えるのです。あの時は『魔術師の朝』（1960年。邦訳『神秘学大全』学習研究社2002年）という本の影響で反体制的なムーブメントが生まれました。当時そのムーブメントは〝ファンタスティック・リアリズム〟と銘打たれ、雑誌や一般書籍、ラジオやテレビの番組までが取り上げ、ヨーロッパの大学生を魅了しました。著者たちは陰謀論、平行宇宙《パラレルワールド》、共時性《シンクロニシティ》、奇跡、失われた図書館、忘れ去られし太古のテクノロジーについて語り、それらで新たな歴史を書き直そうとしたのです。第2次世界大戦を神秘学の観点から解釈し、ヒトラーとチャーチルは、従来の戦争以上の戦いを繰り広げていた、あれは魔術師や占星術師、霊能者らによる戦いだった、西洋の霊的未来は危険にさらされていたと主張したのですよ。まるで中世のように！　しかもそれらの魔術が、過去に人類が地球規模の大災害で失った科学の名残で、その後、誤って解釈されたのだとまで言い出しました。錬金術にはいま以上に深い原子の叡智が秘められ、占星術を通じて世界の構造を読み取ることさえできるのだと。もちろん、そんなものはまやかしです！　ナンセンスもはなはだしい!!　ところが、厄介なことに彼らの思想は、心の奥まで染みとおるのです。非常に奥深いところまで。あなたも知らず知らずのうちに、その嘆かわしい思考の菌に汚染されているのですよ。幸いまだ発症はせずに、何とか保っているようですが……」

男の言い分に、さすがに疑念を抱く。

「あなた、何の仕事をしていると言っていましたっけ？」

「国家遺産の捜査官ですが」

「何だか神父みたいですね」

「ふふん……」人を小馬鹿にしたように鼻先で笑った。「そう言いたくなるのも理解できます。あなたはまだお若いから、体制じみたものをことごとく攻撃したくなるのは無理もない。実際、わたくしがいま申し上げたことも、ひと言たりとも信じられないかもしれません。が、従った方が身のためですよ。闇の側には近づきなさるな。フォベルから離れるのです……さもなくば後悔することになります」

「それは脅しですか？」

「そう捉えたければ、お好きなように」

「だったら、あなたは今日、二度めのへまをしたことになる」

相手の嫌みな笑顔が急速に曇る。

「何のことをおっしゃっているのです？」

「それは……」一瞬ためらったが、続けた。「言わないでおこうかと思っていたんですが。あなたは今日の午後、万全の態勢で張っていたのに、ドクトル・フォベルが現れなかったと言っていたけど、彼はぼくと美術館で会って話していたんですよ」

男のまなざしに一瞬、戸惑いの影が浮かんだ。

「い……いったいどこで？」

「《栄光》の前ですよ。あなたの予測どおりに」

「そんなはずがない」

「それからもうひとつ。あなたへの最後通牒としてお答えします」

デ・プラダはまばたきひとつせず聞き入った。

「ぼくは今後もドクトルと会うつもりです。たとえそれが、あなたの世界観に影響を与えようと与えまいと構いません。だから、これ以上説得しようとして、ぼくにつきまとわないでください。いいですか？」

「もちろんです。残念ですが、仕方がありません」男の顔は苦渋に満ちていた。「ただし、彼の共犯者にだけはならないようご注意ください。再びお会いするような事態になれば、このような丁重な扱いはいたしませんので。それだけはお約束しますよ」

注1　何人かの歴史家がこの王の信心について短く触れている。中でも顕著なのが、イギリス出身の歴史学者ジェフリー・パーカーの『Philip II』（１９７８年）だ（スペイン語版 *Felipe II: la biografía definitiva*, Planeta, Barcelona,2010）。

13 快楽の園

2日後、ようやくフリアン・デ・プラダとの会話の嫌な後味が消えた。その時初めて、彼がぼくに近づいてきた理由がわかった。恐れのせいだ。ぼくのようにおっちょこちょいで無知な若者が、わけもわからず秩序を乱してしまうかもしれないという恐れ。その頃ぼくが学業を通じて磨いていたジャーナリストとしての腕が、彼にとっては都合が悪いことを暴露するかもしれないという恐れだ。一方、あの小悪魔みたいな男と会って、ひとつだけ収穫があった。マリーナの件で決心がついたことだ。彼女をこれ以上、巻き込むつもりはない。とりあえずプラド美術館で何が起こっているのかを突き止め、ドン・フリアンの脅しにどの程度の危険性があるのかを確認するまでは、そうするに越したことはなかった。

この48時間、これといった問題は起こっていない。少なくともぼくにはそう思われた。その間、エステルおばさんの家に二度顔を出し、マリーナと妹さんの怯えをやっとのことで払拭できた。当然セニョールXと対面したこと、相手の狙いがぼくだということは一切告げなかった。それから大学の講義と雑誌の仕事にも真剣に取り組み、余暇には次回の美術館訪問に向けての準備もした。すでに師との対話を続けると決心していたが、ドン・フリアンと会ったことで、ぼくの決意はこれまでになく強固になっていた。もちろん何かにつけてセニョールXの影が気になったのは確かだが、以後ぼくの前に姿を見せなくなったことで、この件に関して初めて自分が主導権を握れた気がしていた。受けるレッスンや自分が見るべき絵を選ぶことについてもだ。また新たな一歩を踏み出すごとに、あるいは新事実が判明するたびに、洩らさず記録することにした。誤算だったのは、あのお呼びでない男に自分の進路が左右されたことだ。公園での会話に影響されて、ぼくはフェリペ2世に首ったけだった。彼がいったいどんな戦いに足を突っ込んでいたのか、知りたくてたまらず、その人物像――もしくは生涯に描かせた600枚もの肖像画の中――から何らかの手がかりが見つかるような気がしてならなかった。

そこで、シャミナード学生寮C33号室の薄暗い勉強机で、その方面の調査を進めることにした。

フェリペ2世は1598年9月13日、サンロレンソ・デ・エル・エスコリアル修道院の一室で死亡した。それに関する情報を集めるのはさほど苦労しなかった。父王カール5世の晩年を綴った文書でもおなじみの、ヒエロニムス会士ホセ・デ・シグエンサの記録にすべて記されていたからだ。シグエンサはその時代の鍵となる人物のひとりで、エル・エスコリアル修道院初の歴史家でもあり、王室のレリカリオ（聖遺物の保管者）もしていた。そのためその他の情報も、多かれ少なかれ彼に倣《なら》っていた。１５９８年6月終わり、痛風で著しく健康状態が悪化した王は、腹部が張って手足の関節が腫れ、全身が耐えがたく痛み、癒えることなき渇きにさいなまれた。71歳のフェリペ2世は、マドリードの王宮《アルカサル》を離れ、墓所として建てた巨大な複合施設エル・エスコリアルの離宮に移ることにした。

マドリードからエル・エスコリアルまでの道のりは、地獄の苦しみだったに違いない。何しろそんな体調不良の身でありながら、強烈な夏の日差しの下、旅を強行したのだから。途中、あらかじめ用意された王室の宿に泊まりながら、王と随行員はわずか50キロの行程を6日間かけてたどった。世界随一の権力者も、さすがに卒倒寸前だったという。尿酸がたまり続け、両足だけでなく両腕や両手にも痛風の症状が出て、体は皮膚がむけて肉がむき出しになり、衣服が触れるだけでも激痛に見舞われた。当然歩くことはできず、輿に座った状態で道中を移動した。膿み始めた傷口からは吐き気を催す悪臭が発せられ、何もかも悪い兆しばかりだったという。

目的地に着くなり王は、みずから設計し、修道院の南端に設けた寝室に引きこもってしまった。室内の大部分を埋めつくしている天蓋つきのベッドがなければ、独居房と見間違えそうなほど狭く質素な部屋だが、王にとっては建物内の一等地に造った理想の〝城〟だった。ゆくゆくは埋葬されることになる霊廟の真上に位置し、ベッドの左側にある秘密の窓からは寝室に居ながらにして、中央祭壇で行なわれるミサを眺めることができる。寝室の両開き扉を開けると、タラベラ産の美しいタイルで装飾された、まばゆいばかりの通路兼広間、「散歩の間《パセオ》」が開けている。そこを通って学者や聴罪司祭、宮廷の使用人たちが王のもとへ行き来していたのだろう。隣合わせの小部屋は王の書斎となっていて、机とわずか40冊足らずの本が並べられた書棚がいつでも使えるようにしてあった。

1598年9月初め、〝神の建造物〟に転居してひと月も経たないうちに、フェリペ2世は王として最後の文書に署名し、終油の秘跡を受けている。激痛によってほとんど寝たきりの状態で、高熱にうなされ、言葉を発することもままならなかった。地上での最後の数日間、王は領土の現状を伝える重臣たちの話や、愛娘イサベル・クララ・エウヘニアが朗読する「詩篇」を聞いて過ごした。さすがに後世〝慎重王〟と呼ばれるようになるだけあって、フェリペ2世はすでに自分で冥土への旅支度を済ませてあった。しかし、終焉が間近に迫ってくると、さらにふたつのものに救いを求めた。

ひとつは彼が愛好する聖遺物のコレクション。エル・エスコリアルには7422本もの聖人の遺骨が秘蔵されている。何十本もの指骨に加え、骨に焼け焦げた皮膚が付着した聖ラレンティウスの炭化した片足、全身揃った遺骨が12体、40個以上の頭蓋骨、さらにイエスや聖母のものとされる頭髪が多数、使徒ヤコブの片腕、イエスが磔にされた十字架のかけらや茨の冠などというものもある。王は躊躇することなく、それらを自身の両まぶた、額、唇、両手の上にかわるがわる置くよう命じた。そうすることで痛みが和らぎ、悪魔が退散すると信じたからだ。シグエンサ神父はそれらのコレクションについて《ここにない聖人の聖遺物はない。3名を除いて》[注1]と述べ、フェリペ2世がそこまで大量に収集したのは、カトリック王としてそれらの聖遺物がプロテスタント勢力の手に落ちるのを防ぐためであり、行きがかり上、当修道院がキリスト教の最も聖なる墓地になったと主張している。

もうひとつは数枚の絵。いまわの際《きわ》にそれらの前で祈りたいから、寝室に運んでくれと命じた。

当然ぼくは、その命令に妙な親近感を覚えた。

この王は多くの面で父親カール5世を手本とし、みずから選んだ絵の前で〝死を迎える準備〟を行なうのを望んだ。驚くことに、亡くなる数日前には王家の霊廟に使節団を派遣して、父皇帝の棺を開けさせ、どのように埋葬されているか詳細に記し、自分も父と同じ方法で葬るよう命じている。フェリペは——ドン・フリアンが言っていたように——父親の霊も〝死を題材とした〟絵も、何らかのかたちで彼のことを目に留め、彼の苦しみに哀れみを感じ、苦痛から救い出してくれると確信していた。

王が自身の絵画コレクションの中から、最も奇妙な三連祭壇画《トリプティカ》〔3枚の板絵からなる祭壇画〕のひとつ、《快楽の園》を寝室に運ぶよう命じた時、周囲には衝撃が走ったに違いない。ヒエロニムス・ボス（本名イェルーン・ファン・アーケン）最盛期の傑作はエル・エスコリアルに所蔵されてわずか5年だったが、絵に描かれた冒瀆的な内容はすでに宮廷内で物議を醸していた。いったい聖書のどこに、巨大な果物と鳥の棲む園で、肉欲の快楽に溺れる裸の男女の群れが出てくるのか？　と。けれども王の最期の願いに、あえて反対する者などいなかった。結局、王の身の回りの世話をしている修道士たちからの異論もなく、その絵はベッドの傍らに置かれた。あんな狭い室内に2・20×3・89メートルもある巨大な板絵をどうやって据えたのか（それとも「散歩の間《パセオ》」に置き、寝室の入口から見えるようにしたのか）はわからないが、とにかく王がその絵を鑑賞し、祈ることができるよう、不可能なことをやってのけた。

それにしても疑問が残る。なぜキリスト教圏で最高の権力を持つ男が、臨終の床に《快楽の園》を選んだのだろう？　これは15世紀末から16世紀初頭の間に制作されて以来、つねに論争の的となっていたいわくつきの作品だ。絵は１５６８年にオランダで、プロテスタントのオラニエ公ウィレムから没収され、スペインに送られた。当初は個人蔵だったが、その後フェリペ2世が買い取り、エル・エスコリアルに奉納したものだ。変わった絵だ。奇妙奇天烈な動物やおどろおどろしい悪魔の大群が全面にちりばめられ、聖書の記述とはおよそかけ離れている。にもかかわらず、ヨーロッパ一のカトリック王フェリペ2世は、この絵を是が非でも手に入れたがった。歴史でさえ説明できずに来た作品について、老王は何を知っていたのだろうか？

次回のプラド美術館訪問に携えていくのは、それらの問いに絞ることにした。エル・エスコリアル修道院の完成（１５８４年9月13日）から丸14年後の深夜、悪魔たちに怯え、ボスの絵を眺めつつ息を引き取った偉大なフェリペ2世。ぼくが彼に対して抱いたイメージが、どの程度までの意味があるのか、あるいはないのかが知りたかった。
あとはプラド美術館の師がぼくの沈黙の呼びかけに応じて現れ、ボスの絵に対する王の執着の謎を明らかにするのを待つだけだ。

1991年1月11日金曜日。いまでもその日の思い出は、ぼくの脳裏に鮮明に刻まれている。現実離れした考えかもしれないけど、現在進行形で起こっているように思えてならない。あれから20年経ったいま、それらを整理するのも悪くはないだろう。記憶に保たれた鮮やか色彩は、《快楽の園》に長時間身をさらした際に生じる投影なのかもしれない。あえてその時の情景を文章化してみようと思う。これから語る話は、言葉にできないものを理解しようと努めた若者に、500年の歴史を誇る板絵が与えた衝撃の産物だ。読者にはそのことをご理解いただきたい。

どうやらそれまで、ぼくの目は節穴だったらしい。
プラド美術館にやってくる他の見学者たちと同様、フェリペ2世が死の床に置いた板絵が56

A展示室にあることは知っていた。地上階にある長方形の部屋で、《快楽の園》はそこに据えられて半世紀近くなる。ぼくはお呼びでない人物に見つかるのを避け、マフラーとサングラスで顔を隠したまま美術館に入館した。大股で迷わずまっすぐにその部屋まで進んだぼくは、一瞬にして熱気に包まれた。各展示室の壁の下方、大理石の地味なフリーズには空調の吹き出し口があり、温風が送り出されている。でもそのせいだけではなく、明らかに〝特別な空気〟を感じた。それが展示されていた絵のせいか、別の理由かはわからないが、いずれにせよこの館内には異様な雰囲気を感じさせる、一種の〝牙城〟とも言うべき場所がいくつかある。そのことを思い知らされた瞬間だった。

その金曜日、まさにその場所、不気味な56A展示室の真ん中で、カメラの入った布バッグを手にしたぼくは、尋常でないものを感じていた。そんなの大したことではないと思われるかもしれないが、防寒着を脱いでいると、これまでの訪問では経験したことのない奇妙な感情が湧き起こった。突如として神経が過敏になり、絵に描かれた無数の目が一斉に自分を見つめているような錯覚を覚えた。もしかすると、一瞬のできごとだったのかもしれない。恐怖心でいっぱいになり、頭のてっぺんからつま先まで震え出す。ぼくはめまいを起こし、布バッグを床に落とした。倒れる前にかろうじて気を取り戻し、体勢を立て直すと――セニョールXと出会ったあとと同じく――自分が誰で、そこで何をしているのか、再び意識した。

言葉で表現するのは至難のわざだが、ぼくはその状況をひとつの兆しと解釈した。まずは深く息を吸い込むと〝準備はできている！〟と心の中で叫んだ。もう揺るがない。ぼくの決意は鋼鉄並みの堅固さだった。そして炎のように燃え盛ってもいた。

〝何もかもがうまく行く〟と自分に言い聞かせた。

ボスの作品がある展示室の中央に、家具のようなものが置かれているのに気がついた。他の展示室にはない机のようなものだ。よく見ると、板絵を支えるためにしつらえられた水平の展示台だった。あとで知ったが、それはフェリペ2世の所持品で、彼が亡くなった時点ではまだエル・エスコリアルの書斎にあったという。どの美術書でもそれを〝《七つの大罪と四終》のテーブル〟と呼んでいるが、実際には、人間の魂がさらされるさまざまな誘惑を、円形のポプラ材に細密画の技法を凝らして描いたテーブル画だ。注目すべきは、それらの場面が巨大な目の内部に描かれていること。魂まで見透かしそうな瞳の周囲には《Cave, cave, Deus videt.（気をつけろ、気をつけろ、神はお見とおしだ）》との文字が読める。瞳を囲む七つの細密画にいざなわれ、ぼくは絵の周囲を巡って場面を順番に眺め始めた。

どうやらそれが功を奏したようだ。

しばし〝神の目〟の周りを回っていると、ぼくの中で何かが動き出した。知覚なのか幻覚なのか。おそらく精神科医で美術専門家のファン・ロフ・カルバーリョが、まさにその〝テーブル〟に隠れていると評した住人、《自身の人生で善行を実践せず、瞑想の浅瀬と暗礁を知らぬままに、目の前の絵が他の概念を表象していることにも気づかない批評家たちをあざ笑う》、注2 そんなプラド美術館の〝小人〟のしわざだろう。

脳を覚醒させなければならないか？

スーフィズム〔イスラム教神秘主義の一派〕の修道僧のダルヴィーシュ〔旋回舞踏《せんかいぶとう》〕みたいにぐるぐる回って成し遂げるか？

幻覚を誘発させるボスの絵に囲まれて、忘我状態に陥れば、ぼくの意識も広がるだろうか？でも、どうやって？

ふと、終末論的な絵の周りを徘徊している自分に気づき、われながらぞっとした。そういったわけのわからぬことに、またしてもはまっていた。ぼくの愚かぶりは、《七つの大罪と四終》中のふたつのリボンにラテン語で書かれた銘文そのものだ。ちなみに上のリボンには《Gens absque consilio est et sine prudentia. Utinam saperent et intelligerent ac novissima providerent.（彼らは思慮の欠けた国民、彼らの内に英知はない。もしも知恵があったなら、彼らはこれを悟っただろうに）》（「申命記」32章28－29節）、下のリボンには《Abscondam faciem meam ab eis et considerabo novissima eorum.（わたしの顔を彼らに隠し、彼らの終わりがどうなるか見よう）》（「申命記」32章20節）と書かれている。

不安になって視線を上げると、展示室中が何らかのかたちで死とつながっていることに気がついた。だからぼくの脳は、前に訪れた時とは違うものを知覚したのだろうか？

う～ん、と考え込んでしまう。

ぼくを取り巻く空間にはフランドルの画家たちが描いた名画が10点近く掛かっている。《乾草車》、《愚者の石の切除》、《聖アントニウスの誘惑》など、ほとんどがボスの作品だが、ピーテル・ブリューゲルの《死の勝利》やヨアヒム・パティニールの《聖ヒエロニムス》、《ステュクス川を渡るカロン》もある。そしてもちろん、物騒な場面でひと際《きわ》異彩を放つ、本日のお目当て《快楽の園》も。

時刻が時刻——しかも週末を目前にした金曜日の午後2時——だっただけに、その場は空っぽで人気《ひとけ》はまったくなかった。館内を見回っているはずの監視員たちの姿さえ見えない。そのため気兼ねなく、有名な三連祭壇画《トリプティカ》の正面、炻器質《せっきしつ》タイルの床に脚を伸ばして座ると、フォベルが現れるのを待った。

〝必ずやってくる〟と確信する。〝いつだってそうだから〟

フィルムを入れたキャノンのカメラを布バッグから取り出し、レンズの絞りを調節すると両手で持った。〝何もかもがうまく行く〟とマントラのように繰り返す。

そこで初めて《快楽の園》に目をやった。

向かって左のパネルは、3枚の中で最も平穏だ。絵の色、主要な登場人物は裸体ながらも落ち着いている。その絵に意識を集中させれば、神経過敏が緩和されるかもしれない。そう思ってやってみると、効果はてきめんだった。ぼくの呼吸は一時減速し、1分後には、穏やかな気分で目の前に広がる光景の細部に見入っていた。それにしても豊かな絵だ。何度眺めても、注目する箇所によって新たな発見がある。それに、ぼくが選んだ三連祭壇画《トリプティカ》の1枚は、他の部分と違って、やけにすっきりしている。実際、理解するのも容易に思えた。残りの2枚と比べてほとんど生物の姿がない。しかしそれは単なる目の錯覚だ。確かに場面には3名の人間しかいないが、背後にある動物たちの世界は無限の広がりを感じさせる。ゾウ、シマウマ、ヤマアラシ、ユニコーン、ウサギ、果樹によじ登るクマまでいる。注3 何らかの理由で、いくつかの動物——特に鳥——は大きさを増していて、隣のパネルでは巨大化している。でも画家が注目させたがっているのは、そちらの方ではなく、むしろ画面中央にいる3名の人間のようだ。ぼくはその意向に従うことにした。

衣をまとっているのはおそらく神に違いない。裸の乙女エバの手を取り、地面から身を起こしたアダムと引き合わせている。ひょっとするとアダムは肋骨を1本外されたばかりかもしれない。ふと、あることに気がつき、ぼくは狼狽した。偉大なる外科医である神は、自身の創造物たちに注目していない。双方を引き合わせることすら興味がなさそうに見える。彼が見ているのは……このぼくだ。聖書の文言を尊重するなら、《これこそ、いまやわたしの骨からの骨、わたしの肉からの肉、これを女と名づけよう。これは男から取られたのだから》（「創世紀」2章23節）と宣言する直前の場面ということだ。

半ば怯えながらカメラを構え、200ミリ望遠レンズのピントを合わせてシャッターを切った〔1991年当時、館内撮影は許可されていた〕。神の目の部分が拡大されてフィルムに焼きつけられる。

見透かすような厳しい目だ。真上にある噴水の樹みたいなものから顔を覗かせるフクロウの目とともに、何とも心をかき乱す印象を受ける。

板絵からわずか数センチの所に黙って座っていると、背筋がぞくぞくしてきた。

ファインダーから目を外し、再び周囲を見回す。56A展示室へと入る2箇所の入口は静まり返り、見学者がやってくる気配はない。そこで再び絵の方に向き直った。左のパネルは人類の創造を表現していると何かで読んだ。アダムとエバが、善悪の知識の樹の実を口にするという失態を犯す前に、エデンの園を包み込んでいた至福の時だ。ぼくは謎めいたフクロウが棲《す》んでいる噴水の樹が、その善悪の知識の樹ではないかと直観した。そこまでがこの作品の大雑把な読みだ。ぼくはフクロウを見、フクロウはぼくを見つめている。そこではたと気がついた。幾何学の気まぐれなのかどうかは不明だが、フクロウはちょうど画面の真ん中にいる。それだけではない。その点に目を凝らしてみると、必ずしも場面が平穏ではないことがわかってきた。望遠レンズを向けて拡大したところ、変なものを発見した。〝噴水の樹〟を取り巻く泉の岸に、頭が三つある爬虫類の姿がある。ぼくはそれをカメラに収めた。ファインダー越しではなく、この目で直接確かめようと思ったが、別のミュータントを見つけた。ぼくの目の前、画面の下方に、首が三つある鳥がいて、小さな一角獣《ユニコーン》、くちばしのある魚とけんかしているようだ。その右では鳥と爬虫類のハイブリッド型がカエルを呑み込んでいる。左では猫がネズミを捕まえ、これまた平らげようとしている。〝あれ？　地上の楽園に死は存在しなかったんじゃなかった

《快楽の園》左パネル〝楽園〟

かな?〟と、まだ聖書を読んでいた頃を思い出しながらひとりごちた。

「哀れなハビエルよ! この絵はよきガイドの説明で見なければ、悪酔いするぞ……」

プラド美術館の師の朗々たるバリトンの声が展示室に響き渡り、四方の壁を震わせた。ぼくはもう少しでカメラを取り落としそうになった。

「《快楽の園》とは、いい絵を選んだものだ」ぼくを驚かせたことに満足しているらしい。おそらく後ろでほくそ笑んでいることだろう。「現にこれは〝プラドの神秘《アルカノン》〟愛好家の最終試験のようなものだからな」

ルイス・フォベルがどうやって展示室に入ってきたのか、見当もつかなかった。気づいた時には、すでにそこにいた。いつものウールのコートに、硬そうな革靴を履いて。ぼくが座っていた所まで大股一歩で来なければ、音を立てずに近づくのは無理だ。

「ど……どんな試験ですか?」驚きから立ち直れぬまま訊き返す。

「落とし穴でいっぱいのものだ」笑顔で答える。「この作品については誰も、何ひとつ正確な情報を得ていない。絵の名前すらわかっていない。《快楽の園》は現代に命名されたものだ。それまでにも《千年王国》、《マドローニョの絵》、《地上の楽園》……とさまざまな名称で呼ばれてきた。そのあいまいさがこの絵を〝プラドの神秘《アルカノン》〟の最も重要な絵のひとつにしている。実を言うと、わたしはこれを予言的な絵だと踏んでいる。われわれの時代のためのお告げ、兆しだと。しかし、その役割を理解するには、この絵を別の角度から眺める必要がある。いまきみがしているように、他の観光客と同様、正面から向き合ったのでは、見せかけの情報しか得られはしない……」

ぼくは喜びに駆られ、説明などそっちのけに、もう少しで師に抱きつくところだった。セニョールXと出くわしたあとに、こうして再会し、教えを受けられるのが嬉しくてたまらなかった。ところが彼は察したらしく、凍りつくようなまなざしでぼくを牽制すると、「《快楽の園》は一生かけても理解しきれぬ作品だ。これからわたしが語ることすら、謎の表面をかする程度にしか役立たない」と忠告した。「幸い、きみはまだ先が長い。ようやく真の人生が始まったばかりだからな」。そこでぼくは、感激と質問は時機を見計らって示すことにし、望遠レンズのキャップを閉めて、ズボンをはたきながら立ち上がった。

ドクトルにいざなわれて左パネルの端に近づく。すると、彼は唖然とするようなことをし始めた。金で縁どられた黒く重厚な額縁に手をかけ、力任せに手前へ引っ張った。軽いきしみ音がし、三連扉の楽園のパネルが中央パネルの上へ折りたたまれる。ぼくはそのさまをおとなしく観察していた。フォベルは右パネルも同じように引っ張り、タンスの扉を閉めるように、作品を隠してしまった。

「この道具を鑑賞するには、この状態から始めねばならん」

「道具？」

フォベルは微笑んだ。

「すぐにわかるさ。ただしその前に、まずは質問に答えてもらおう。ここに何が見える？」

閉じられた状態の《快楽の園》を初めて目にした。慎重に彩色されているが、鮮やかな色はほとんどない。描かれているのは非現実的な場面だ。水上に浮かぶ巨大な円形の島を内に秘めた、味気ない無色透明の球体が大部分を占めている。球体の上空、画面左端上には小さいが、開いた書物を手にし、三重の王冠を被った老人の姿がある。それは神で、ゴシック体で書かれたふたつの言葉《Ipse dixit, et facta sunt》と《Ipse mandávit, et creáta sunt》を眺めている」

「どういう意味ですか？」文言を口ずさんでから尋ねる。

「《主が仰せられると、そのようになり》《主が命じられると、それは堅く立つ》〔『詩篇』33篇9〕。『創世記』に出てくる創造の3日め、神が水をひと所に集めて海と名づけ、乾いた所、地を出現させて、その地が植物と果樹で満ちるよう命じた場面だ」

「つまりこれは、人類が登場する以前の……」

「万物の創造を描いたものだ」と言葉を継ぐ。「ヨアキム主義の言葉だと、父の王国に相当する」

「ヨアキム主義？　父の王国？　どういうことか教えてもらえますか？」

「もちろんだとも。これから説明する」面倒くさがらずに応じてくれた。「ラファエロの絵を見た際、われこそは天使教皇にならんと、教皇レオ10世とサウリ枢機卿が争い合った話をしたのを覚えているか？」

ぼくはうなずいた。どうして忘れることができようか。

「よろしい」と言って師は話を続ける。「その超越的な教皇の到来を最初に予言したのは、12世紀の神秘思想家で、南イタリア出身の修道士フィオーレのヨアキムだった。ヨアキム主義とは彼の思想に由来するものだ」

「確か……」急いで想起する。「『新黙示録』の執筆にもかなり影響を及ぼしたということでしたね。でも、それ以上の説明はなかったと思います」

「記憶力がいいな」と感心される。「あの時は本筋ではなかったので話さなかったが、彼の思想はルネサンス期のヨーロッパで急速に広まった。フィオーレのヨアキムは正真正銘の幻視家だった。聖地巡礼でタボル山を訪れて以来、忘我や恍惚を経験するようになったという。だが注目すべきは、ヨアキムが知識人でもあった点だ。彼は理性と信仰を統一する唯一の能力、霊的知識なるものを発展させ、同時代の偉大な思想家のひとりになった。ヨアキムは誰からも一目置かれる存在となり、三代の教皇と文通した。イングランド王リチャード1世（〝獅子心王〟）は、彼の話を聞きにシチリアまで出向いたと言われている。修道士の文書は神のことばも同然に受けとめられた。物質的な力と精神的な力を統一する天使教皇の到来を告げたのも彼の書物の中でのことだ。だが、本当に重要だったのは、その教皇のあとにやってくると考えられていた千年王国の方だ！」

「千年王国？」

「そうだ。フィオーレのヨアキムによると、イエスが地上に戻ってきてわれわれの運命を掌握する千年間の時代とされる。興味深いことに《千年王国》は、この三連祭壇画《トリプティカ》につけられた最も古い名前でもある。当時の主要な修道会のおかげで、この予言はあっという間にヨーロッパを縦断し、ネーデルラントまで達した」

「その時代の上流階級がそういった予言を受け入れていたなんて、意外だなあ……」

「当時は予言者たちが、真の知識人だったからだ。いまとは違ってね。たとえばヨアキムは、傑出した聖書の研究家で、聖書をもとに誰もが知っている人類の歴史を三つの時代あるいは王国に分類した。三連祭壇画《トリプティカ》の扉を閉じた状態に描かれているのは、彼が父の王国と呼んだ時代に相当する。きみの正面にある、透けて見える球体の内部に示されている、神が世界に形を与えた期間のことだ。その王国の特性は冬・水・夜で、すべてここに反映されている。ではハビエル、扉を開けてくれ」

ぼくは困惑して師を見た。

「ぼくが？」

「そうだ。さあ、どちらか選んで手前に引っ張るんだ」

ぼくは左の扉を選んだ。思ったよりも重い。が、すぐに先ほどまで見入っていた楽園の場面が眼前に開けた。ルネサンス期の人が、何も知らずに扉を開けて、灰色の球体が色とりどりの世界へと移行するのを見たら、さぞかし驚いたに違いない。

「よろしい。きみは警告の道を選んだわけだ」

「え？」

「右扉を選び、最初に地獄の場面を開けたなら、予言の道を選んだことになっていたがね。どちらから分析するかによって、作品から与えられるメッセージも変わってくる」

「何が何だか、ぼくには……」

「心配するな。順を追って説明していくから」と笑顔で言われた。「一部の美術史家たちがこの板絵に着想を与えた人物だとみなすフィオーレのヨアキムは、歴史を面白い方法で理解していた。どうやらボスもそれを踏襲していたようだ。歴史はどこから研究し始めるかによって、ふた通りに分けられる。一方は天地創造からイエスの誕生まで。もう一方はイエスの誕生から再臨までだ。フィオーレのヨアキムによると、双方の期間は並行しており、いずれも同じ期間続き、鏡のように一方が他方の映すものとなっている。だからひとつめを研究すれば、ふたつめを先読みすることができると。この順番で進むのが、きみが選んだ警告の道だ。三連祭壇画《トリプティカ》を左から〝読む〟と、最初に楽園と人類の創造が現れる。次いで人類が地に繁殖し、限りなく増えた末に、肉欲の罪に溺れ退廃へと向かう場面が登場する。そしてその直後に世の終わり、過剰な欲が罰せられる地獄の場面が現れる」

「右パネルから見始めたら、地獄から始まるんですか？」

「その場合は、いまし方言ったように、予言の道を進むことになる。最初のパネルは子の王国と呼ぶ時代。現在われわれが暮らす世界だ。地獄に注目してごらん。人工的な建物や品物ばかりで、自然が少ないのが顕著だろう？　しかも、人間が造ったものが人間に対し反旗を翻している。それがいまわれわれの生きている世界だ。そうなると、続く中央パネルにある水、果物、生物といった自然の豊かさは、その後に来るべきものと解釈される。人類は無垢で肉欲の執着が少ない霊的な共同体へと移行していく。そのためにも不要なものを削ぎ落していくよう運命づけられている。その観点から中央パネルを見ると、そこに描かれているのは地獄の状態から一段上へと進化した人類の姿で、退廃ぶりを表現したものではなくなる。そしてあらゆるものを削ぎ落とし、純粋な存在となった結果、最後の左パネルで、人類はイエス・キリストと相まみえる。左パネルの衣服を着た男性が、球体の左上に見えていた老いた神よりも、イエスに似ているのに気づかなかったか？」

「う〜ん……」ぼくはうなった。「ぼくらが時代の終わりにイエスと栄光を分かち合う？　ヨアキムのフィオーレはそう信じていたと？」

「そのとおり。彼にとってその運命は、好む、好まざるにかかわらず、すでに書き記されている不可避なものだった。時代の終わりにわれわれは神と対面し、直接神と語ることができる。そうなれば教会と秘跡は必要なくなるだろうと」

「危険な思想ですね……」

「ああ、非常にな。フィオーレのヨアキムが生きていたのは、この絵が描かれる三世紀前、ちょうど異端審問所が誕生した頃だ。しかし異端審問所でさえも、彼の思想は抑えられなかった。それどころか、この《快楽の園》が証明しているように、秘密裏にヨーロッパ中に広まり、本来霊的であるべき教会があまりに抑圧的な機関となっている、そう批判する者たちの間で多大な支持を得た。ヒエロニムス・ボスにこの板絵を依頼した人物は、完全に彼の思想を共有していた。それで歴史のふたつの見方と、人類の未来を瞑想する〝道具〟をしつらえようとしたのだろう」

「そう簡単におっしゃいますけど、ドクトル、わざわざこんなものを依頼する人などいますかね？　ボスがみずから考案したとも考えられるでしょう？」

「何を言っているんだ、ハビエル。いまとは違う。ルネサンス期だぞ！　依頼がなければ制作などしなかったさ。ラファエロの説明をした際に話したと思うが。それから、きみはこの三連祭壇画《トリプティカ》をよく観察したか？　ここの展示室にあるボスの他の作品と比べてみたか？　ただ特別大きいだけでなく、描かれている人物も圧倒的に多ければ、筆遣いもより精緻で、解釈もずっと複雑だ。この作品はかなり長い歳月をかけて制作されたに違いなく、画材にも相当金がかかっている。15世紀には誰も、表現する喜びや暇つぶしで絵を描く者などおらず、絵画制作は娯楽ではなかった。そんなことはまったく頭になかった時代だ。この絵は注文に応じて描かれたものだ。間違いない」

「でも、誰が注文を？」

「それは最大の謎だよ。第2次大戦中、ナチスに迫害された研究熱心なドイツ人美術史家、ヴィルヘルム・フレンガーという男がひとつの理論を打ち立てた。今日もなお、この絵の奇怪さを説明できる唯一の理論となっている。フレンガーは《快楽の園》が、異端とされた〝自由精神同胞団〟の信奉者たちがみずからのルーツや運命を瞑想するために使用した道具の一種だったのではないかと見ていた」注4

「もう一度お願いします。何という同胞団ですか？」

「〝自由精神同胞団〟だ。13世紀にオーストリア、ボヘミア、フランドルなど中央ヨーロッパに起こったキリスト教の分派で、俗にアダム派とも呼ばれた。自分たちは神の似姿に創造されたアダムの子であり、原罪を受けていないと信じていたためだ。フレンガーはその分派を、2世紀に北アフリカで興ったアダム派の再来としている。すでに聖エピファニオス注5や聖アウグスティヌス注6ら教会教父が、真の信仰からの最初の逸脱だと言及していたのを発見したからだ。《洞窟の中で、裸で儀式をしている》《男も女も裸で集まり、裸で祈り、裸で聖書精読を聞き、裸で秘跡を受ける。ゆえに自分たちの教会を楽園と呼んでいる》と」

三連祭壇画《トリプティカ》を見やると、いま聞いたことがそのまま表現されているのに驚いた。

「1411年、この板絵が描かれる一世紀前、絶大な力を誇っていたフランドル地方のカンブレー司教区（現在のフランス・ノール県）で、この分派に対しての異端審問判決式《アウトダフェ》が行なわれ、ブリュッセルのカルメル会士ヴィルヘルム・フォン・ヒルダーニーゼンと、彼の代理人であるアエギディウス・カントールという男が火刑判決を受けた。２名に対する捜査と尋問で、アダム派の人々が洞窟で儀式を行ない、ローマの宗教権力にも不服従を示し、この世の終わりの即時到来を期待していたことが世に知られた。世界終末が来れば、真のアダムの子である自分たちが、神が創造したままの姿で地上を歩くことができる、そのことに世界は気づくだろうと信じていた」

「無謀だなあ……」

「まったくだ」と師はうなずいた。「公式にはその時点でアダム派は消滅したとされている。だが、残党は地下に潜り、ボスの時代にも存続していた。興味深いことに当時、画家たちの間では人体への関心が高まったと見られる。アダム派はエロティシズムに精神的な意味を与えた。裸を色欲を誘発するものとは捉えず、むしろ肉体その他に左右されないプラトニックな愛を主張した。つまりその時代としては、非常に先進的な考え方を持った集団だったんだ！」

「で、ボスはその分派の一員だったと？」

「それについてフレンガーは結論を出していない。ボスの経歴には不明な点が多くてね。画家の息子か孫で、おそらく一族はアーヘンの出身〔名字のアーケンはアーヘンの中部ドイツ語方言〕、周辺地域の教会装飾を生業としていたことぐらいしかわかっていない。しかしフレンガーは、ボスがアダム派の教えにかなり精通していたのではないかと推論している。指導者層でないと知りえないような知識を、この絵の依頼人から得ていたのではないかと。つまり、依頼人は分派の師のひとり。しかもこの重要な作品に資金を注ぎ込めるような財力の持ち主だ」

「誰だか目星はついているんでしょう?」

「候補者はさほど多くない。歴史の表舞台には出てこなかった大物商人かもしれないし、オラニエ家の誰かとも考えられる。近年この三連祭壇画《トリプティカ》は、ナッサウ=ヴィアンデン伯エンゲルベルト2世が結婚の贈り物として妻に贈ったものだとの説も唱えられたが、[注7]真相は定かではない。おそらくは彼、もしくはネーデルラントの支配者たちのひとりが、アダム派の信仰に関わっていた可能性がある。フレンガーの説が正しく、そのパトロンが三連祭壇画《トリプティカ》の中に描かれている人物だとしたら、身元が特定される日も近いとは思うのだが」

「何ですって?」ぼくは仰天した。「分派のリーダーの顔がこの絵に出ているんですか?」

「聞いてのとおりだ。ボスは群衆の中に依頼人を描いている。誰だか知りたいかね?」

ぼくはうなずくと、あめ玉につられた子どものように、師のあとについて《快楽の園》の中央パネルに近づいた。

「ここにいる。見てごらん」

フォベルは絵の右下の端を示した。なだらかな丘の上で群がる人間たちのそばで、ひとりの若者と娘が穴の中から顔を覗かせている。

「洞窟が見えるか?」ぼくにも見えるようにと、ドクトルが脇によけてくれた。「先ほど言ったように、アダム派の人々は洞窟を教会代わりに使用していた。だが内部にいる若者をよく見るんだ。ふたつの事実が彼を特別な存在にしている。ひとつは服を着ているところ（この作品で衣服を身につけているのは左パネルに登場する神だけだ）。もうひとつは臆面もなく、鑑賞する側を見つめているところだ（これも神と同じ特徴だ）。フレンガーは、この若者がこの絵を依頼した〝自由精神同胞団〟の師だと推測している。確実に言えるのは、ボスが通常署名を入れる位置にその人物を描いていることだ。他の俗人たちとは区別し、師がここにいることを信奉者らに気づかせるためだ」

「画家の自画像とは考えられないんですか？」

「そうみなす者もいるが、わたしは疑っている。この男性にはボスの特徴がまったく見られない。それに作品の主張よりも、むしろ別のことを教えたがっているように見える」

「別のことって、何を？」鼻をくっつけんばかりに画面に顔を寄せ、ぼくはつぶやいた。

「フレンガーによると、エデンの園の有名なリンゴを携えた娘、〝新しいエバ〟を示しているという。しかし若者の背後にいる人物を見てみろ。肩越しにもうひとり、ちらりと顔が見えるだろう？　それこそがボスの自画像だ。陰に隠れ、黙って指導者のあとに従う姿が現れている」

「そうだなあ……ボスの肖像と比較できればいいんだけど」

フォベルは眉を上げ嘆息した。きっと若い弟子の無知ぶりに呆れたのだろう。

「あいにく生前に描かれたボスの肖像はない」と応じる。「現存する最古の肖像は、彼の死から50年後、フランドルの画家で作家のドミニクス・ランプソニウス注8が制作したものだ。信頼に足るかどうかは定かでない。ランプソニウスはネーデルラントの秀でた画家23名の銅版画シリーズにボスを含めているが、すでに老齢に達した顔を描いている」

「この〝自由精神同胞団〟の師に寄り添う人物と似ていますかね？」

どうやらその問いは都合の悪いものだったらしい。師は鼻と口をこすりながら、適当な答えを探しているようだった。

「まあ……フレンガーが違っているのか、ランプソニウスが違っているのか、顔かたちは似ていない。とはいえ、かろうじてひとつ、共通する特徴は認められる……」

「どんな特徴ですか？」

「ランプソニウスの銅版画は老人だが、〝自由精神同胞団〟の師とまったく同じ仕草をしている。右手であるものを指差しているんだ」

「あるもの？」

「肖像では何だかわからん。しかしこの板絵では、洞窟入口の半開きになったガラス扉から顔を覗かせた、生まれたばかりのエバと一緒に男ふたりがわれわれを見ている。しかも一方が、右手の指で娘と扉を同時に示しながらだ。それがこの図の究極の目的だというようにね」

「だから道具なのか！」

「そういうことだ」なぜかしらフォベルは表情をゆがめた。「この絵は超越的な世界へつなが

《快楽の園》の〝自由精神同胞団〟の師　中央パネル（部分）

る入口、扉として理解する必要がある。まどろんでいるように見える娘はその扉を開ける鍵だ。先ほど話したとおり、フレンガーはこの三連祭壇画《トリプティカ》が瞑想の道具として使われたと主張した。この絵を通して〝自由精神同胞団〟の信奉者たちは、集団の大いなる教えに直接触れることができた。また内面を高める、神秘的な幻視体験へと導くこともだ。わたしとしては、扉と物思いに耽《ふけ》った様子の娘が、この絵の用途を説明する絵文字のようなものだという印象を受ける。この件についてフレンガーが何と書いているか、読んでみようか？」

「お願いします！」

ドクトル・フォベルはコートのポケットをまさぐり、黒い表紙のペーパーバックを一冊取り出すと、表紙を撫でて—その時、師に多大な衝撃を与えたドイツの賢人の名前が垣間見えた——栞《しおり》を挟んだ箇所を読み始めた。

《自身の霊的な道のりの鍛錬のために、〝自由精神同胞団〟の弟子たちはこの瞑想の板絵の前に立った。意識が最高潮に達した瞬間、彼らはゆっくりと日常の世界から脱け出し、霊的世界へと入っていく。そして霊的世界が徐々に明らかにするより深い意義を、段階的に発見していく。この板絵を理解する唯一の方法は、絶えず絵に意識を集中させることだ。そうやって鑑賞者は、目の前に広がる謎めいたシンボルを画家とともに創造しながら、みずから解釈する者となる。この絵が石のように硬直することはけっしてな

ドミニクス・ランプソニウスによるボスの肖像　銅版画　1572 年

い。むしろ生々流転や生命の進化、絶え間ない啓示といった躍動感に溢れる流れを宿している。それらすべてが、この三連祭壇画《トリプティカ》の知的構造の主軸となる、進化的な要素とみごとに調和している》注9

フォベルはそこでやめると、それらの言葉がぼくに染みとおるのを待った。そう間を置かずにぼくは口を開いた。

「ということは……」言葉を選んで話す。「あなたはこの扉の開け方を知っているんですか？この絵の中、道具の中に入り込むことができるのですか？」

「残念ながらノーだ」師は再び嘆息した。「フレンガーすらなしえなかった。何年もの間、その扉をくぐろうとしたが成功しなかったそうだ。その間書きためた覚書は、連合国軍のベルリン爆撃でアパートとともに焼失してしまったらしい。試行錯誤の末にフレンガーが行き着いたのは、扉の向こう側への〝旅〟は、信奉者が左パネル、フクロウがいる穴のある〝生命の泉〟の下部分に視線を集中させた時に始まるから、まずは穴に身を任せる、との助言だけだ。だからわたしも実際に試してみたよ。絵のそこかしこで目につくフクロウは、どれも同じ扉の錠のように見える。だが、たとえそうだとわかっていても、それらを〝機能させる〟のは容易なことではない」

「そうなんだ……で、フクロウは何を意味していると？」

「フクロウは闇の中でものを見ることのできる鳥だ。太古から、目に見えないものを見とおすことのできる、至高の知恵の象徴とされてきた。フクロウだけが闇の中で正確に行動できる。それは古代人にとっては死の領域、あの世を通り抜けられる目を意味していた。フクロウは冥界への案内人、魂の導き手だ」

「つまり、ぼくらはまたしても〝霊媒の絵〟の前にいるということ……」

「ある意味そうとも言える。だが画家が〝あの世〟もしくは神に到達するために、どんな方法を提示しているか、見極める必要がある。瞑想だけなのか？　それとも何らかの秘薬、たとえばネーデルラント特産のビールの原料となるライムギに寄生する麦角菌を使うのか？　それについてフレンガーは明確に記していない。だが、この作品が16世紀の終わりにフェリペ2世の手に渡った際、彼とお抱えの賢者たちはすでに知っていたと考えられる。この絵が有する、極めて高い幻視的な性質を……」

「なぜ、そう断言できるのですか？」

「それは」と微笑む。「フェリペ2世が矛盾した信仰の持ち主であったことは公然の秘密だったからさ。一方では断固としてカトリック信仰を擁護し、全領土にくまなく異端審問所を設置し、プロテスタントと異教徒を弾圧する。しかしその一方で、魔術や占星術の文書の貪欲な収集家としても知られた、専属の建築家ファン・デ・エレーラの錬金術の実験を庇護していた。

何と自身の宝物庫に、聖遺物コレクションと一緒に6本のユニコーンの角まで保管していたんだぞ。注10 正統と異端、カトリック信仰と異教信仰、両刀使いの人物だった。王はこの絵に、幻視をうながす性質が備わっていることを何らかのかたちで聞き知っていた。だから自分の末期に傍らに置くことを望んだ。その説にわたしは一票投じるよ」

「世界一のカトリック教国の宮廷にこんな奇妙な絵を飾るなんて。物議を醸してもいいようなものだけど。誰も王の神経を疑わず、不信感も抱かなかったんですか？」

「そりゃあどれだけ不審がられたか！」と師は叫んだ。「何しろボスは〝悪魔たちの画家〟と呼ばれていたほどだからな。もっともそれなどは、まだましな陰口だ。この板絵を目にしたほとんどの者が、なぜ王がこんなものに執着するのか、説明できなかった。幸いボスは多作な画家ではなく、彼の作品は全部で40作にも満たない。そんな中でフェリペ2世は、彼の絵の最大の収集家となった。亡くなるまでに26枚のボス作品を手に入れ、そのほとんどをエル・エスコリアルに奉納している。王の行為にあからさまな批判がなかったのは、シグエンサ神父が《ボスの絵は風刺画でしかない》と主張して、批評家たちを納得させたからだろう。《よきキリスト教徒を惑わす逸脱行為について内省をうながし、画面に紹介されているような過ちを犯さないための絵だ》と。注目に値するのは、その説明を誰もが受け入れ、17世紀に入ってしばらくするまで、些細な批判も出なかったことだ」

「王の死に話を戻しますが、ドクトル、なぜ王はいまわの際《きわ》に、この三連祭壇画《トリプティカ》を目に見える

《快楽の園》に登場するフクロウたち　左パネル・中央パネル（部分）

所に置きたかったんだと思いますか？」

ドクトル・ルイス・フォベルはいたずらっぽい表情を浮かべてぼくを見ると、コートの襟を立てて身をひるがえし、三連祭壇画《トリプティカ》に背を向け、問い返した。

「きみは？　どうして王がそうしたと思うかね？」

注1　Fray José de Sigüenza, *La fundación del monasterio de El Escorial*, Aguilar, Madrid, 1988.（初版本は１６０５年出版）

注2　Juan Rof Carballo, *Los duendes del Prado*, Espasa-Calpe,Madrid, 1990.

注3　これはけっしてぼくの目の錯覚などではなく、左パネルに描かれているので確かめてほしい。実際、フェリペ２世が１５９３年にこの絵を手に入れ、コレクションに加えるべくエル・エスコリアルに送った際、修道院の奉納台帳に「さまざまな奇怪な物を描いた絵、《マドローニョ（イチゴノキ）》と呼ばれている」と記されている。当時のマドリードの住民たちが、絵の一部を指してそう呼んだのは間違いないだろう。ナバス・デ・トロサの戦い（１２１２年）以来、同市のシンボルとなっている「クマとマドローニョの木」を、見逃すわけがないからだ。ただし、なぜそれをボスが描いたかは、この絵のもうひとつの謎である。

注4　Wilhelm Fraenger, *Hieronymus Bosch: Il Regno Milenario*, Abscondita, Milán, 2006.

注5　Epifanio de Salamis, *Panarion (Adversus haereses)*, 72.

注6　Agustín de Hipona, *De haeresibus*, 31.

注7　Hans Belting, *El jardín de las delicias*, Abada, Madrid, 2012

注8　Domenicus Lampsonius, *Pictorum aliquot celebrium Germaniae inferiores effigies*, Hieronymus Cock, Amberes, 1572.

注9　前掲書→注4

注10　財産目録によると、それらのユニコーンの角は、１６０３年に売り払われている。参考文献：Manuel Fernández Álvarez, *Felipe II*, Espasa, Madrid,2010.

14 ブリューゲル（父）の秘密の家族

日没前に師フォベルはぼくを同じ56A展示室の別の一角へと連れて行った。信じられないことに、いまだに誰ひとりとしてぼくらのそばを通る者はいなかった。だいたい午後5時頃だったが、ぼくらは館内にふたりきりだった。年間200万人もの人々が訪れるプラド美術館は、ほとんど貸し切り状態だった。注1 ぼくはコメントを控えた。彼も黙ったままだった。以前にも同じような状態は起こっていたが、そんなことなどすっかり忘れていた。仮にその場で勘が働き、ひと月にも満たないうちにそんな状況に二度出くわす確率を計算したら、事の重大さに気づいただろうに。鈍感なぼくが思い至ったのは、ずっとあとになってからだった……。

なぜか急に胃がむかついてきたが、ドクトルにはどう説明すればいいのかわからず、そのことは黙っていた。もっとも「これを見ずに帰るわけにはいかん」と彼に言われて、連れて行かれた先にあったのは、とても気分を回復させるような絵ではなかった。

これまた異色の作品だった。繊細な額縁に縁取られた長さ1メートル半ちょっとの板絵には、逃げまどう人間たちに襲いかかる骸骨の大軍が描かれている。死の軍団は町に陣取り、撤退する気配はない。頭蓋骨でいっぱいの馬車が中央広場を通り、不吉な覆面姿の男が操縦する大型兵器が、内部から火炎を噴き出しながら前進している。周辺には剣を手にした骸骨らが、容赦なく男女をなぶり殺しにする姿も見える。人間を木に吊るす者もいれば、喉をかき切る者、川に投げ捨てる者もいて、川面には腐敗し、膨張した遺体が浮いている。ぼくは驚きに声を失い、海を望む丘に目を移す。そこは歓喜に沸く骸骨たちで溢れている。郊外を見渡しても希望はかけらもない。後衛部隊が大地を枯渇させ、方々に家畜の骨が転がっている。沖に見える船や沿岸部にある建物からは煙が立ち昇り、終末の戦慄を増幅するばかりで、期待は皆無だ。それどころか、地平線を望むと、廃墟と化した町に新たな骸骨部隊が向かっている。押し寄せる死に抗える者はいない、即座にそのことを突きつけられた思いだ。

《死の勝利》は壮絶な絵だ。1562年、まだ〝ゾンビによる世界の終末〟の小説も映画も存在しなかった時代に、ピーテル・ブリューゲル（父）が制作したものだ。この手の作品を描かせたら右に出る者はいない、天才ゴヤが登場する二世紀も前のことだ。とはいえ、ブリューゲルの絵はゴヤに引けを取らないものである。

どちらの画家も時代には恵まれなかった。手近な例を挙げると、フランドル人のブリューゲルは、六度にわたるハプスブルク家とヴァロワ家の戦禍を被《こうむ》る羽目になった。1515年に始まった領土紛争に加え、まもなくヨーロッパではペストが大流行し、金持ちも貧乏人も、聖職者も世俗の者も、大人も子どもも関係なく、大勢の人が亡くなった。ブリューゲルがその悪夢を作品に描こうと構想を練ったのは、35歳頃だったという。そしてこの板絵は皮肉にも、ある種の予言と化すことになる。ブリューゲルは40歳まで生きられなかった。絵筆が彼の運命を直観したかのように、やがて非凡な画家の命はペストに奪われた。

師がなぜぼくにこの絵を見せたかったか、何となくわかった気がした。ブリューゲルの板絵は――《快楽の園》と同様――内省にいざなうために描かれたものだ。また、ある意味、両者は対をなしているとも考えられる。つまりボスの作品が聖書の最初の文書「創世記」と人類創造の場面から着想を得たものである一方、ブリューゲルの作品はその反定立《アンチテーゼ》で、聖書の最後の文書「ヨハネの黙示録」から知識を得て、ボスの地獄を極限まで拡大したように思われる。ここでは《快楽の園》のひどく異様なおぞましさが、素顔をあらわにし、まったくの生々しさで見る側に迫ってくる。

ブリューゲルの出身地である中央ヨーロッパでは中世末期の14~15世紀、《死の舞踏》の絵が盛んに描かれ、その様式が流行した。この絵はまるでその改良版みたいだなどと、あれこれ物思いに耽《ふけ》って、それを口にしようとしたところで、フォベルが切り出す。

「ひとつ謎を提起したいが」神妙な調子で師が言った。「準備はいいか?」

彼の言葉に現実に引き戻される。困惑ぎみに彼を見たが、成り行きに任せることにした。

「どんな謎ですか？」

「まだきみとは話していないことに関わるものだ。記憶術といって、訓練して身につければ、今後、美術館を訪れた際、最大限に活用できるだろう」

「準備はできています」興味津々にうなずいた。

「まず知っておかねばならないのは、ルネサンス期のヨーロッパでは活版印刷技術が発明されるまで、その記憶術が知識人や貴族、芸術家……つまり、わずかな人にしか知られていなかった。その後、活字が普及し、多くの人が印刷文字に親しむようになると、記憶術は忘れ去られ、それとともにかつて人間が持っていた絵を読む能力も失ってしまった」

「絵を読む？」半ば懐疑的な口調で復唱する。

「そう。文字どおり絵を読む。今日のようなシンボルや仕草の解釈をせずにだ。たとえば塔の上に十字架が見えたら、即座に教会だと決めつけるのではなくてね。記憶術はホメロスの時代〔紀元前8世紀頃〕に、石に刻み込めない、大量の文書を覚える必要に迫られて生まれたとも言える。古代ギリシア人が編み出した。実際、記憶するために人間が発明した最も素晴らしいメソッドで、化学式の暗記から文学作品の暗唱まで、何世紀にもわたって活用された。大まかに仕組みを言うと、記憶したい知識を画像や風景、彫像や建物と結びつけ、あとでそれを呼び戻して再現する」

「2000年以上前にそうやって使われていた技術なのですか？」

「ああそうだ。もっと古い可能性もある」荒い息をつく。「人間の記憶は山のような情報を蓄えることができ、聖画《イコン》あるいは幾何学的、建築学的、芸術的な表現と結びつければ、思いのままに呼び覚ますことができる。古代ギリシアの賢人たちが、どうやってそれを発見したかはわかっていない。だが、古代ローマの雄弁家キケロが著した『ヘレンニウス宛てのレトリック』〔紀元前90－80年頃成立〕のような、古い学術書には説明がある。たとえば医学の知識を建物の構造や特定の彫像、あるいは絵画と結びつける。そうすれば、その作品を頭に思い描いただけで、結びつけた知識なり理論なりが自動的に思い出されると」

ぼくはうなずき、師は続けた。

「その技術に磨きがかけられ、より完璧なものとなって、厳重に隠された秘密として文明から文明へと伝わったことは、想像に難くない。何しろ秘儀に通じていない者の目を欺きながら、複雑なメッセージや知識を伝えることができるのだから……」

「それってこういうことですか？　たとえばぼくが、頭の中でこの絵の骸骨の一体と数学の一公式を結びつけたとする。その骸骨を見たり、思い起こしたりするたびに、たとえどれだけ時が経とうとも、その公式を思い出す。ぼくがそのイメージとの結びつきを第三者に伝えたら、今度はその相手がその骸骨に出くわすたびに、同じようにその公式を思い出す」

「だいたいそのようなものだ」満足げに認める。「さて、次に知っておくべきことは、ブリューゲルが《死の勝利》を描いた時代に、その記憶術の最後の実践者たちが生きていたことだ。

先ほど話したように、印刷文字の登場で記憶術はその大半の意義を失った。もはや誰も大量の情報を絵に〝蓄える〟ことも、それらを使って〝書く〟ことも必要としなくなった。ただし……」

「ただし……何ですか？」

「知識を守るため、ごく限られた者だけが理解できるように、図式化した暗号を考案したかった者を除いてはね」

「しかし、誰がそんなものを必要とするのです？」

「大勢いるとも。たとえば錬金術師だ。きみは錬金術関連の専門書を読んだことがあるか？『Mutus Liber（沈黙の書）』を目にしたことは？　あれは言葉がひと言も書かれていない錬金術の指南書だ。象徴的な図しかなく……暗号化された情報に満ちている！　彼らはそれを解読したんだ。卑金属を金に変えるという人間の欲を多分にそそるものだけに、〝聖なる術〟の実践者たちは、部外者には理解できないエキゾチックな図やシンボルを使って大いなる知恵を表した。太陽を食らうライオン、灰から再生する不死鳥《フェニックス》、頭が三つの竜、半分男で半分女の人間……といった、門外漢にはばかげたものにしか見えないものが、実は錬金術の複雑な原理や化学式、作業手順、使用する物質や分量を伝えている」

「たとえば……」ぼくは小声で尋ねた。「異端審問所に嫌疑をかけられぬよう用心に用心を重ねた、ということでしょうか？　ブリューゲルは錬金術師ではないけれど」

師は額にしわを寄せる。ぼくの口から的外れな発言が飛び出すたびに、いつも見せる仕草をして即座に切り返してきた。

「ばか言うな、ハビエル。錬金術師でない画家などいなかったさ。色を混ぜ合わせ、新たな組み合わせやトーンを模索する。腕の立つ画家の仕事は錬金術そのものだ。それが巨匠たちとそうでない者たちとを区別する特徴のひとつだ」咳払いすると続けた。「ブリューゲルは錬金術師の職務と貧困ぶりを知っていて、代表作のひとつである銅版画でその様子を表現している。あらゆる物を金に変えたり、病気を治すとされる〝賢者の石〟を手に入れるため、全財産を投げ打って実験室で試行錯誤を繰り返す男。一方、妻子は食事にも事欠き、教会に施しを受けに行っている」

「その絵に託されたしるしは極貧かな」

「おそらくは。当然ほかにもあっただろう。たとえばブリューゲルの次男でやはり画家のヤンが1609年、自身のパトロンであるミラノのフェデリコ・ボロメオ枢機卿に送った書簡が残されている。その中でヤンは、ボヘミア王ルドルフ2世が父親の絵を買い取ってしまったため、手元には1枚も残っていないとぼやいている。ブリューゲルは神秘学を庇護してもらうべく、何らかのつてでルドルフ2世と知り合ったのだろう。王は世間では〝錬金術師の皇帝〟と呼ばれていたほどだったから、この画家の作品に熱を上げても不思議ではない」

「ブリューゲルだけですか？」

《錬金術師》 1558年　ピーテル・ブリュ　ゲル（父）
ベルリン　新博物館銅版画展示室（クプファーシュティヒカビネット）所蔵

「いやいや、違う。ボスの絵も集めていたよ。言い忘れていたがルドルフ2世は、スペイン王フェリペ2世の甥なんだ。彼は8歳〜16歳までエル・エスコリアルで、ボスやブリューゲルの収集家だった伯父から教育を受けた」

「なるほど。で、それらの逸話からあなたは推論した。巨匠ブリューゲルは正真正銘の隠れ錬金術師で、記憶術に精通し、作品でもそれを駆使していたと。そういうことでしょう？」

　フォベルはうなずいた。

「それは明白だ。しかしその技術を使用したのは錬金術師だけではない。異教の信奉者も自分たちの思想を、表向きカトリック的な絵の裏にカムフラージュするわざの熟練者となった。この《死の勝利》などもその一例だ」

「でも率直に言って、ブリューゲルがこの絵の内に秘めて、ぼくらに伝えたかったのは何なのです？」

「ボスと同じものさ！」

「ええっ!?」ぼくは愕然とした。「彼も〝自由精神同胞団〟のメンバーだったんですか？　アダム派の？」

「半分は当たっている。確かに美術史家の中には、ブリューゲル（父）がボスと同様、千年来の歴史を有する分派に所属し、間近に迫った時代の終わりの到来を待ちわびていた、と考える者たちもいる。注2《死の勝利》を描くことで、それを表明したのだとね」

「だけど、ブリューゲルはこれとはまったく違ったテーマで、多くの作品を制作しているじゃないですか！」ぼくは反論した。「もっと生命の躍動感に溢れた、明るい絵を。故郷の風習や、祭りの場面、酔っぱらいたちや……」

「わかった、わかった」大きな手のひらでぼくを制止した。「それらの絵はブリューゲルが生活のために描いたものだ。だがいくらきみが主張しても、この絵が彼にとって、特別な意味を持っていたのは確かだ。《快楽の園》で起こったように、誰がこれを依頼したか、ひとつの文書も証拠も残っていない。1562年には、《死の勝利》と同じ大きさ、同じ色調、同じ終末論的テーマで、別に2枚の板絵《悪女フリート》、注3《叛逆天使の堕落》を描いているが、なぜ制作したのかはわかっていない。専門家の中には、これら3作品が同じ広間に飾られたと推測する者もいるが、その事実を証明するのは不可能だ。けれども、この《死の勝利》がブリューゲルにとって鍵となる作品だったことは、証明することができる。この絵を比類なき作品にする、あるものが描かれているからだ」

「そうなんですか？」

「同時代のドイツ人画家カレル・ヴァン・マンデル注4が、1603年という早い時期に出版した評伝によると、ブリューゲルはつねに《死の勝利》を自身の傑作と考えていた。と言うより、この絵によって彼は時代の寵児となり、息子たちは父の生前も没後も、この絵の複製画を何枚も制作したという。それは先ほどきみが口にした、明るいテーマの絵にはなかったことだ」

「おみごと、ドクトル」と認める。「でもまだ、おっしゃりたいことが見えてきません」

「それなら、よく聞け！　《死の勝利》は単なる彼の代表作ではない。1930年代に、ハンガリーの優れた歴史家でフランドル美術史研究の世界的権威、シャルル・ド・トルナイは、ブリューゲルは何らかのキリスト教系秘密結社に属していたに違いないと推測している。注5　トルナイは自身の鋭い直観だけを手がかりに、ブリューゲルを〝宗教的放蕩者〟とみなしたうえで、あとの調査は後進たちにゆだねている」

「それで……ドクトルはどう結論づけたんですか？」知りたくてうずうずしながら尋ねた。

「ああ」フォベルは息を吸い込む。「いいか。表向きブリューゲルは時代とうまく折り合いをつけていた。同時代の知識人層にも覚えがよく、友人たちとの関係も良好だった。その時代の画家たちによくあるフランスとイタリアへの修業の長旅を終えたあと、ブリューゲルは地図製作者で地理学者のアブラハム・オルテリウスと知り合う。オルテリウスは、かの天才メルカトルの弟子だった。言うまでもなく、メルカトルは1570年に印刷された世界初の近代的地図の作製者だ。ほかにも、ルーベンスやヴァン・ダイクの肖像画で知られる人文主義者のユストゥス・リプシウス、オリエント学者のアンドレアス・マシウス、当時最も重要な出版業者だったクリストフ・プランタン、それにフェリペ2世の司書でヘブライ学者、生物学者でもある非常に博識な神父ベニート・アリアス・モンターノとも親交を深めたが、彼らに共通するのは、ある信仰グループのメンバーだったということだ。モンターノ神父はその頃ちょうど、プランタンとの商談でアントウェルペンにいた。スペイン王がご執心の『王の聖書』〔1568〜1572年刊行の、ヘブライ語、ギリシア語、アラム語、ラテン語対訳聖書。『アントウェルペン対訳聖書』〕の出版打ち合わせのためだ。その一方でネーデルラントを拠点に、何年間もヨーロッパ諸国を巡っては、ひと握りの選ばれた画家たちを正統派とはかけ離れた思想へといざなっていた」

「それぞれの画家たちは互いに知っていたんですか?」

「ああ」とうなずく。「表立ってではなかったとはいえ、同じ組織内で活動することになったからね。〝家族主義者〟もしくは〝愛の家〟という名で知られる宗教グループだ。ヘンドリック・ニクラースという名のオランダ人商人が、1540年頃に創設した組織だが、のちに中央ヨーロッパのエリート層たちの間に重要な足跡を残した」

「それは驚きだな」ぼくはつぶやいた。「で、その人たちは何を信じていたんです?」

「〝愛の家〟のメンバーは、敵対者たちからは終末論者と呼ばれたように、世界終末が差し迫っていると信じていた。キリストだけが自分たちを救うことができると認める一方で、カトリック教会に対しては、倒錯し堕落した組織とみなし、疑念を抱いていた。彼らの思想の根本にあったのは、はるか昔人類は神とひとつの存在だったが、アダムが禁断の実を食べた時点でその特質を失ってしまったというものだ。ニクラースは、人類はその原罪によって輝ける神性を失ったわけではなく、永遠の父なる神と直接対話できる能力を内に秘めているということを主張した。この理論を展開する目的で、ニクラースは51冊の著作を著し、〝時代の終わり〟に立ち向かうさまざまな方法や心構えを紹介した。どの書にも彼の頭文字、H．N．と署名してある」

「H．N．つまりヘンドリック・ニクラースね……」とぼくは早々に結論づけようとした。

「先走るんじゃない」とドクトルに諫められる。「ニクラースが頭文字を署名するにとどめたのは、異端審問所の迫害から身を守るためだ。当時の背景を考えれば無理もないことだ。ニクラースの言葉によれば彼の著作は、キリスト教徒、ユダヤ教徒、イスラム教徒、そのほか世界のあらゆる宗教の信者たちが、ひとつの信仰へと導かれる、そのための〝最後の呼びかけ〟だということだった。だとすると、彼は救世主《メシア》の役目を担っていたことになる。いずれにせよ世界終末を迎えた際には、われわれがみな、創造主の似姿に創られたアダムの子であることを思い出すと」

「まさかニクラースって人物が、ボスのアダム派たちと何らかのつながりがあったっておっしゃるんじゃないですよね？」

フォベルの顔が輝いた。

「ニクラースの信仰の最終目的は楽園への帰還だ。〝愛の家〟のメンバーは、ひとりひとりが再び神と対話できるように、人類をアダムの子の段階に戻そうとした。それで〝Homo Novus（新しい人）〟すなわちH．N．の出現を主張した。教義の中には《快楽の園》で見られるような全裸の状態への回帰も含まれていた……。もう気づいただろうが、彼らの考えは〝自由精神同胞団〟の信条とほとんど変わらない」注6

「ということは」ぼくは困惑しながら尋ねた。「ブリューゲルは……〝愛の家〟のメンバーだったと？」

「そうだとも！ ブリューゲルがニクラースの著作のひとつで挿絵を担当していることからも間違いない。『Terra Pax』という文書で、無知の地上から霊的平和へと至る旅が寓話形式で描かれている。実際、この画家が最も心を砕き、作品で繰り返し表してきたテーマ（死、最後の審判、罪、永遠性、宗教の束縛への拒否）はまた、ニクラースが得意とするテーマでもあった。となると、可能性は高い」

師は再び口をつぐむと息を吸った。話は佳境に差しかかっているといった感じだ。続いて師は厳かに、そのヘンドリック・ニクラースという男が、以前ラファエロやティツィアーノの絵の際にも触れた予言者たちと、実に似かよった人物だったに違いないとも説明した。おそらく彼の思想の源は、フィオーレのヨアキムやサヴォナローラと同様に、〝トランス〟で得たものだと言った！ ニクラースは9歳で最初の幻視体験をしたが、自身の信仰の砦を築くと決めたのは、それから30年後のことだ。社会的にも経済的にも確固たる地位を築き、知識人や有力者たちと親しくなった末に、彼がキリストの使命を引き継ぐために地上に派遣された〝メシアの大使〟であることを、周囲の者たちに納得させるに至った。ニクラースは――これもヨアキムやサヴォナローラと同じだが――時代のひとつひとつのできごとに対し、つねに答えなり解釈なりを用意しているような男だった。パリをはじめ各地にいる自分の信奉者たち、とりわけロンドン在住の信奉者らを頼っていた。というのもロンドンでは、彼の死後もヘンドリック・ニクラースの名前で彼の著作が印刷され続けていたからだ。

「ひとつ訊いてもいいですか？《死の勝利》の絵のどこに、ヘンドリック・ニクラースの影響が見られるのですか？」

「ああ、そうだったな！」とフォベルは笑った。自分が長らく脱線していたことに気づいたらしい。「〝愛の家〟の信条を理解していれば、この板絵が特別な……意義を帯びてくる。いいか。《死の勝利》はブリューゲルのお気に入りの作品で、彼はニクラースのグループに所属していた。そうなると、そこに表現されているのは、画家がリーダーの口から聞いた世界終末の様相だというのが、もっともらしい考え方だ。つまりは、ひとつの時代の終焉と別の時代の幕開けという……」

「でもここには、世の終わりしか……」

「そう見えているだけだ！」

「でも……」

「ブリューゲルは、一見すると何の希望もない絵で、秘儀に通じぬ者たちの目を欺いている。地上に残された最後の砦に向かって、骸骨集団が押し寄せてくる。もちろん町を破壊するためにだ。この光景のどこを観ても、よりよい人生への願いなどかけらもない。骸骨たちの目的に気がついたか？」

目の前で展開するカオスの中に意味を見いだそうとして、ぼくは絵に視線を戻した。

「目的？」

「そうだ。パネルの右側に、口の開いた巨大なコンテナがある。骸骨らが唯一固執しているのは、人間たちをコンテナの内部に押しやることのようだ。これは明らかに地獄の扉のメタファーさ。あの世への入口を表してはいるが、フェリペ２世が《快楽の園》の先に切望した栄光へと導く入口とは違い、混乱と恐怖のみを予感させるものだ」

「わ……わかりません」

フォベルは肩をすくめると、もっと詳しく説明し始めた。

「いいかい？　わたしは何年もの間、〝愛の家〟の信条とは矛盾するこの絵に、隠されたものが何なのかを解読しようと努めてきた。そしてようやく、画家が自身の信仰の痕跡を残すことに、かなり慎重にならざるをえなかったことに気づいた。ニクラースは異端審問所に迫害され、彼の著作は禁書目録に載せられた。深刻な状況にあったのは明らかだ。とはいえ、崇高な人生を擁護するグループに入信していたブリューゲルが、《死の勝利》のような絵を描くだろうか？　なぜこのような絵が、彼のお気に入りの作品だとみなされたのか？　この板絵には、きっと何かが隠されているに違いない。秘密、あるいは隠された思いか……そういったものがね」

「で、ドクトルはそれを見つけたんですか？」

「見つけたとも！」

「本当に⁉」

「きみは《死の舞踏》のアルファベットというのを耳にしたことがあるか？」

ぼくは呆けた顔でドクトルを見つめるしかなかった。

「まあ、いい」師は軽く舌打ちすると、ブリューゲルの板絵に目を留めた。「これから話すことを十分注意して聞くように。この絵が制作される数年前、ロッテルダムのエラスムスの親友でもあったドイツの画家ハンス・ホルバイン（小ハンス）が、木版画シリーズ《死の舞踏》の中で24個のアルファベットの大文字をデザイン化している。25×25ミリ四方に、文字を装飾したものだが、何ともおぞましい。ひとつひとつの文字を、後年ブリューゲルが描いたような〝骸骨〟で飾ってある。魂のない生き物たちが人間たちを墓場へと連れ去るべく、狩りを楽しんでいるような印象だ。たとえば、Aの文字には音楽家の骸骨2体が描かれ、未来永劫に続く死の舞踏を駆り立てる雰囲気だ。それ以降に続く場面では、別の骸骨たちが、気取った娘たちや、呑んべえのあとを追い回し、中には騎手と同じ馬にちゃっかり乗っている輩《やから》もいる。最終のZでは、最後の審判で救済された人々の前にそびえ立つキリストが描かれている」

「ああ、活版印刷のあれか！」

「単なる印刷以上に価値あるものだ。わたしはそのことを納得したんだよ」

フォベルはもったいぶった口ぶりでつぶやいた。

「何をですか？」

「ブリューゲルはホルバインから骸骨の着想を得たばかりではなく、意図的にいくつかの骸骨を絵の中に入れたんだ。はるか昔に育まれた記憶術を駆使し、絵を見る者に信仰の教えを伝えるために。これで理解できたかね？」

相変わらずぽかんとしているぼくに、師はがっかりした様子だ。

「しっかりしてくれよ、きみ！　ブリューゲルはホルバインのアルファベットを絵の中にこっそり組み込んでいる。ホルバインと同じ骸骨を使ってメッセージを書いたんだ。いまからそれを証明してみせよう」

そう言ってフォベルは、ペーパーバックが入っていたのと同じポケットから折りたたんだ紙を取り出し、ぼくの目の前で開いて見せる。それはホルバインの活字シリーズのコピーだった。注意深く眺めるよういざなう。

「まずはAを見るんだ」と命じる。「トランペットと太鼓を演奏する骸骨のカップルがいるだろう？　頭蓋骨だらけの地を歩いているが、それ以外はわからない。次にブリューゲルの板絵に注目する。これと同じ場面がどこかに描かれていないか？」

ぼくは目をこすると絵を凝視した。１分以上かけて地平線に見えている骸骨の小集団を調べ

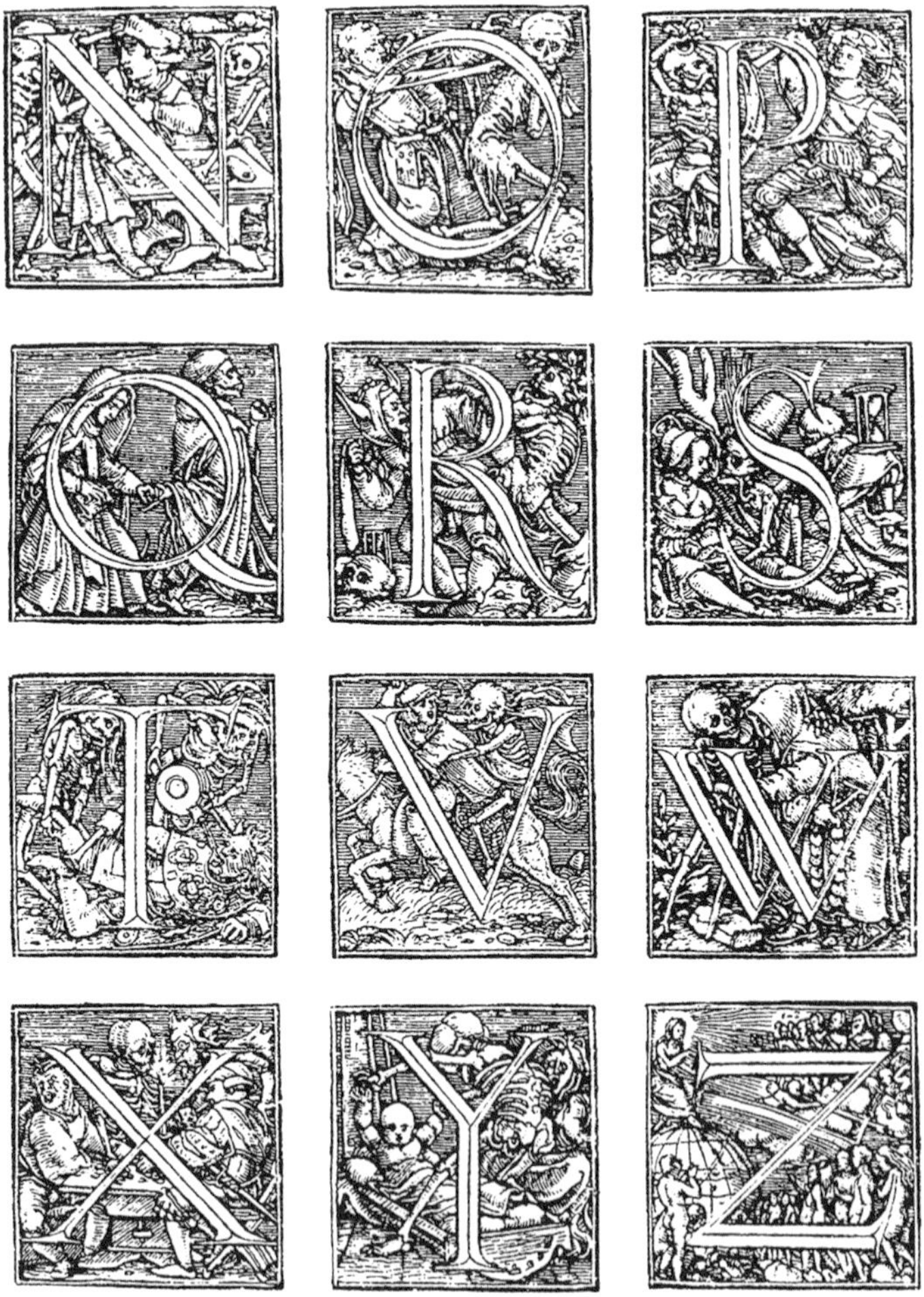

《死の舞踏》 1538年頃　ハンス・ホルバイン

ていく。きっと師が言っているものは、こまかい部分に描かれていると踏んだからだ。しかしそれは見当違いだった。遠方には音楽家の骸骨など影も形もない。槍騎兵隊や墓荒らし、処刑人、鐘を鳴らす2体しかいない。けれども視線をさらに手前に描かれた主役級の骸骨たちに移してみると、あるものが引っかかった。板絵の右下端、死などそっちのけでいちゃつく恋人たちを、リュートをかき鳴らしておびき出している1体の骸骨。もう1体はさらにホルバインの絵と一致し、〝地獄のコンテナ〟の上で熱狂的にティンパニを打ち鳴らしている。頭蓋骨が敷き詰められたその箇所に、アルファベットが見えた気がした。

「ひょっとして、それですか?」

「いいぞ! 大文字のAをカムフラージュしたものに見えるだろう? とりあえずそれはそのままにして、次のアルファベットを探すんだ。ほかには何が見える?」

コピーを手に『ウォーリーをさがせ!』の暗黒版でもやっている気分で、ぼくは板絵をくまなく詮索した。カオスの中に新たな類似性はなかなか見つからず、これかなあ?と思うのもいまひとつ確信が持てないものばかりだった。見つけた箇所を指で円を描いて示しては、師がうなずくかどうかを横目で見やる。4~5回試みてすべて却下されたあと、作品のほぼど真ん中にある形に目を留めた。巨大な鎌を両手で振り回す残忍な骸骨が、やせこけた馬に乗っている。

「騎手」とフォベルがつぶやく。「それもそうだ。そこにVの文字があるのに気づいたか?」

ぼくはコピーをちらりと見た。そうかなあ、と一瞬疑った。ブリューゲルの馬はあの世の騎

ホルバインのアルファベットＡと《死の勝利》の部分

手を載せているだけだから。しかし、確かに恐ろしい容貌や風になびくまばらな頭髪、不吉な笑みや老馬は、双方の絵の関連性を感じさせるものではある。

「これでもうひとつ文字が見つかったな。さあ、続けるんだ！　まだあるぞ」

いつしかぼくは、そのゲームに夢中になった。次第にぼくの脳は《死の舞踏》に登場する人物に慣れたのか、ブリューゲルの作品中に似た姿を探し出すことができた。死と戦う兵士はP、背中に骸骨がへばりついている枢機卿はEという具合に。だが何らかの理由から、師はそれらではなく、地獄のコンテナに向かう群衆の周囲に見つけるよう、さらなる努力を強いてきた。

「われわれが探している鍵は必然的にそこにある」と耳元で囁く。「たとえほかにあったとしても、それが絵の中で最も重要な部分だからだ。そこに描かれているのは地上に残った唯一の生存者たちだからな」と。ぼくは言われたとおりにした。数分後、ぼくはふたつの驚くべき類似に行き着いた。ひとつは、頭を覆い顔を天に向けて慈悲を求める人物で、師がIの文字と結びつけたものだ。もうひとつは、特定するのに手間取ったが、風変わりな金属製の水差しで液体をこぼす骸骨で、フォベルはホルバインのTと結びつけた。

「さて、何の文字が得られた？」

「A・V・I・Tの4文字です」

「で、きみに何を伝えている？」

高校時代に授業で習ったラテン語を必死になって思い出し、頭を絞ってふたつばかり単語を

ホルバインのアルファベットＶと《死の勝利》の部分

ひねり出したが、師を大笑いさせただけだった。

「いやいや、違う。AVIS（鳥）やAVUS（祖父）ではない。よく考えてみるんだ。これら4文字は人類の生き残りたちを囲むように配置されている。希望もなく地獄へと追い立てられて行く人々だ。しかしブリューゲルが彼の信仰の秘密をこの4文字に託したのだとしたら？まさに破壊しつくされた空間、作品の中心部分で、絵を見る者が誰であれ、納得がいく救いの言葉が叫ばれていたとしたら？」

呆然としながら隣にいる師を見た。すると彼は急にこちらに向き直り、食い入るようにぼくの目を見つめてきた。そのまなざしは燃えていた。ほとんど知覚できないほどだが、唇がかすかに震え、重要なことを言い出す直前であるのを告げていた。

「この文字を馬から始め、救いを求める人間、すべてをぶちまける骸骨、そこから上昇して音楽を奏でる骸骨の順に並べたら、わたしが何を言わんとしているか、わかるだろう」

「V・I・T・A」ぼくは呆気に取られながら口ずさむ。「あれ!?　VITA（生命）か！」

「いま口にした文字は、どういう順序で並べた？　生命は天から地にやってきて、再び高みへと帰っていく。上から下へ、下から上へだ。まさにこの文字遊びのように。素晴らしい教えだと思わんかね？　完璧な予言の言葉だろう？　死の痛みと恐怖の後ろにあるのは……さらなる生命だ！」

ぼくは返す言葉もなく、押し黙った。思考停止状態に陥って、彼の結論をまともに分析する

ホルバインのアルファベットI、Tと《死の勝利》の部分

ことも、〝暗黒の絵〟の教えを受け入れることもできなかった。師はぼくの頭が完全に飽和状態になったのを察して、同情ぎみに背中をポンと叩いた。

「きみはまだ若く」と言うと、急に疲れた声になった。「死を意識する年頃ではない。しかし何年か後には、この古い教えをもっと知りたくなるだろう」

「もっと知りたくなる？　メッセージが〝書かれた〟絵がほかにもあるんですか？」

フォベルは背筋を伸ばすと、身だしなみを整えた。

「そりゃあもちろん。あちらこちらにあるぞ」

注１　プラド美術館報告書（第11巻NO.29）によると、１９９０年には２５２万９９９５人の来館者数を記録している。
注２　H. Stein-Schneider, «Pieter Brueghel. Peintre hérétique. Illustrateur du message familiste», en *Gazette des Beaux-Arts*, 57（1986）.
注３　この作品は《気違いグレーテ》、《狂女メグ》という名でも知られている。
注４　最新版は、Karel van Mander, *Het Schilderboek*, Wereldbibliotheek, Amsterdam, 1995.
注５　Charles de Tolnay, *Pierre Brueghel l'ancien*, 2 vols., Nouvelle Société d'Éditions, Bruselas, 1935.
注６　Alaistair Hamilton, *The Family of Love*, James & Clark, Cambridge, 1981.

15 エル・グレコの〝別の人類〟

あの日の午後ほど、多くの疑問を抱えてプラド美術館内を巡った時はなかった。本能はぼくに、これまで見た絵の詳細を記憶にとどめるように訴えたが、無駄だった。頭は再び爆発寸前になっていた。

どんどん激しさを増していくドクトル・フォベルの勢いに引きずられるように、ボスの展示室から上階の展示室へと一足飛びに駆け上がった。今回はどこへ連れて行かれるのか知らなかったが、桁外れに長大なドメニコス・テオトコプーロスのコレクションに向かっていることに気づくと、何だか不安になってきた。あそこへ行くとすれば飛躍のしすぎだ。ヴェネチア共和国統治下のクレタ島に生まれ、イタリアを経てスペインに達し、最終的にトレドに住みついた、〝奔放な〟人物とみなされていたギリシア人画家、エル・グレコ。師はフランドル人画家たちと彼とを結びつける、かすかな軌跡でも見つけたというのだろうか？

それを確かめるのに、大して時間はかからなかった。

案内されたのは予想どおりエル・グレコの展示室だった。建物東翼に位置するその部屋は、3部屋ぶち抜きの空間だ。入口付近にはベラスケスの《ラス・メニーナス（女官たち）》や《バッコスの勝利（酔っぱらいたち）》があり、ドクトルが一瞬ためらったのがわかった。だが、探るような目で左右を見ると、何も言わずに聖域に踏み込んでいった。

《聖霊降臨》の絵の前で師は一旦立ち止まり、思いつめた表情で再び「準備はいいか？」と訊いてきたので戸惑った。当然「できてます」と答えたが、彼はどうやらぼくのことを買いかぶりすぎたようで、途端に内に抱いていた考えをぶちまけてきた。

「これからきみに解説しようと思う作品は、残念ながらまだここには展示されていない。エル・エスコリアルにあるから近々見に行くといい」

「それも……エル・グレコの作品なんですか？」展示室の奥に見える《イエスの復活》を眺めつつ、気楽に尋ねた。

「そう。しかも類《たぐい》まれなる作品だ。先ほど見てきたボスやブリューゲルの瞑想画を称えた天才中の天才画家エル・グレコが、彼らの絵を模倣したものだと、多くの美術評論家たちが絶賛している」

「批評家たちの意見はあんまり参考にしないのでは？」

「それはそうだが」と認める。「きみに教えようとしている絵は、わたしにとってはもっと意味が深い、あるものの証明だ。それがなければ、われわれを取り囲んでいるこれらの作品への理解が、不完全で誤ったものになりかねないものだ。そこに記されたデータが示すように、フェリペ2世の宮廷で、彼は〝エル・グレコ（グレコはイタリア語で「ギリシア人」の意）〟と呼ばれていた、さて、エル・グレコことドメニコス・テオトコプーロスは、終末論的な友愛を説く〝愛の家〟の傑出したメンバーだった。絵画というものを、〝新しい人間〟の到来を予言するひとつの手段、とりわけ目に見えない存在、すなわち神との対話の直接経路以外の何ものでもない、と信じていた画家のひとりだ。よく覚えておきなさい。エル・グレコは画家である以上に神秘家だったのだ」

「何という作品ですか？」いまの話を聞いて、がぜん興味が湧いてきた。

「エル・エスコリアルでは《フェリペ2世の夢》と呼ばれている。ボスの作品と違うのは、まだ〝慎重王〟が指定した場所に置かれたままだということだ。だが、その名に惑わされてはいかん。結局のところ、制作者が名づけた題名など1枚たりともないからな！」

「いろんな名前のある絵って、好きですよ」とぼくは告げた。別名が多ければ多いほど、より多くの神秘《アルカノン》が隠されていることを学んだ。

「その絵は中でも飛びきりの作品と言える。絵の上部にIHSのモノグラムがあるため《イエスの御名の礼拝》と呼ばれたり、レパントの海戦でトルコ軍に対抗した際の、王の主《おも》だった同盟者、ピウス5世、ヴェネチア元首アルヴィーゼ・モチェニゴ1世、ドン・ファアン・デ・アウストリアの肖像が絵の下部に描かれていることから《神聖同盟の寓意》と呼ばれたり。しかし、いずれもわたしにはしっくりこない。やはり一番ふさわしいのは（きみならすぐ納得すると思うが）、エル・エスコリアルの修道士たちがその絵を見るなり名づけた《エル・グレコの〝栄光〟》だろう」

「《栄光》？　ティツィアーノの絵と同じ？」

「ああ」と師はにっこり笑った。「どうしてそう名づけられたのか、謂《いわ》れを知るのは重要だ」

フォベルはそこで魅惑的な話をしてぼくを虜にした。その絵に日付の記載はなく、制作年を特定する契約書や同時代の文書も残されていない。しかし、多くの専門家はエル・グレコがマドリードに到着したばかりの1577年頃に描いたのではないかとしている。実際フォベルも、画家がスペインで最初に描いた絵だと述べている。ドメニコスはイタリアで不遇な時期を過ごしていた。ティツィアーノやティントレット、コレッジョなどのヴェネチア絵画が浸透していたこともあり、イタリアでは冷遇される日々だった。また巨匠ミケランジェロの晩年の作品を酷評したことも、その要因のひとつだったかもしれない。しかしそんな彼も30歳を過ぎた辺りから、さらに上を目指すようになったらしい。

「その時だった」とフォベルは芝居じみた言い方をした。「運命の女神が彼に微笑んだのは」

何が起こったのか、正確には誰にもわからない。だがプラド美術館の師は、ギリシア人画家がローマで修道士ベニート・アリアス・モンターノと知り合ったと踏んでいる。神の摂理で修

《フェリペ２世の夢》 1577年頃　エル・グレコ　マドリード　プラド美術館所蔵

道士と出会った画家は、やがて彼を師と仰ぐようになったのだろうと。未来のエル・エスコリアルの司書アリアス・モンターノは、１５７６年当時、自身が編纂した『王の聖書』を教皇庁に公認してもらおうと〝永遠の都〟ローマに滞在していた。それは本人にとっても、出版業者プランタンとその周囲に集まる〝愛の家〟の同志たちにとっても、極めて重要な案件だった。彼が編纂した多言語対訳聖書が教皇庁のお墨つきを得て、キリスト教の統一、全教会の融合が実現されれば、〝新しい人類〟の救世主《メシア》を自認するヘンドリック・ニクラースの秘された目的が達成に一歩近づく。だが計画は頓挫した。スペイン・サラマンカ大学の神学教授たちが『王の聖書』の翻訳文に疑問を呈したばかりか、アリアス・モンターノがユダヤ教のタルムードを情報源としていると非難し始めた。妬みも買っていたに違いないが、その不信感が教皇の側近たちにも伝染し、公認申請は却下、計画は流れてしまった。

　ちょうどその頃、傷心のアリアス・モンターノはエル・グレコと知り合った。おそらくはドメニコスのパトロンだった、アレッサンドロ・ファルネーゼ枢機卿の知識人サークルでのことだろう。そこでエル・グレコは、まずは枢機卿の司書フルヴィオ・オルシーニと親しくなり、その人物が彼をアリアス・モンターノに紹介したと思われる。その後は自然と親交を深めたに違いない。スペイン人修道士は彼の絵を見て、マドリードへ一緒に行ってエル・エスコリアル修道院の大がかりな装飾計画に携わらないかと説得した。フェリペ２世が自身の広大な建築物を絵画館にしようとしていた時期でもあり、多くの人手を必要としていた。

　1576年末から1577年初めにかけて、スペインに到着したばかりで、何とかして王の寵愛を得ようと望んでいたエル・グレコは、《栄光》を描き上げた。

「ドメニコスが修道院内だけで生活していたことは想像に難くない。スペイン語を話せぬため、司書を務めるアリアス・モンターノ以外に会話の相手もおらず、王の名画コレクションの数々を眺めて過ごしたことだろう」とフォベルは推測する。「当時エル・エスコリアルの宮殿には、ボスの作品がいくつもあったし、ブリューゲルの《死の勝利》もあった。それらの絵をどうやって解釈するのかをエル・グレコに説明し、〝愛の家〟の信仰にふさわしい絵を描くよう依頼したのは、アリアス・モンターノだったとわたしは見ている」

「そうして、エル・グレコは宮廷入りした……」

「それが、そうとも言えないのだよ。彼の《栄光》は当然、フェリペ2世の目には留まった。だが修道院の年代記作者ホセ・デ・シグエンサ神父によると、その絵は王のお気に召さなかった。彼の文言を借りれば《陛下はお喜びにならなかった》と。聖なる存在の数があまりに多すぎ、王の頭上に描かれた超越的な存在たちが、まるで彼をあの世から支えているように見える。義人と罪人がはっきり区別され、罪深き者たちの魂を食らう巨大な怪物レヴィアタンまでいる。しかもそれらがフランドル人の画家たちに特有のスタイルで描かれていたからだ」

「おそらくフランドル人だけでなく、別の人々のスタイルでもあったと思いますよ、ドクトル」ぼくは口を挟んだ。

「別の人々？　誰のことだ？」

一瞬、気まずい沈黙が流れた。ぼくの私見はフォベルの〝教育プラン〟とはかけ離れたものだから、会話に持ち出すのは控えるべきかもしれない。でもぼくはあえて勝負に出た。

「古代エジプト人たちです」ついに言ってしまった。

「エジプト人たち？」

「ええ。ぼくは古代エジプトにすごく興味があるんです。あなたがおっしゃっている絵のことは前から知っていました。エル・グレコの代表作のひとつですよね。それというのも、古代エジプトとの共通点に気づいたからなんです。王の背後で罪人たちをむさぼっている怪物、その概念は、古代エジプトのファラオの宗教的な文書に頻繁に出てきます……少なくとも30世紀前から！」

フォベルはぼくに期待のまなざしを投げかけた。反論はしなかったし、黙るように命じることもなかった。むしろ逆に関心を示してきた。一方的に教えられるばかりだったため、多少なりともこちらから情報提供できたことで、自分にとってのささやかな勝利に思えた。これまでのやり取りでは一度もそのテーマに及んだことはなかっただけに、まさかぼくの関心事のひとつがピラミッドの古代文明[注1]だとは、彼も予想していなかっただろう。

「そんな顔しないでください。ドクトル」とぼくは微笑んだ。「3500年ぐらい前のものと推定される『死者の書』には、その怪物のことがはっきりと描かれています。『死者の書』はパピルスの巻物に絵とヒエログリフで描かれ、埋葬の際に〝あの世の地図〟として死者の頭の下に置かれたそうです。ふたつとして同じものはなかったといいます。でも、必ず描かれるモチーフのひとつがこのレヴィアタンで、省かれることはありませんでした」

「きみの言っているその怪物は」フォベルはひげをかきむしりながら訊いてきた。「聖書に出てくるものとは違うだろう？」

「ええ。なのに、どうして16世紀の絵に登場するのか、前から気になっていたんですよ。〝死者の魂の裁判〟という考えは、ユダヤ教徒やキリスト教徒が言い出すよりもはるか昔に、古代エジプト人が〝創り出した〟ものです。エジプト神話でその怪物はアメミットと呼ばれ、ファラオの魂が地上の生から永遠の生へと移行する際、必ず通らねばならない試練の場に現れます。ジャッカルの頭をした冥界の神アヌビスが、ファラオの魂を天秤で量って罪があるかないかを決め、有罪だった場合、そばに控えていたアメミットが巨大な口を開けて魂を飲み込み、永遠の生は取り上げられる。古代エジプト人にとって、魂をむさぼり食うアメミットほど、恐ろしいものはありませんでした」

フォベルはぼくの話を面白がっているらしく、質問までしてきた。

「それにしても、古代エジプト人からエル・グレコに至るまで、誰もそのアメミットを描かなかったのはなぜだ？」

「必ずしもそうではありません、ドクトル。ゴシック大聖堂の建設者たちが、多くの大聖堂の正面のデザインに〝魂の天秤〟を組み入れています。一方の天秤には救済された人々が、もう一方には罪人たちが載せられています。《エル・グレコの栄光》を思い出してみても、幸いなる人々は怪物の左側、神の国の入口の方に描かれています。エジプト人たちとゴシック大聖堂の建設者たちの唯一の違いは、アヌビス神が天使に入れ替わって描かれているだけです」

「もっともだ」と師は微笑んだ。「きみが自分で見たものの起源を追究したり、異なった文化の表象物や概念を結びつけたりすることができるとは、何とも喜ばしい限りだ」

「西洋文化に見られる古代エジプトの痕跡について語るたびに、ぼくは自問するんです。そういった図柄はどうやって、時を超えて文明から文明、宗教から宗教へと伝わってきたのか？と」

「確かに大いなる謎だ！」とフォベルは、いまぼくらの目の前にあるエル・グレコの《イエスの復活》から目をそらさずに同意した。「芸術作品の源泉に達しようとする、きみのその熱意は、〝自由精神同胞団〟や〝愛の家〟の者たちが何を踏襲していたのか、その出所が何だったのかを明らかにしようとした際の論争を思い出させるよ。わたしもその多くに参加し、自分自身の結論を見いだした」

「双方に共通する源泉を見つけたと？　本当ですか？」

「アリアス・モンターノに衝撃を与え、後にエル・グレコをも魅了した〝愛の家〟を分析したところ」人差し指をこめかみに運びながら師は言った。「信者たちは自分たちが、他のどの宗教よりも優れた少数派集団であると考えていたようだ。たとえば、キリスト教徒やユダヤ教徒と違って、自分たちの信仰は神との直接の交信であると主張している。創造主はひとりひとりの人間の内に住まっているのだから、その神の輝きを呼び覚ますだけで十分なのだと。興味深いのはそれらの教えが、彼らから2世紀前のカタリ派の信仰や、さらに古い原始キリスト教のグノーシス派と共通していることだ。ブリューゲルとつながりがあった〝愛の家〟の信者たちは、歴史上におけるカタリ派信仰の最後のきらめきだったのかもしれん。注2 彼らが〝愛の家〟と名乗ったのもけっして根拠のないものではない。何しろ彼らの他にも、ローマ教会とは正反対の〝愛の教会〟――〝roma（ローマ）〟を逆さまにすると〝amor（愛）〟となることから――を自称したグループがあったほどだ」

「では、カタリ派が〝源泉〟だというのですか？」ぼくは仰天した。「カタリ派って異端とみなされて、中世ヨーロッパで最も迫害された人たちですよね？」

「純粋な人々、もしくは善良な人々によってなされた民衆運動が、カタリ派だとも言える。1209年に教皇とフランス王が結託して南フランスへアルビジョア十字軍を派遣するまで、自然は闇の力によって創造されたという彼らの思想は、ヨーロッパ中に広まっていた。カタリ派にとって物質、肉体的なものは魂を拘束する監獄でしかなかった。そのため善である唯一の創造神だけでなく、偉大なる悪の創造神のことも信じていた。あまりに脆く退廃したこの世界が、完全性を誇る至高の創造神によるものとは考えられないという理由からだ。確かなことは、カタリ派には多くの支持者がいたことだ。また、聖書はラテン語から各国語に翻訳すべきだと、繰り返し訴えていた。結局、多言語対訳聖書はスペインのシスネロス枢機卿〔1517年完成〕やアリアス・モンターノ修道士〔1572年完成〕が編纂するまで実現しなかったがね。

カトリック教会はこの民衆運動に対し、容赦ない弾圧を加えた。20年以上にわたって南仏に十字軍を派遣して殺戮を繰り返し、1229年には異端審問所を設立し、捕らえた人々をことごとく処刑、1244年にはカタリ派の最後の砦であるモンセギュールを陥落させ、立てこもっていた200名以上の信徒を火焙りにした。カタリ派の数は激減し、1330年以降は異端審問所の記録にも登場しなくなった。キリスト教徒が同胞のキリスト教徒を迫害する。この前代未聞の弾圧行為に教会が加担した本当の理由は、彼らカタリ派の信仰だった。

人間はひとりひとりが肉体に、神の魂のかけらを宿している。それを用いれば誰でも直接神と交信できる。仲介者は必要ない。当然教会も要らなくなる。神秘家たち、王たち、あるいは聖書の登場人物たちが、目に見えない世界、純粋な世界を垣間見る場面を描いた画家たちの主張は、実はそこにあるんだ」

「でも……」完全には同意しきれずぼくは訊き返した。「それってあなたの直観ですか？　それともまじめに研究した結果ですか？」

フォベルが微笑んでいる。

「何だ、ハビエル。研究の成果に決まっているではないか。きみにも想像がつくとは思うが、あいにくそういった論争の模様は外部にはあまり伝わらない。それにそのようなテーマを研究している大学もそう多くはない。そういえば、ある美術教師の著作が議論の的となったことがある。ロンドン大学のリンダ・ハリス教授のエッセイで、《快楽の園》を依頼したアダム派の人々は、カタリ派の生存者グループの者だったと提起したものだ。[注3] 教授の説によると、ヨーロッパでカタリ派が大虐殺されて以降、その思想を継承する人々にとって、絵画は人類が囚われた物質的な世界の闇から逃れる最後の砦となった。真の目的に沿って描かれた絵の前での瞑想は、信奉者たちに〝存在するもののすべてが、必ずしも触ったり、測ったりできるものばかりではない〟こと、〝霊的な側面を備える人間は、古代ギリシア人がテオレティコスと呼んだ、永遠不変の真理を見る観照の段階に達するため、鍛錬しなければならない〟ことを思い出させたという」

「で、あなたはエル・グレコがそういった思想を持つ人々と見解を一《いっ》にしていたと？」ぼくらを囲む作品を見回しながら問いかける。

「それも専門家たちの間では激しい論争の的となっている。だが、彼の作品からは、〝愛の家〟の信奉者たちが好みそうな超越性がにじみ出ていることは議論の余地がない。スペインのマヌエル・コシオやフランスのポール・ルフォールが著したエル・グレコの評伝では、〝愛の家〟の理論に触れることなく、エル・グレコは絵画制作を通じて神との神秘的合一を求めたとしている。現にここにある彼の名作のいくつかは、画家自身の幻視体験が元になったものだと、わたしは確信している」

「では、エル・グレコが神秘家だったと？」

　フォベルはにやりと笑った。

「率直に言うと、その問いに答えられるのは本人だけだ。しかし本物の神秘家というのは、得てして自身の幻視体験を黙っているものだ。だから、仮に彼が神秘家だとしても、それを公にするのは相当神経をとがらせたことと思う。その一方で、彼が自分の作品を制作するのに、他の霊媒や幻視家の著作を用いていたのは間違いない」

「そうなんだ……」ぼくは思いを巡らす。「いったい誰なんです、ドクトル？」

「知りたいかい？」

「そりゃあもちろん」

「いいだろう。たとえば、アロンソ・デ・オロスコ」

　ぼくは肩をすくめた。

　一瞬、またしても師がその才覚で、今度はエル・グレコとアビラの聖テレサを結びつけようというのではないかと勘繰った。

「誰だか知らないのだろう？」

　ぼくは考えあって、うなずいておいた。

「心配するな」ぼくの無知は問題ではないというように師は言った。「今日ではそのアウグスティノ会士のことなど、ほとんど誰も覚えてはおらんよ。しかし、16世紀には最も名の知られた宗教家のひとりだった。実際、オロスコの死後、マドリード市の守護聖人を聖イシドロから彼に換えてはどうか、という話が持ち上がったほどだからな」

「聖人なんですか？」

「いや、福者だ。注4 アロンソ・デ・オロスコはカール5世とフェリペ2世の説教師でな。とてつもない権力者だったトレドの大司教、ガスパル・デ・キロガの友人にして聴罪司祭でもあった」

「で、何かエル・グレコと結びつくものがあるのですか？」

「それはな……オロスコは、マドリードのラ・エンカルナシオン神学校の祭壇画を何枚か、エル・グレコに依頼しているのだよ」

「その神学校って、どこにあるんです？」

「王宮《アルカサル》の近くにあったが、独立戦争〔ナポレオン戦争中の1808年－1814年にかけて、イベリア半島でスペイン・ポルトガル・イギリスの連合軍がフランス帝国軍と戦った戦争〕でフランス軍に破壊され、エル・グレコの作品は散逸し、祭壇画がどんな構成のものだったかわからなくなっている。現在その建物は上院として使われている。だが、この件で重要なのは、ドメニコ人にその神学校の装飾を依頼した際、アロンソ・デ・オロスコが恍惚に陥ることや超越的存在の幻視でマドリードでは有名だったことだ」

「またしても予言者登場ってことですね……」と応じる。

「予言者というよりは神学者だったよ。とはいえ、彼の人生は神秘的なものに引きつけられていたようだ。いいか。オロスコは周囲にこう語ったと言われている。まだ母親が自分を身ごもっていた頃、彼女の夢の中に《非常に優しい女性のような声》注5が現れ、男児が生まれることを告げ、アロンソと名づけるよう命じたと。後年、セビリアのアウスグティノ会修道院長になっていたオロスコにも同じようなことが起こった。夢の中に聖母が出てきて、《書きなさい》とはっきり命じられた。当然オロスコはそれに従い、余生を執筆活動に捧げ、37の著作を出版する。ロペ・デ・ベガ〔1562－1635　スペインの詩人・劇作家〕やケベード〔1580－1645　スペインの詩人・小説家・政治家〕ら高名な作家たちとも親交を深め、信仰と理性の狭間を歩み始めた」

「どういうことですか？」

「尊敬を集めた知識人オロスコは、やがてこんな評判を得る。彼の説教は奇跡的なもので、病気を癒す力があるとね。死者を蘇生させられるとまで言われた。だが、知られているのは幻視体験を二度、公表したことだけだ。一度はスペインの無敵艦隊がイギリス海峡で大敗した晩のこと。祈りながら過ごしていた彼は、《おお、主よ。この海峡は……！》と言って嘆息したという。二度めは晩年、自分の魂は1591年9月19日正午に神に召されると予言し、そのとおりになった」

「そういった前科があるなら、エル・グレコが彼の幻視を描きたいと思っても不思議ではありませんね」

「実際その絵を描くようエル・グレコを説得したのは、オロスコではなくフェリペ2世の最後の妻のお付きの女性で、オロスコの熱烈なパトロンだったマリア・デ・アラゴンだ。アロンソ・デ・オロスコ自身は、エル・グレコがオロスコとマリアが共同で建てたラ・エンカルナシオン〔別名ドニャ・マリア・デ・アラゴン〕神学校での仕事に着手する5年前に亡くなったが、絵の制作はオロスコの幻視によって示された手順に則《のっと》って進められた」

「では、画家を指導していたのは彼女だったのですね？」

「そのとおり。散逸した祭壇画に、ここにある《キリストの受肉》と《キリストの磔刑》が含まれていたのは確実視されている。この2枚をよく見てみろ、ハビエル。縦横同じ寸法だ。これらに横幅が狭い2枚、《羊飼いの礼拝》と《キリストの洗礼》が添えられていたと考えられるが、《礼拝》は残念ながらこの美術館にはない。この4枚に共通するのは、どの場面にも天使が描かれていることだ。これは見過ごすことのできない要点だよ。というのも、オロスコは聖職者たちが、天使たちの模倣者となるべきだと考えていたからだ。神学校の巨大な教会の祭壇画は、つまるところ一般の信者ではなく、聖職者たちのために描かれたものだからね。そう考えると、《イエスの復活》と《聖霊降臨》には天使が描かれていないから、これらが彼らの創設した神学校の祭壇画だったという説は退けられる」

「でも、ここにある解説パネルにはそう書いてありますよ」と、それら2枚に関する記載を読みながらぼくは答えた。

「その表示が何と言おうと関係ない。リチャード・マン博士が先頃、マドリードのアウスグティノ会神学校の祭壇画の背後には、福者オロスコの幻視と対をなす神秘的な計画が隠されていたとする論文[注6]を発表したばかりだが、わたしの説は彼以上だ。さっき述べた天使の件に気づいたのは博士だ。だが、いいか、もう一度《キリストの受肉》をよく見てみるんだ。画家が、マリアがいる室内から物質的なものをほとんど排除してしまったのがわかるか？　アロンソ・デ・オロスコは自分の著作で、このエピソードについてずいぶんと書いていて、《大天使ガブリエルが彼女の胎内に神の種子を宿した瞬間、その場にあった家具がことごとく消え失せた》と断言している」

ぼくはちらりと絵を見やった。輝かんばかりのその絵全体を見るには、ある程度距離を置かなければならなかった。それでも予期せぬ訪問者に、みずからの意志をゆだねるうら若きマリアを見つめると、ある種の動揺を覚えざるをえなかった。この作品には見るものを眩惑させる何かがある。色遣いといい、鉛色の空を貫く智天使《ケルビム》たちの群れといい、大天使の身のよじり方からして非現実的だ。まるでそれらのものが、目の前で溶け合っているように見える。

その時フォベルは、最近美術館の学芸員たちが、《キリストの受肉》を《受胎告知》と名づけたことに対して「同じではないのに！」と嘆いたうえで、双方の微妙な違いを説明してくれた。《キリストの受肉》はマリアがすでに神の子を妊娠していることを告げるものであり、《受

《キリストの受肉》 1597 − 1600 年頃　エル・グレコ
マドリード　プラド美術館所蔵

胎告知》は――妊娠する直前に――これから身ごもることを告げるものだ。オロスコはつねに前者に関心を寄せていた。貞節の誓いと聖変化――ことば（神）が聖母の胎内で肉体を持ったのと同様に、ミサの中で聖体のパンとワインがキリストの肉と血に変わること――という聖職者としての基本的な側面ふたつを深く瞑想するのに役立つからというのが、彼の持論だったという。

「また、通常この場面を描く場合、聖母に片腕を差し伸べた大天使の姿を描くものだ。それについては疑問の余地なく、同時代に描かれた他の多くの作品はみなそうなっている」さらにつけ加える。「現に、この並びの展示室にあるエル・グレコの別の作品《受胎告知》注7はそのように描かれている。それなのにこの《キリストの受肉》はそうなっていない……。これはアロンソ・デ・オロスコの影響にほかならない。というのも、オロスコは著作ではっきりと、大天使の様子を書き記している。《ガブリエルはマリアの従順な態度を目の当たりにし、両腕を胸の前で交差させ、感心した》と。エル・グレコは文字どおりに情景を描いている」

ぼくの記憶が火花を散らし始めた。《受胎告知》の絵は多いが、天使が胸の前で腕を交差している絵はあっただろうか？　確かこの部屋の真下にも一枚ある。おそらくこの美術館で一番有名な絵かもしれない。フラ・アンジェリコの《受胎告知》だ。師の言っていることが正しいとすれば、福者オロスコはその絵のタイトルさえも《キリストの受肉》に換えたに違いない。聖母も大天使も胸の前で腕を交差しているからだ。

「ドクトル、難癖をつけるようですみませんが、それで全部ですか？ 単に腕を交差させるという、それだけがオロスコとエル・グレコのつながりですか？」

「そんなわけがないだろう！」その叫びには抗議の響きがあった。「この絵に着想を与えたのが、オロスコだったことを示す証拠はまだある。マリアとガブリエルの間に描かれたものに注目してみろ。見えるか？ それは、モーセがエジプトからの逃避行中に対話をした燃える柴だ。

[注8]福者によると、受肉の決定的瞬間には、マリアの部屋にも燃える柴が現れたという。美術史をくまなく探してみても、マリアと燃える柴が一緒に描かれた絵などない。それを考えれば、この絵の特異性もわかるだろう」

「では《キリストの磔刑》は？」ぼくは主の処刑という衝撃的な場面を描いた絵の方に、視線をそらしながら尋ねた。「やはりこれにも、オロスコのビジョンの〝痕跡〟があるのですか？」

すると師は2～3歩油彩画の方へと近づき、磔刑の真似をするように両腕を掲げると叫んだ。

「もちろんある！ そしてあらゆるものの中で最も瞑想的な性質のものだ。まだきみには話していなかったが、福者オロスコの日課のひとつは、ここに描かれているような古いキリスト磔刑像を何時間も眺めて過ごすことだった。彼が亡くなった際にその絵も副葬されたそうだ。元々マドリードのサン・フェリペ・ネリ教会の中央祭壇にかかっていたものだが、いつものように絵を見ながら瞑想していたある日のこと、キリスト磔刑像の両目が開き、彼に視線を注いだ。生涯忘れえぬ目つきだったという。その後も同じことが何度も繰り返され、それによってオロスコは、福音書の記述よりも、もっと生々しく詳細なキリスト受難の場面を描いた短編を執筆するに至ったのだという」

「それはちょっと大胆すぎませんか？　もし福者がよきカトリック教徒だったとしたら、これらの絵を依頼するのに、自身のビジョンにゆだねるなんておかしいですよ」

「忘れてはいかん。絵を依頼したのは彼ではなく、パトロンだったマリア・デ・アラゴンだ。彼女は神学校の中央祭壇下にしつらえたアロンソ・デ・オロスコの墓を、彼にふさわしい威厳あるものにし、彼の魂の昇天を促進させることに熱心だったのだ」

「たとえそうだとしても、異端審問所が猛威を振るっていた時代に、福音書から外れるのは危険な行為に思えるのですが……」

「ほとんど誰にも気づかれぬほど、かすかな逸脱だったのだよ」と結論づける。「ふたつの証拠を引き合いに出そう。ひとつは十字架上で釘に貫かれたイエスの足の置き方だ。ドメニコスの磔刑図ではすべて、メシアは左足を右足の上に重ねている。他の画家の作品でも大半はそうなっている。ただしこの一枚を除いてだ。福者オロスコはこの絵に描かれているように、ローマ兵たちが彼の右足を上、左足を下にしたのは、その方が痛みも増すからだと書き残している。木の十字架に架けられたイエスは、胸郭を広げることができず、呼吸が妨げられることでさらに苦悶と苦痛が倍増したと。さて、脇腹の傷から流れる血と水を見てごらん。どくどくと溢れ出ているだろう？　これもまたオロスコの著作にはっきりと書かれていることだ。だからエ

《キリストの磔刑》 1597 － 1600年頃　エル・グレコ
マドリード　プラド美術館所蔵

ル・グレコは、この絵の中で、イエスの血を受け取る天使を〝よき神父〟に似せて描いたのだ。ともかくエル・グレコは、それらの細かいひとつひとつの事柄を綿密に研究し、絵画に取り入れた」

その頃にはもうぼくらの会話は、師に対するぼくの最後の質問が残っているだけだった。すでにドメニコス・テオトコプーロスがアリアス・モンターノ修道士たちのグループに所属していたことは明白だった。エル・グレコの神秘的なテーマへの執着ぶりは、なぜ彼が福者オロスコの啓示を作品にすることに心血を注いだかを物語っている。オロスコが受けた啓示は、サヴォナローラのそれと比べると正統派の色が濃く、予言の色は薄い部分があるが、いずれの場合も同じ源泉から生まれてきたものなのだろう。目には見えないものの確かに存在する源泉……それはヘンドリック・ニクラース、フィオーレのヨアキム、福者アマデオたちを満たしたものでもある。しかし、なぜエル・グレコはあのような絵ばかりを描いたのだろう？　彼が描く人物たちが、あれほど独特で誇張ぎみでありながら……やけに漠然とした印象を受ける、その理由は何なのだろうか？

ぼくの質問を前に、フォベルはその午後中で一番奇妙な答えのひとつをほのめかした。まずは現代の理論をかわし、１９１２年に、プラド美術館のこの展示室を《身の毛のよだつ白痴や無頭症、水頭症のオンパレードだ》[注9]と評し、エル・グレコについても、何らかの視覚障害なり狂気なりを患っていたと疑っていた、リカルド・ホルヘ博士の考えを否定することから始めた。そのうえで師の旧友である美術史家のエリアス・トルモ・イ・モンソについて語った。もう何年も前のことだが、ぼくの疑問に対するもっともらしい答えを述べたという話だった。「きみは全面的に納得できないかもしれんが」と忠告する。「いまわたしが示していることはどれも、秘められた鍵となっているものばかりだ。トルモ・イ・モンソはマドリードのアテネオで行なった連続講演会で、おおよそ次のようなことを言っていた」

《わたしはエル・グレコという人物を、現在地上にいるわたしたちとは違う、別の人類を創造したごく少数派の画家たちのひとりとみなしたい（……）。エル・グレコのパレットから生み出された人間たちは、わたしたちのような人間ではない。かといって、巨人《タイターン》でも、巫女でも、システィーナ礼拝堂に描かれた預言者たちでもない。コレッジョが描いたような誘惑の世界に住む魔性の存在たちとも違う。彼は自分の描いた人間たちに強力な生命の息吹をもたらした。いや、むしろ生命そのものを与えたと言えるかもしれない。実際、彼らは生きているとも言えるのだから》。注10

フォベルが持ち出した説明に困惑したぼくは、反論する気が起こらなかった。絵に住まう者たちを生きている存在として語るのは、これで二度めだ。彼は本当にそう信じているのだろうか？

トレドのサント・トメ教会に所蔵されているエル・グレコの傑作《オルガス伯爵の埋葬》について尋ねる機会も逸してしまった。もしそこで質問していたら、故人の周囲を取り巻く21人の人物が、タロットカードの大アルカナの象徴か否かについて議論していただろう。そうすれば師はきっと、その中の誰がエル・グレコの〝愛の家〟の導師、ベニート・アリアス・モンターノかを教えてくれたに違いない。あるいは近年、何人かの専門家が著作で提起[注11]していた話に及んでいたかもしれない。

しかし、時間切れだった。ぼくの消極的な部分を知ってか知らずか、フォベルは急に「行かねばならん」と口にして、かき消えた。「わたしの時間は終わった。さらばだ」という謎めいた言葉を残して。

どういう意味だ？　彼の時間の何が終わったと？

注1　このテーマの研究については、ぼくの著作『黄金時代を探し求めて』（２０００年）に詳しい。

注2　H. Stein-Schneider, «Une secte néo-cathare du 16e siècle et leur peintre Pieter Brueghel l'Ancien», en *Cahiers d'Études Cathares*, vol. 36, 105, (1985).

注3　Lynda Harris, *The Secret Heresy of Hyeronimus Bosch*, Floris Books, Edimburgo, 1985.

注4　この会話から10年以上後の２００２年5月19日、ヨハネ・パウロ２世がアロンソ・デ・オロスコを列聖し、現在では

聖人の仲間入りをしている。

注5　Alonso de Orozco, *Confesiones del beato Alonso de Orozco del Orden de Ermitaños de N. P. San Agustín*, libro 1, capítulo 6, Imprenta de Amigos del País, Manila, 1882.

注6　Richard G. Mann, *El Greco and his Patrons: Three Major Projects*, Cambridge University Press, Cambridge, 1989.（スペイン語版）*El Greco y sus patronos*, Akal, Madrid, 1994.

注7　師は1570年頃エル・グレコが制作した26×20センチの作品のことを差している。その絵の中では、確かに大天使ガブリエルが、マリアに対し母親になることを告げながら、彼女に片手を差し伸べている。

注8　「出エジプト記」3章2－5節

注9　Ricardo Jorge, «Nova contribuição biográfica, crítica e médica no estudo do pintor Doménico Theotocopuli», *Revista da Universidade de Coimbra*, I, 4 (1912).

注10　Elías Tormo y Monzo, conferencias pronunciadas en el Ateneo de Madrid, 7, 21 y 28 de abril de 1900. Recogidas en José Álvarez Lopera, *De Ceán a Cossío: la fortuna crítica del Greco en el siglo* xix, Fundación Universitaria EspEspañola, Madrid, 1987, vol. II

注11　Juan Sánchez Gallego, *Esoterismo en la pintura de El Greco: el entierro del Conde de Orgaz*, Rosa Libros, Sevilla, 2006.

16 師にチェックメイト

午後9時30分、寮の受付前を――いつも以上に物憂げに――通り過ぎようとするぼくを、秘書のトニーが射るようなまなざしでひたと見つめてきた。シャミナード学生寮受付カウンターの向こう側の小さなオフィスから、投げかけられた声にぼくは足を止める。

「こんな時間まで何してたの、ぼうや？　一日中あなたのことを探してたのよ！」小言をひとくさり言うと、手にした何かをひらひらと振った。

「午後3時以降、あなた宛てに同じ男性から5回も電話があって！　伝言がこんなにたまったわ！」

カウンターに近づくと、伝言メモの束を渡された。

「緊急の用件で、戻り次第連絡が欲しいとのことよ。すぐ電話しなさい。わかった？」

「了解、了解」ぼくはしぶしぶうなずいた。

最初は何が何だかわからなかった。メモにはトニーと早番の受付係の両方の字で、ぼくの知らない人物の名前と電話番号が書かれている。

〝ファン・ルイス・カストレサナって、誰だろう？〟

「あ、そうそう……」天気予報の画面が映った小さな白黒テレビに視線を移す前に、トニーが思い出したように言った。「その男性、エル・エスコリアルがどうのこうのと言ってたわ。あなたに告げれば自分のことはわかるからと」

〝エル・エスコリアル!?〟

瞬時にひらめいた。

〝ファン・ルイス神父か！　あの、図書館司書の！〟

お礼もそこそこに公衆電話のボックスに飛びつき、財布に残った最後の100ペセタを投入すると、どのメモにも記された7桁の電話番号を押して待つ。呼び出し音が一度鳴っただけでつながり、だるそうな声が「サン・ロレンソ・デ・エル・エスコリアル・アウグスティノ会士学生寮です」と応じた。

「カストレサナ神父ですか？　おつなぎします。少々お待ちを」プップップッ……と雑音がしたあと、耳慣れた声が受話器の向こうから聞こえてきた。

「ハビエルか！　電話してくれて本当によかった」

「何度もお電話いただいたそうで。あの……」神父のやや慌てた声が気になり、一応訊き返してみた。「どうかなさったんですか、神父さま？　お体は大丈夫ですか？」

「元気に決まっとるじゃろうが……」不満げにぶつぶつとつぶやく。「きみを捕まえるのは、容易なことじゃないな」

「今日は一日外出していたもので。いまプラド美術館から戻ったところです。ご連絡いただいているとは知らなかったもので、申し訳ありません……」

「いいんじゃよ、気にせんと」とぼくを遮った。「ところで、きみに電話したのは、今朝、非常に重大なことに気づいたからなんじゃ。それは、とにかくきみに関わることだ」

フアン・ルイス神父のその言葉に、ぼくはどう応じてよいやらわからなかった。

「ハビエル」アウグスティノ会士はごくりとつばを飲み込むと、急に改まった調子になった。

「先日、きみがわしに図書館で探すよう頼んだことを覚えているかね？」

「ええと……」咄嗟に浮かばず、まごついてしまう。

「見つけることは見つけたが、それは何とも奇妙なものでな。電話で話せることではない。明日午前9時ちょうどに、修道院の表玄関で待っているから来てくれ。どこにあるかは、わかっているね？　学生寮の隣だ。いいかね？」

「ちょっとそれは……」ぼくは難色を示しかけた。

「時間厳守で頼む。重要なことなんじゃ」

そう言って通話は一方的に切られた。

土曜日の午前9時10分前、ぼくは徒歩でサン・ロレンソ・デ・エル・エスコリアル修道院の正面玄関へと向かっていた。建物の北面を背に、数日前に降った雪を踏み締めながら。おまえもよくやるねって？　だって仕方がないじゃないか。数日前に流れに身をゆだねることに決めて、運命――でも、何でもいいけど――が自分の進むべき道を照らすに任せることにしたんだから。それに新たな決意、自分の信念を試す絶好のチャンスかもしれないし。違うかな？　それとも、何もかも体験してみるのは、賢明ではないだろうか？

とはいえ現実には、すべてが順調に運んだわけではない。出発時刻が早すぎたため、朝食抜きで飛び出すことになったからだ。しかし、早起きしてラジオのニュースを聞いたら、空腹も忘れてしまった。世の中は刻々と変化している。その日、国連事務総長のハビエル・ペレス・デ・クエヤルが、クウェートからのイラク軍撤退を要求すべく正午に暴君サダム・フセインと会談することになっていた。アメリカ合衆国ではすでに戦闘開始の太鼓が打ち鳴らされ、スペインでもフェリペ・ゴンサレス首相が、多国籍軍に参加すべくスペイン軍に出撃準備を命じたばかりだった。そんな混乱の只中で、ジャーナリストの卵であるぼくは、どこの誰であるかも正確にはわからぬ師、脅しをかけてくる自称国家遺産の捜査官、そして今度は、ぼくに何か重要な話があるというエル・エスコリアル修道院図書館の老アウグスティノ会士に翻弄されている。

それにしてもどれもこれも、あまりに奇妙すぎないか？　自分の理解の範囲をはるかに超えた、スパイラルにはまり込んでいるのではないか？

ぼくをそこまで導いたものに意識を集中すべく、手袋をはめた握り拳で両目をこすった。幸いひとりではなかった。周囲には断続的な人の波――エル・エスコリアルの学校や修道院で働く用務員や守衛、事務員、それに早起きの旅行者――が、建物前の凍結した御影石《みかげ》の舗装箇所を、どうにか転倒せずに表玄関にたどり着こうと必死になって歩いていた。ぼくも彼らに倣《なら》って慎重に足を運び、ファン・ルイス神父が指定した〝待ち合わせ地点〟へと向かった。

その時間帯、その場はまさに威嚇されるような雰囲気だった。沈黙は訪問者たちの靴音での み破られ、硬く冷たい外壁は、自分がありふれた建造物にやってきたのではないと、突きつけてくる印象を受ける。確かに特別な建物だ。フェリペ2世の時代に建てられた全長200メートル強の外観の内部には、いまは空室になっている4000以上の寝室と、2673枚の窓、88の噴水、540のフレスコ画、1600の絵画、54万5000冊にも上る書物が隠されている。観光で訪れた際にガイドから聞いた、そのめまいのするような数値は、瞬時にぼくの記憶に焼きついた。以来、時々訪れているが、エル・エスコリアルはいつでもぼくを魅了してきた。伝説もいろいろ知っている。〝プラドの神秘《アルカノン》〟の答えが、いくつ隠されていても不思議ではない場所だ。それにしても、ファン・ルイス神父が打ち明けたいというのは、そのこと、つまり

〝プラドの神秘《アルカノン》〟の答えだろうか？　でも、電話であらかじめ教えてくれてもよさそうなものなのに。それとも、『新黙示録』について新たな手がかりでも見つかったのか？　あるいは別の天使の予言だろうか？

いまこの文章を綴りながら、ぼくは改めて自分の鈍さに呆れている。事態が急転する寸前であったのに、当のぼくは何も疑っていなかったのだから。

高性能のスイス時計さながらに、約束の時間きっかりにファン・ルイス神父は、〝アルフォンソ12世〟学生寮の扉から現れた。見間違えようのない姿だ。背を丸め、ベルトつきの黒い修道服《アビト》を着て、壁伝いに並んだ修道院の表玄関へそろりそろりと向かい始めた。立ち止まって周囲を見回すことすらしない。通りに足を踏み出したのは、ぼくがすぐに見つけられるようにするためで、他の者に待ち合わせを悟られないようにしているのだろう。

ぼくは急ぎ歩み寄ると、途中で彼を捕まえた。

「おはようございます、神父さま。まずまずのお天気に……」

老人は骨ばった肩を触られて、震え上がった。

「何だ、きみか。ああ、びっくりした！」ピリピリしながら叫ぶ。「驚かさんでくれ！」

「昨晩のあなたの電話よりはましですよ」と、愛想よく返すぼく。

彼の演技は完璧だった。少なくとも、ぼくにはそう見えた。たとえ誰かに見られていたとしても、その時、ぼくらが約束して待ち合わせたとは疑われなかっただろうから。

「まあいい、まあいい……」声を落とす前に、老神父はぼくに目配せをした。「来てくれてうれしいよ。今日はひとりかね？」

「マリーナは用事があって」と嘘をついた。「すみません、ぼくひとりで」

〝さて、これからどうしようか〟というように、老神父は両腕を広げると、次いで広場を一瞥した。その抜け目のない態度は、ぼくに師フォベルを思い起こさせた。このところぼくが会って話をする人は、どうしてみんな、監視されているように感じているのだろう？

「初めは外で話した方がよさそうだ」と老神父はつぶやく。「いいかね？」

ぼくは訝《いぶか》しく思いながらもうなずいた。

「よろしい。その後、図書館でわたしが見つけたものを教えよう。そこでは、きみは黙っていなさい。何も言わず、何も訊かずに。わたしもきみには訊かんから。わかったかね？　もし周囲の者が聞き耳を立てたら、わしのことをボケ老人だとみなして閉じ込めかねない。きみのことは……まあ……どうするかはわからんが」

「でも、本当にここで話をする気ですか？」ぼくは肩をすくめた。「こんな寒い所で？　あなたはマフラーすらしていないのに」

「さあ、歩こう！」

アウグスティノ会士は滑《すべ》らないようにぼくの腕につかまると、ふたり一緒に修道院の入口までの50メートルほどの距離を歩き始めた。ぼくがどんなに震えていようと、歩調を速めようとしても無駄だった。フアン・ルイス・カストレサナ神父が、ぼくの心配をよそに、低いくぐもった声でとぎれとぎれに話し始めたので、ぼくは聞き取るために身をかがめて顔を近づけねばならなかった。

「……もっと前に気づくべきだった」

「何にですか、神父さま？」終わりしか聞こえず、訊き返す。

「日付、日付にだよ！」と咎《とが》めた。「誰が『新黙示録』に興味を示したかを調べてほしいと、きみから頼まれ、申請書の記録に当たったわしは、マイクロフィッシュに妙なものを見つけた」

彼の口から再び予言書のタイトルが飛び出したので、ぼくは神父にさらに近づいた。

「最初はさほど重視しておらんかった。単なる間違いか何かだと思ってな。だが今週、その問題に再び対処して、驚くべき発見に至った」

「意味がわかりません……」

アウスグティノ会士は嘆息した。

「いいか、ハビエル。よく聞いてくれ。福者アマデオの文書の閲覧記録ははっきりしている。昨年は０人。まったく誰もいない。きみたちと、その前に来た研究者を除いてな」

「フリアン・デ・プラダでしょう？」ぼくは歯をガチガチ言わせながら囁いた。

フアン・ルイス神父の目が驚きで輝く。

「ああ、そのとおりじゃが……知らないのではなかったのか？」

「それほど知っているわけではありません。マリーナとぼくはあなたと話した後日、マドリードで彼に会っているんです。でも、そんなことより、話を続けてください」

「次にもっと奇妙なことが起こった。それというのも、あのようにきらびやかに装丁され、美しい文字で書かれた写本が閲覧されないなどおかしいと思い、記録を１９８９、１９８８、１９８７……とさかのぼってみたんじゃよ。ずっとなし。まったくなしじゃ！　信じられんかった。長年誰ひとりとして、『新黙示録』になど興味を示さなかった。ところが、70年代まで申請書をさかのぼった時点で、わしは疑問を抱いた。そこにも何も見つからなかったから。内部の者の申請すらなかったのじゃからな！」

「20年間申請がなかったのに、急に去年の暮、数日中に二度も申請があったと？」

「不審に思うだろう？」

「確かに」と同意する。

「毎年この図書館は妙な申請を受けている。われわれが保管している蔵書が蔵書だけに、さまざまな面で世界で稀に見る図書館だからな。世界中の研究者たちから、閲覧申請が寄せられる。最も申請が多いのは、たとえばレオ3世の『手引書』。教皇が命の恩人であるカール大帝に贈った書で、その時から亡くなるまで、彼を幸福と庇護、軍事的勝利で満たしたという。そのため、魔法的な性質が備わった書だと言われている。彼の遠い子孫に当たるカール5世とフェリペ2世は、専門家をヨーロッパ中に派遣して、その羊皮紙に書かれた驚異の護符を探させたが……たとえ見つかっていたとしても、少なくともここには保管されなかった。また、聖テレサ自筆の作品や、アルフォンソ10世賢王の『聖母マリア賛歌集』、あるいはリエバナのベアトゥスの著作も、時おり閲覧申請がある。

さて『新黙示録』は傑出した叢書で、目録にはきちんと載っているが、過去20年間誰も申請用紙に『新黙示録』と書き込んだ者はいなかった。なのに、たった1週間の間に二度の閲覧申請があった……わしにはそれが奇妙でならなかった」

「でも」ぼくは神父の疑念を和らげるために、もっともらしいことを述べた。「ここに保管されている本はみな、何世紀も開かれぬままであるのが普通なんじゃないんですか!?」

「いやいや、わしが奇妙だと言っているのはそういうことではない。確かにきみの弁には一理あるがな。本当に尋常でなかったのは、きみら3人の前にその本を最後に閲覧した人物だ。1970年春に閲覧申請しているが、何という名かわかるかね？」

ぼくは頭を横に振った。そんなの、わかるわけがないじゃないか。

「フリアン・デ・プラダだ！」

「それはありえませんよ」

「記録に残っている。間違いない。1970年の4月から6月にかけて、フリアン・デ・プラダと、ルイス・フォベルという別の研究者が三度、福者アマデオの『新黙示録』を申請している。マイクロフィッシュは嘘をつかんよ」

「ルイス・フォベル⁉」ぼくはうろたえた。熱気で顔が上気するのがわかる。「それは確かですか？」

「ああ。彼のことも知っているのかね？」

気まずさを覚えながらもうなずいた。

「で、もう何年も彼とは会っていない？」

この質問には驚いてしまった。

「いいえ。昨晩会ったばかりですよ、神父さま。どうしてそんなことを？」

その時ぼくは、フアン・ルイス神父が動揺したのに気づいた。彼の指が自分の前腕に食い込んでくるのを感じ、それが恐怖心からであるとわかった。

「教えてくれんかね？　彼は……かなり年をとっていたか？」

ぼくは唇をへの字に結ぶと、それほどでもない、少なくとも神父ほどではないと断言した。それに対し、アウグスティノ会士はうめきにも似た声で応じた。

「わしが恐れているのは……」

「何ですか、神父さま？」

老司書は教会の扉の方へ2～3歩近づくと、日陰から出て朝日がちょうど当たっている一角で立ち止まった。

「昨日の午前中、最後に図書館の利用記録を調べてな」とようやく口を開く。「別のことを発見してわしは危惧の念を抱いた。だからきみに電話したんじゃよ。というのも、1970年から1952年までの間もやはり、福者の書を閲覧した者はおらんかった。けれども52年の10月に再びルイス・フォベルの名が現れた」

「1952年？　40年近く前じゃないですか！」

アウグスティノ会士はつばを飲み込むとうなずいた。

「だが、話はそこで終わらん。わしは、記録をデジタル化した若い情報処理の専門家に頼んで、〝ルイス・フォベル〟あるいは〝フリアン・デ・プラダ〟の名での申請が、ほかにどのぐらいあるか調べてもらったんじゃ。するとあることが判明して……」老神父の声は明らかに震えていた。「何とも言いようがないんじゃが」

「何が判明したのですか？」

「実は……」太陽の方角に顔を向け、無理やり笑顔を作る。「フリアン・デ・プラダの足取りはそれ以上つかめんかったが、ルイス・フォベルは違った。さらに出てきた。1949年、1934年……」息を吸い込む。「1918年、1902年まで。それ以前は、残念ながら記録が保存されておらんでな」

「ご冗談でしょう？」ぼくは仰天しながら言い返した。「そんなの、どう考えたって……」

「わしだってそう思ったさ！」と遮られる。「当初は家族かと思ったよ。きっと同名の祖父、父、息子が同じテーマに興味を持って、別々の時代にうちの図書館へやってきたのだとね。一族が同じ名前を世襲する例はいくらでもある。そういうことが起こっても不思議ではないじゃろう？　だが、そう結論づけられない問題が持ち上がった」

「どんな問題ですか？」

「昨日の正午、最終的にフォベルの１９０２年記入の申請用紙に行き着いてな。わしらが保管している中で最も古い記録じゃ。幸いマイクロフィルムで残っていたため、１９７０年の申請用紙と比べてみると……」

老神父は震撼した。

「何があったんです、神父さま？」

「……同一人物であることがわかったんじゃよ、ハビエル。驚くべきことにな。わしは筆跡鑑定人ではないが、誓って言える。双方の署名はまったく同じじゃった！　それが何を意味するか、わかるかね？」

ぼくは冷気の塊を喉いっぱいに吸い込んだ。

フアン・ルイス神父が示唆していることが正しければ、ルイス・フォベルという名の何者かが、エル・エスコリアルにある禁書の写本を約70年間、断続的に閲覧していたことになる。もしそれがぼくの知っているフォベルなら、外見が60歳ほどだが、少なくとも１１０歳から１２０歳にはなっていることになる。

「不可能です。何かの間違いですよ、神父さま」ぼくは否定できる理由を集められるだけ集めて反論した。「きっと何か説明が見つけられると思います」

「わしは見つけられんかったぞ」

「その署名、見せていただけますか？」

「もちろんじゃとも。それをきみに見せようと思っていたんじゃ。なぜ昨晩電話で話したくなかったか、これでわかったかね？」


10分後、修道院の図書館に最も精通した老神父は、発見したものを見せるべく、ぼくを廊下の中央に位置する小さな執務室へと連れて行った。彼よりもはるかに若い男女の職員たちとすれ違うたびに挨拶され、老アウグスティノ会士はうなり声で応じていた。

部屋の状態は前回訪れた時とさほど変わりはなかった。コンピュータをはじめテクノロジーのかけらもない。ひと昔前の賢者の隠れ家であり続けていた。そこで老神父に示され、その場で唯一の新顔に目を留めた。巨大な四角錐台（ピラミッドの頂点が平らな形）で、小さな〝塔〟を冠し、車輪と取っ手のついた鉄製の装置が、サイドテーブルに載せてある。

「それは〝ティピ〟」怪訝《けげん》な顔をしているぼくに、ファン・ルイス神父はつぶやいた。「冷戦時代の聖遺物じゃ。70年代にアメリカ人から買ったものでな。愛称の〝ティピ〟は白人連中がつけた名前で、西部の野蛮なインディアンのテントに形が似ているからだという。正式名称はRecordak MPE-1。世界一信頼できるマイクロフィルム読み取り機じゃよ」

近代的な装置とは縁がない人かと思っていたが、アウグスティノ会士は器用に〝塔〟にマイクロフィルムをはめ込み、スイッチを入れて四角錐台に明かりをつけると、前面に開いたスクリーン状の大きな開口部の前に座るよういざなった。

箱の中にメガネを探しながらぼくに指示を出す。

「さあ、それでは画面に集中して」

期待して覗いていたのに、最初に見えたのは〝ティピ〟の内部のすべすべした表面だけで、少しがっかりした。次に現れた開始のひとコマはさらに味気なかった。スペイン内戦が勃発する直前の日付が記された、経年で色があせ、ぼやけた覚書だ。《王立サン・ロレンソ・デ・エル・エスコリアル修道院図書館・閲覧室・貸与》と読める。

「署名をしっかり目に焼きつけておくんじゃ」書類の下部分を示しながら老神父が命じた。

フアン・ルイス・カストレサナは同じ操作をさらに三度繰り返すと、ぼくの目の前に20世紀の初頭からフランコ政権末期に至る署名を他のさまざまな記載とともに映し出した。現物の確認が終わると、当初ぼくが味わった落胆は驚愕に変わっていた。

「いかがかね？」老神父はぼくを見ると、人差し指を唇に持って行き、先ほど何の応答もしないよう忠告したことを、密かに思い出させた。

「もっともです、神父さま」とつぶやく。「問題はわかりました」

　本当は叫びたかったが、どうにかこらえた。

　もしその記録が本物ならば――一秒たりとも疑いはしなかったが――アウスグティノ会士は大発見をしたことになる。少なくとも70年間の時を隔てた閲覧申請書に、飾り書きで記された署名が同一のものであることは、火を見るよりも明らかだった。間違いである可能性は万に一つもない。その〝Fovel〟は大きな字ではっきりと書かれ、個性的な形をした長めの大文字Fと、末尾のlを延ばして弧を描くように姓全体を囲んだ独特のサインは、どの申請書にも共通するものだった。

　しかし、どうすればそんなことが？

　ぼくはしばらくの間ファインダーと格闘した。自分で繰り返しマイクロフィルムを入れ替え、署名を見比べた。廊下を通る人々に、ぼくらが何をしているのかを悟られぬように、確認しても声は上げられず、うなずくことしかできなかった。しかし疑念が消え失せるどころか、驚愕がさらにつらいふたつの感情に取って代わっただけだった。疑念と……恐れだ。

「よろしい」ファン・ルイス神父はそう言って〝ティピ〟の上映にけりをつけると、マイクロフィルムを箱に入れ、厳重にしまいもせずに読み取り機の横に置いた。

「では、大聖堂に下りるとしよう。神の家の方が落ちついて話ができるじゃろうからな。いいかね？」

〝了解〟

いまこの小説を読んでいる読者には想像もつかないかもしれないが、このあと彼と交わした会話がすべてを変えてしまうことになる。

フアン・ルイス・カストレサナ神父とぼくは、修道院内の巨大な教会の最後尾列の奥まった信者席に座り、そこで2時間近くしゃべり続けた。最初のうちは、いったいこれはどういうことだと、本題から逸れた話をあれこれ囁き合った。何かの手違い、たちの悪い冗談、あるいはぼくらをはめるための策略かとも考えた。だが、どれも納得できないものばかりだった。かなり長い間話して、意見が一致したのは一点だけだった。彼もぼくも、それぞれ別の方向から、まるで神意に導かれるようにして、自分たちの理解を超えた何かに遭遇してしまったのだ。お互い自分の手持ちのカードを、どの程度見せるべきかと腹の探り合いをしているうちに、思いがけずぼくの方から一歩踏み出した。きっと誰かに語る必要に迫られていたのだろう。だから彼に、これまでの経緯をすべて打ち明けた。

ぼく自身はそれまでしたことがなかったが、告解のようなものだったと思う。フォベルとの出会いから始まり、ここまで綴ってきたことをひとつ残らずフアン・ルイス神父に語った。師から教わった『新黙示録』が、イタリアやスペインの画家たちに与えた影響についても伝えた。

とりわけ最後のレッスンで受けた、ボス、ブリューゲル、エル・グレコについての説明、アダム派やニクラースの宗教グループ〝愛の家〟の件については強調して話した。飛躍のしすぎだと誤解されるのも構わずに、ドクトル・フォベルの説では、その信徒会の主要メンバーのひとりが、エル・エスコリアル図書館の初代司書、ベニート・アリアス・モンターノだったことまで伝えた。

「それを聞いてどうお考えになりますか？」

アウグスティノ会士は顔色ひとつ変えなかった。

必ずしもその事実が、まずはフォベル、次いでフリアン・デ・プラダが『新黙示録』を申請した理由を説明するものではない、とでもいうように。どう考えたところで行き止まりであるのを知っていた老神父は、しばし口をつぐんでいた。再び話し出した時には、その件についてのぼくなりの見解だけを訊いてきた。「霊だなどとは言わんでくれよ。亡霊は木など借りはせん」と忠告した。

ぼくには彼の質問に答えるだけの力量がなかった。どうしたらそれを備えられるというんだ？　実際、何と答えていいのかわからなかった。ジャーナリストの卵である若者にとって、何もかもが出尽くしたかに思えたその瞬間、老神父は切り札を取り出してきた。

「まだきみに話していないことがひとつある」と言うと、両手を膝の上で組み、聖堂の中心にある荘厳な中央祭壇を見つめた。

「そうなんですか?」ぼくは気の抜けた返事をした。神父にすべてを吐き出したあと、さらなる情報を処理する気力が残っているか、非常に怪しい状態だった。

「先ほどルイス・フォベルの申請記録を、わたしがくまなく調べたと言ったのを覚えているかね?」

ぼくは視線を上げ、神父のしなびた顔を見てうなずくと、再び彼の話に耳を傾けた。

「彼とフリアン・デ・プラダの閲覧履歴を確かめてみると、両者が『新黙示録』だけではなく、別のジャンルの文献も閲覧していたことがわかった。それもいつも同じものを、何度も繰り返してだ」

信じられず、まばたきするぼく。

「異質な文書ばかりじゃったよ」老神父はぼくからの問いを見越して話を続ける。「フェリペ2世のホロスコープや彼の王国への予言がいくつも含まれているマティアス・アコ・スンベルヘンセの『予知』から、錬金術書、奇術書、あるいはアリアス・モンターノの覚書などの古い文献ばかりか、後代の17世紀、18世紀の文書もあって……。調査結果を前にして、わしはあの男たちが、何かの痕跡を追っているような印象を受けた。それからもうひとつ。わしは両者が何らかの競争に没頭しているような気がしてならんのじゃ……。しかも、それが何の競争なのか、わしにもわかったような気がしてな」

「本当ですか?」

「きみはわしに対して何もかも正直に打ち明けてくれた。今度はわしがそうする番じゃ」それを聞いてぼくは安堵の息をついた。「それらの文書はすべて別にして、わしの執務室に運んである。明らかに共通点が見いだせるものだ。ふたりはあまり間を置かずに申請に来ている。先にフォベルが来て次にプラダが来るか、あるいはその逆を決まった周期で行なっている。いずれの場合も始まりと終わりはいつも『新黙示録』じゃ。それらをめくりながらわしは当初、2名の錬金術狂いの男かと疑ったよ。賢者の石を手に入れて、不老不死の霊薬でも蒸留しえたのじゃろうと」

「で……いまはそうは思っていないと？」

「ああ、そうではない。彼らが興味を示したのが錬金術だったのは事実じゃが、閲覧した文書から判断して、錬金術の実験と併せて形而上学的な領域も追究していた節がある。彼らが申請した本の中に、13世紀の錬金術師で医師でもあった、わがスペインの〝天啓博士〟ラモン・リュイの著作を見つけて気がついた。リュイはさまざまな幻視体験をもとに、この世とあの世の敷居をまたぐ方法を開発し、文書に著した。フォベルもプラダもリュイと同様、独自の方法を模索していた。少なくともフォベルは発見に至り、プラダはその〝鍵〟を奪い取るために彼を待ち伏せしていたのではないかというのがわしの意見じゃ」

その考えを否定する気力もなく思いを巡らす。

「そんなふたりの競争で、絵はどんな役割があるのでしょうね？」どうにか問いを口にすることができた。「彼らはなぜあれほど絵に注目したんだと思います？」

「それは『新黙示録』がよく説明しておる。最初にきみと会った日に、すでに話したことじゃ。福者アマデオは書き残している。《世界終末が迫ると……聖母が絵画を通じて完全なる輝きのうちに顕現する》《それらの特別な絵は至る所で奇跡をもたらすだろう》とな。ヘルメス主義の古文書類に書かれていることが正しいとすると、錬金術師たちの〝大いなるわざ〟に精通できた者は、不老不死の霊薬を手にするだけでなく、不可視の術も使えるようになり、その結果長い間ひと所に留まることもなく、〝あの世〟との交信も学ぶらしい」

「しかし……」

「きみやわしがそのようなものごとを、信じようが信じまいが関係ない」再び先回りしてぼくの反論を阻む。「錬金術師たちはそれをやってのけたと語られている」

「わかりました」といったん受け入れた。「でも、そうなるともうひとつ、答えのない疑問が浮かんできます。フォベルが秘密の鍵を隠し持っていたとして、ここ数週間、プラド美術館でその教えを、それらの特別な絵をぼくに示したのはなぜなのか？　どうしてぼくだったのか？自分の素性を明かす危険を冒して、なぜぼくを選んだのか？」

老アウグスティノ会士は木製のベンチの上で身を動かすと、手のひらで頬をさすった。すると、その顔が光輝いた。

「それを理解するには〝薔薇十字の鉄則〟に頼るしかない」

ぼくは眉をひそめた。

「薔薇十字団は」と老神父は説明し出した。「17世紀に起こった秘密結社で、知識人層や自由思想家たちの憧れの的じゃったが、容易に入れるものではなかった。所在地はおろかメンバーもわからなかったからだ。今日では消滅したとされている。〝新聖堂騎士団〟や〝新カタリ派〟がその後継者だと称しているが、そうではない。興味深いのは、当初このグループのメンバーが、クリスチャン・ローゼンクロイツという人物を頭とした〝師たち〟あるいは〝未知の上位者たち〟と呼ばれる者たちによって設立された信徒会だと語られている点だ。ローゼンクロイツは、道教の仙人やヒマラヤ行者のヨギのように完全なる不老不死を獲得したわけではないが、当時としては卓越した長寿を全うしたと言われている。イスラム教シーア派では、この指導者《イマーム》は12世紀からイラクに隠れていて、反キリストや聖杯の騎士たちと戦うために、現代に再登場するとの説もある。だが、それらもまた正しい情報ではない。ローゼンクロイツ（または本名は何であれ）は１００年以上生き永らえ、従来の生物学の枠を超えた〝全体科学〟もしくは〝至高の医学〟を提唱し、それを保ち続けていたという。ある時点からローゼンクロイツは、弟子たちの育成に献身し、彼の教えは時の流れとともに世代から世代へと継承されていった。それらが本当の薔薇十字団じゃよ。そしておそらくフォベルとプラダもそのメンバーなのじゃろう。錬金術の愛好家たちはそんな彼らのことを〝目に見えぬ者たち〟と呼んでいた。また、彼ら薔薇十字団の目的のひとつは、西洋が混乱なく不老長寿の薬を受け入れられるようになる、そのための科学的・社会的革命へと導いていくことじゃったとも伝えられている」

「でも、本当にあなたはそれを……」

ファン・ルイス神父はぼくに口を挟ませなかった。

「奇妙なのは、その手の〝師〟が100年か120年ごとに現れては、選んだ者たちの内に知識の種を蒔くということじゃ。やがて彼らが世界の発展を後押しすることに望みを託してだ。それが済むと、次の歴史のサイクルまで姿を消してしまう。薔薇十字の痕跡をたどっていくと、原始キリスト教会のグノーシス主義、アリウス派〔アレクサンドリアの司祭アリウスとその信奉者の集団。325年に第1ニカイア公会議で否定され、以後異端とされた〕、カタリ派、〝愛の家〟などの影響が色濃く感じられる。そういった集団にやたらと詳しかったことを考えても、きみが出会ったプラド美術館の師が、自分の秘密を託す相手を探しに出現してきたとしても不思議ではない」

「何と言ったらいいのやら……」

「わしはこの年になるまで、その手の問題についてこの図書館にある蔵書から山ほどの文献を読み漁ってきた。そのうえで言うが、きみの身に起こった一連のできごとは、未知の師のひとりがきみを、彼らの知識の保持者として、あるいは少なくともその候補者として選んだとしか考えられん。よきガイドゆえに、きみに何もかも示すことはしなかった。ただきみに絵の見方を教え、他の〝未知の上位者たち〟のメッセージを解読できるよう手ほどきをしただけじゃ。きみにその能力が備わったと判断したら、あとはその後一定期間（たいていはかなり長期になるじゃろうが）、今度はきみ自身が努力して彼の教えを完璧に果たすことを意図して消えてしまう。いつの日かきみの使命を明らかにするために、きみのもとへ戻ってくるだろう。すでにきみも彼らの一員となっていることを知らせるためにね。何世紀も前から、彼らはそうしてきている。いつでも自分の生徒が、彼らの正体を探ろうとする前に姿をくらます。見た目は一般人と変わらず、時には予言らしきこともするが、自分たちが他者から何と言われているかを熟知しているだけに、予告もなく消えてしまう。先ほども言ったとおり、彼らがひと所に長期間留まることはない」

「でも、そんなのおかしいですよ！」それらの特徴が師フォベルと酷似していることを認めながらも、ぼくは抵抗した。「なぜ、このぼくが後継者に選ばれなければならないんです？　絵の専門家でも、プラド美術館の常連でもないのに。仮にルイス・フォベルが、あなたがいまおっしゃったような立場の人物なら、完全にぼくのことを誤解していますよ。生徒選びを間違えたとしか思えない」

アウグスティノ会士は頭を横に振った。

「ところできみは、彼と何度会ったかね？　3回？　4回？」

「5回です、神父さま」

「だったら、うだうだ言っている暇はない。わしを信じるんじゃ」と不安げで奇妙な輝きを眼《まなこ》に宿して言った。「師たちはめったに出現しない。彼の正体を突き止めたければ、なるだけ早く探しに行くことだ。彼を前にして、本当は何者で、誰に対して、何に対して奉仕しているのか明かしてもらうよう要求するのじゃ。きみが追い詰めれば、白状するだろう」

「要求する？　師を追い詰めるんですか？」不安がぼくの声にも感染した。「でも、どうやって？」

「これを見つけたと言いなさい」

ファン・ルイス神父は修道服《アビト》の中から、色あせ折り曲げた薄い紙を取り出して、ぼくの手の上に載せた。

「何ですか？」

「なぞなぞじゃ。きみの師の自筆で書かれた手がかりじゃよ」

ぼくは紙をそっと開いてみた。〝ティピ〟の映写で見た署名と同じ、独特の美しい文字で書かれていた。

「ど……どうやってこれを？」

「フォベルとプラダはこの図書館の本を郵便箱代わりに使って、手紙をやり取りしていた。なぜ彼らの閲覧申請がいつも限られた本であったのかは、これで説明がつく。ところが、何らかの事情で、この手紙は相手に届かず、占星術の書物に挟まっていた。わしは今朝、彼らが閲覧した書物を1ページ1ページ点検していて、偶然これを見つけてな」

ぼくはどう答えてよいかわからず、手紙を見つめた。

「きみは本当に運がいい」と微笑む。

「ほかにはなかったんですか？」

「差し当たってはね。彼らが申請した書物を全部、執務室に運ばせたと言ったじゃろ？　その手紙はフォベルが1970年に申請した本の間に挟んだものの、フリアン・デ・プラダが閲覧に来なかったものだ。わしにはそれが何かの警告に思えてならん。まるできみの師がライバルを思いとどまらせると同時に、自分の正体を知られぬように相手に挑んだかの印象だ」

フアン・ルイス神父はぼくの両腕をつかみ、歓喜の声を上げてつけ加えた。

「きみがこのメッセージを手に入れたこと、きみには彼らのゲームを阻むだけの能力があることを認めさせることができれば、きみは彼に対して説明を求める立場にあるも同然だ」

「そうかなあ？　ぼくになど教えてくれますかね？」

「もちろんさ。落ち着いて内容を読み、わしのように納得するんじゃ。きみが彼の前にこの手紙を持って現れ、彼の本当の姿を突き止める寸前まで行っていることを示せば、相手だって誠実に対応するはずじゃ。そこで初めて、何らかの説明をしてくれるに違いない」

「神父さまは楽観主義者ですね」

「楽観主義者じゃなく完璧主義者じゃ。わしがきみの立場だったら、そのように行動する。いいか？　何世紀にもわたって、どれだけ近づきたいと願っても、いまのきみほど薔薇十字の秘密に迫った部外者はいないんじゃよ」

エピローグ　最後のなぞなぞ？

残念だけど、このプラド美術館ダイアリーもついに最終章となった。

エル・エスコリアル修道院を訪れ、ファン・ルイス・カストレサナ神父と会ったあと、その足で美術館へ師フォベルを探しに行き、アウグスティノ会士から渡された手紙を突きつける時間はなかった。〝亡霊〟フォベルが薔薇十字団のメンバー、不死の人、あるいはぼくの想像など及ばない存在だなんてことがありうるだろうか？　プラド美術館の師の謎を解明する一歩手前のところまで来ている。ぼく自身はそう信じていた。

翌日、再び美術館の展示室へ足を踏み入れる頃には、ぼくはすっかり手紙の文面を暗記していた。単純な詩の形式で、両義的な言葉を並べて書かれているだけに、すぐに覚えてしまった。次に黒いコートの男に会った際、突きつける事柄を見いだせるかとの期待を胸に、何度となく反芻《はんすう》してみた。

しかし、すべては徒労に終わった。

1月13日日曜日、師ルイス・フォベルはプラド美術館の展示室には現れず、ぼくは〝贈り物〟を手渡すことができなかった。休館日を挟んだ翌日の火曜日にも現れなかった。木曜日に三たび訪れた時にもだ。金曜日、絶望感に打ちひしがれながら、午後中、各階を閉館時間になるまでさまよい歩いたが、その時もやはり師は現れなかった。その間、ぼくは天に祈る気持ちにまでなっていた。こうなったら師でもフリアン・デ・プラダでもいいから、ぼくに近づいてきて、少なくともひとつ質問をする機会を与えてくださいと。

それでも、何も起こらなかった。

落胆続きの日々の間、ファン・ルイス神父とだけは何度も電話で連絡を取っていた。神父は辛抱強くやりとおせと励ましてくれた。

「きっと何かあったんだと思います」とぼくは言い返した。「師がこんなに現れなかったことはないですから」

「そんなことはどうでもいい。必ず現れるから、ねばり強く続けるんじゃ。とにかく彼を探し求めろ！」

しかし老アウグスティノ会士の弁は現実化しなかった。

そして彼の思いは、1月31日に永久にかなわぬものになってしまった。その週もぼくは毎日美術館に通っていた。大学の講義が終わるとプラド美術館に向かい、A展示室のベンチに座ってその日の講義ノートを眺めつつ、黒いコート姿の来館者がそばを通るたびに、師かどうかを確認していた。が、それも時間の無駄だった。

とうとう神父に降参宣言をするつもりで、1月最後の木曜日、エル・エスコリアルに電話した。すると、知らない声が電話に出て、それまでぼくがさまよっていたと思しき〝不思議の国のアリス〟の世界を打ち崩した。足元の床が沈没し、この2ヵ月間ぼくが経験した何もかもを飲み込んでしまったかのような気分だった。

「カストレサナ神父は今朝方早く、お亡くなりになりました」申し訳なさそうに電話の声が告げる。「惜しい方を亡くしました。あなたは彼の生徒さんですか？」

何も答えず受話器を置いた。

これほどまでに無力感を覚えたのは初めてだった。

わずかの期間にプラド美術館の師だけでなく、予期せぬ波瀾を共有した唯一の理解者を失ってしまった。善良を絵に描いたようなファン・ルイス・カストレサナ神父の訃報は、ぼくの心に棘のごとく食い込んだ。

ぼくの孤独感にさらなる追い打ちが加わった。マリーナに打ち明けることもできなかった。というより、彼女とはほとんど会うこともなくなった。彼女にはぼくより4歳年上の彼氏ができて、ぼくは……ぼくは本当にやり切れぬ思いで、正直途方に暮れていた。それでも何とか気持ちを奮い立たせ、別の話題に飛びついてみたり、大学での学業や雑誌のルポルタージュの準備をしたりして過ごしていた。

その後もしばらくは、周期的に湧き上がってくる怒りの発作を抑えるのに苦労した。すべてがどんなふうに始まったかを思い起こし、〝よき師は弟子に準備ができて初めて現れる〟という格言が頭に浮かぶたび、未知なる師がぼくを選びながらも、すぐに見放した、その理由が納得できずに、欲求不満を覚えてかっとなった。要するに、フォベルがぼくに別れの機会さえ与えずに消えてしまった事実をなかなか認められなかったのだと思う。

そうして少しずつ時流の勢いに浸食されながら、ルイス・フォベルと彼のなぞなぞの手紙は、ぼくのノートの間に忘れ去られていった。なぜいまになってぼくがそれらを見つけ出し、こういうかたちで読者と共有することで回復させたかは、神のみぞ知ることだ。あれから20年経っても、ぼくがあのような経験をすることになった真の理由はわからない。それでも、ぼくが秘密を公にすれば、読者の中には、フアン・ルイス神父がエル・エスコリアルでぼくにゆだねてくれた手紙の意味を見いだす人もいるのではないか。あるいは、謎めいたプラド美術館の師に出くわし、ぼくができなかった疑問をぶつけてくれるかもしれない、とほのかな期待を覚えている。

もしも、そういうことが起こったら、どうかぼくに連絡してほしい。

おしまいにその手紙の文面を紹介してこの小説の幕を閉じるとしよう。エル・エスコリアル図書館の古書の中に忘れられていた手紙は、師との出会いが夢でなかったことを証明する唯一のものだ。

これ以上わたしを追うな
こちらは鍵を持っている
きみは暗号も知らないくせに
わたしの名ばかり知りたがる

始まりの時点から
こちらは絵を見守ってきた
あえて告げるが、そこには
わたしの源もある

きみからどう思われようと
わたしは引き裂き続けよう
忌むべきベールを
この爪とこの牙で

ボス、ブリューゲル、ティツィアーノ

ゴヤ、ベラスケス、ジョルダーノ
彼らはみな追い求めた
人類の大いなる望みを

死に立ち向かえ
迷いを断ち切れ
運命にゆだねよ
そうすればきみの目も
開かせてやれるだろう

訳者あとがき

2013年6月、マドリード中心部マラビージャス地区。

目抜き通りを果てしなく続く長蛇の列をカメラが追う。人気アーティストのコンサートチケット、あるいは新作ゲーム機の発売だろうか？

行列の先に見えるはララ劇場。バレエやフラメンコの公演で知られる、小ぶりながらも風格のある美しい劇場だが、人々はその晩、そこを会場に行なわれる『プラド美術館の師』プレゼンテーションの入場券を手に入れるべく並んでいたのだ。

次いでカメラは開演直前のララ劇場内部を映し出す。幸運にも入場券を獲得できた観客が続々と入場してくる。1階桟敷席から3階席まで埋めつくされた客席には、有名人の姿もちらほらうかがえる。

「ご来場の皆様、本日の催しはハビエル・シエラの新作『プラド美術館の師』の紹介《プレゼンテーション》ですが、祝賀会《セレブレーション》と呼んでも過言ではありません」

主催者であるプラネタ社の進行役が、開演の言葉を述べる。

「今年2月に出版され、明日でちょうど4ヵ月になりますが、この『プラド美術館の師』に関しては何もかもが異例づくしでした」

出版直後から売れに売れ、毎週ベストセラーの筆頭を飾り、その間、7刷20万部を売り上げる、空前の大ヒットとなったという。

（その後も本書は売れ続け、２０１３年スペイン・フィクション部門の第1位に輝いた。スペイン語圏の国々での出版はもとより、英語、ポーランド語に即座に訳され、ほかにも何ヵ国もの言語への翻訳が決定している）。

「ハビエルは好人物で、作家としての才能にも恵まれている。そのうえ世界で大成功するほんのひと握りの人間になる資質があります。魔術でも使っているのではないかという人もいるかもしれませんが、彼の中にはもっと大切な何かがある。だから読後に幸せな気分に浸れる作品を生み出せるのです。そんな彼と一緒に仕事ができるのは、わたくしたちの誇りでもあり、喜びでもあります」

開演の挨拶が済むと、ゲストの3名が舞台に登場する。元文化大臣のカルメン・カルボ、プラド美術館現館長のミゲル・スガサ、ジャーナリストでテレビ番組『ミレニオ・トレス』、『クアルト・ミレニオ』のディレクター兼司会者、イケル・ヒメネス。いずれも著者とは長年のつき合いだ。そして最後に満面に笑みを湛え、本日の主役ハビエル・シエラが登場すると、会場は割れんばかりの拍手喝采に包まれた。

小説の場面を再現したプロモーションビデオの上映後、3名のゲストがそれぞれ読後感を述べ、500名の観客の目が舞台に釘づけになる。

「まずはこのような素晴らしい本を世に送り出し、多くの人々に感動を与えられたことを、プラネタ社にお祝い申し上げます。もっともっとこういった本が世の中には必要です」とカルメン・カルボが口火を切る。「ハビエルから『プラドについて書こうと思っている』と打ち明けられた時、正直心配だったんです。彼は実力のある作家だけど、何しろ相手は世界に名立たる美術館ですからね。でもハビエルが、本を売るためではなく、書かねばならないという使命感に突き動かされて作品を書くことは知っていましたから。きっと深い理由があるに違いないと思いました。原稿を読み進めていくうち、そんな懸念も吹き飛びました。彼の知識の豊富さに脱帽しただけでなく、絵の向こうにある非常に重要なもの、目に見えないものを見えるようにする、その手腕に感服しました」と絶賛する。

するとミゲル・スガサがしみじみと語り出す。

「これは並外れた傑作だと直感しましたよ。われわれ美術館側はもちろん、来館者や美術関係者など、広く社会に関心を呼び起こすに違いないと。それは、この作品が単なる絵画の解説書ではないからです。そういった本はもう十分すぎるほど出版されていますからね。本書のいいところは、取り上げられた絵が名作ながらも、時間のない団体客が必ず足を止める有名どころではなく、1分間立ち止まればいい方で、ほとんど素通りしてしまう作品ばかり（唯一の例外はボスの《快楽の園》である点です。それに、たとえばラファエロの名前はみな知っていても、彼がどんな願いを絵に込めたかなど考える人はいません。収集家たちはなぜ絵画を集めたのか、カール5世やフェリペ2世が絵に託した思いは何だったのか。この小説はそういったことにまで思い至らせてくれる。絵はあの世への扉。その扉を開いて新たな世界をわれわれに見せてくれたハビエルに、心から拍手を送ります」

一方、イケル・ヒメネスは、大の親友でもあるシエラに一番辛辣な言葉を告げたという。

「この本はまったく売れないか、もしくは完売するかのどちらかだな」

謎やミステリーを追う番組を制作し、その手の専門家とみなされているヒメネスだが、実は代々古物商を営む家に生まれ、美術品に囲まれて育ち、『プラド美術館の師』で紹介されているような物の見方を自然と身につけてきた。心を揺さぶられる絵画、特に洞窟画の前では何度も涙した。人類が最初に描いた絵に「純粋な魂」が感じられたからだ。

「ねえハビエル、きみの作品をきっかけに、いつの日か大勢の人々が扉を開くんじゃないかな。知識の扉だけでなく心の扉もね。それは何ものにも代えがたいものだ」と結んだ。

後半では、本書に登場するプラド美術館のいくつかの絵について、著者自身がプロジェクターを操作しながら実例を挙げて紹介し、観客たちをドクトル・フォベルの世界へといざなった。エッセイでもなく美術書でもない。かと言って一般的な小説でもない。あえてこの作品をひと言で表現するならば、シエラが舞台上で口にした言葉「目に見えるものを超えた、もっと先まで見せてくれるメガネのようなもの」となるのかもしれない。

閉演後の会場を映し出すカメラ。そこには、大役を果たした達成感に満たされ、ロビーで列をなすファンの求めに応じ、気さくに対話しながら自著にサインとメッセージを記すハビエル・シエラの姿があった。

ハビエル・シエラの公式サイト、『プラド美術館の師』のページには（スペイン語のみ http://www.javiersierra.com/w/libros/el-maestro-del-prado/）、このマドリード・ララ劇場でのプレゼンテーションの模様が動画で公開されている。また《快楽の園》、《ナスタジオ・デリ・オネスティ》、《ミュールベルクの戦いに臨むカール5世》、《死の勝利》といった絵の前で、著者自身が解説する様子も見ることができる。テレビ番組『クアルト・ミレニオ』の「プラド美術館での一夜」と題された回では、番組ナビゲーターのイケル・ヒメネスとともにシエラがプラド美術館内を巡り、絵について語り合う。特に《キリストの変容》や《ラ・グロリア（栄光）》を、CG《コンピュータグラフィックス》を駆使してパーツを立体的に映し出すさまは圧巻だ。音声なしでも醍醐味を十分味わうことができる。

折しもこの秋、日本ではプラド美術館展が開催予定である（主催は三菱一号美術館、プラド美術館、読売新聞社、日本テレビ放送網）。三菱一号館美術館の開館5周年記念行事で、会期は２０１５年10月10日から２０１６年1月31日まで。エル・グレコやベラスケス、ゴヤ、ルーベンス、ムリーリョといった巨匠の秀作に加え、温度湿度の変化に脆《もろ》く、輸送が厳しく制限される板絵35点やヒエロニムス・ボスの日本初公開など、貴重な作品が展示されるとのことである。（詳しくは三菱一号美術館ホームページ　http://mimt.jp/prado/）

本書に掲載された作品が来日するかどうかは定かではないが、主人公ハビエルがプラド美術館で師ドクトル・フォベルから学んだ絵の見方を応用して、ひと味違った観点から名画を眺めれば、展覧会を何倍も楽しむことができるのではないだろうか。

スペインのテレビ局アンテナ3のインタビューに、ハビエル・シエラは笑顔で答える。

「ぼくにとって、本は最高の招待状。見知らぬ土地や人々、古今東西の歴史や事件と出会う、冒険への招待状です。また、本は素晴らしい旅へのパスポートでもあります。開けた瞬間に、新たな世界へと導いてくれるパスポートです。

読書というのは実に快適な旅ですよ。部屋でくつろぎながら、どこへでも出かけられる。疲れもせずに。ただし、登場人物たちと同じ苦しみや喜びを肌身に感じますが」

実際その言葉のとおり、『失われた天使』では世界大洪水伝説、中世魔術と最先端科学の融合、今回の『プラド美術館の師』ではルネサンスの予言的な絵画と、ハビエル・シエラは手を替え品を替え、未知の世界に読者を導いてくれる。

次回作はどんな切り口で、わたしたちを楽しませてくれるのだろう？

末筆となったが、本書刊行に当たっては、ナチュラルスピリット社長の今井博央希氏と編集事務の諏訪しげさん、編集者の山本貴緒さんをはじめ、ＤＴＰの山中央さん、装幀の鈴木衛さんほか、多くの方々のお力添えをいただいた。ここに深く謝意を表したい。

八重樫克彦・由貴子

ハビエル・シエラ　ツイッター　https://twitter.com/javier__sierra

（ツイッターは基本的にはスペイン語だが、時々英語その他の言語のリツイートもある。著者は英語も堪能なので、ツイッターで感想を伝えることも可能だ）。

画家・彫刻家・建築家索引

《国名凡例》〔Ger〕＝ドイツ、〔Flan〕＝フランドル、〔Fra〕＝フランス、〔Ita〕＝イタリア、〔Esp〕＝スペイン、〔Sui〕＝スイス、〔Gre〕＝ギリシア

ア

アルブレヒト・デューラー　Albrecht Dürer (1471-1528)〔Ger〕……… 87

アンソニー・ヴァン・ダイク　Anthony van Dyck (1599-1641)〔Flan〕……… 292

アントニオ・アッレグリ・ダ・コレッジョ　Antonio Allegri da Correggio (1489-1534)〔Ita〕……… 312

アントニオ・パロミノ　Antonio Palomino (1655-1726)〔Esp〕……… 229

アンブロージョ・ベルゴニョーネ　Ambrogio Bergognone (1453／55-1523／24)〔Ita〕……… 121, 122, 123

エル・グレコ　El Greco (1541-1614)〔Gre〕〔Esp〕……… 36, 309–335, 353, 373

カ

カレル・ヴァン・マンデル　Karel van Mander (1548-1606)〔Ger〕……… 291

サ

サンドロ・ボッティチェリ　Sandro Botticelli (1445-1510)〔Ita〕……… 87, 141–168

ジャン・フランチェスコ・ペンニ　Giovan Francesco Penni (1488／96-1528)〔Ita〕……… 25, 102, 105

ジュリオ・ロマーノ　Giulio Romano (1499 頃 -1546)〔Ita〕……… 27, 32

ジョヴァンニ・アンブロージョ・デ・プレディス　Giovanni Ambrogio de Predis (1455- 1508)〔Ita〕……… 77

ジョヴァンニ・サンツィオ　Giovanni Sanzio (1435-1494)〔Ita〕……… 50

ジョヴァンニ・バッティスタ・ティエポロ　Giovanni Battista Tiepolo (1696-1770)〔Ita〕……… 94

ジョルジョ・ヴァザーリ　Giorgio Vasari (1511-1574)〔Ita〕……… 54, 55, 102, 159

セバスティアーノ・デル・ピオンボ　Sebastiano del Piombo (1485-1547)〔Ita〕……… 38, 39, 50

タ

ディエゴ・ベラスケス　Diego Rodríguez de Silva y Velázquez (1599-1660)〔Esp〕……… 12, 87, 204, 310, 367, 373

ティツィアーノ・ヴェチェッリオ　Tiziano Vecellio（1488／90 頃 -1576）〔Ita〕……… 194
ティントレット　Tintoretto（1518-1594）〔Ita〕……… 143, 204, 312
ドナート・ブラマンテ　Donato Bramante（1444 頃 -1514）〔Ita〕……… 55, 97
ドミニクス・ランプソニウス　Dominicus Lampsonius（1532-1599）〔Flan〕……… 272

ナ

ニコラ・プッサン　Nicolas Poussin（1594-1665）〔Fra〕……… 4

ハ

パウル・クレー　Paul Klee（1879-1940）〔Sui〕……… 24
パオロ・ヴェロネーゼ　Paolo Veronese（1528-1588）〔Ita〕……… 143, 204
バルトロメ・エステバン・ムリーリョ　Bartolomé Esteban Perez Murillo（1617-1682）〔Esp〕……… 31, 238, 239, 373
ハンス・ホルバイン（小ハンス）　Hans Holbein der Jüngere（1497／98-1543）〔Ger〕……… 298
ピーテル・パウル・ルーベンス　Peter Paul Rubens（1577-1640）〔Flan〕……… 12, 204, 292
ピーテル・ブリューゲル（父）　Peter Bruegel de Oude（1525／30-1569）〔Flan〕……… 282–308
ヒエロニムス・ボス　Hieronymus Bosch（1450 頃 -1516）〔Flan〕……… 250–281
ビセンテ・マシップ　Vicente Masip（1475-1545）〔Esp〕……… 224
フアン・デ・エレーラ　Juan de Herrera（1530-1597）〔Esp〕……… 212, 277
フアン・デ・フアネス　Juan de Juanes（1507-1579）〔Esp〕……… 215–229
フェデリコ・デ・マドラソ　Federico Madrazo（1815-1894）〔Esp〕……… 182
フェルナンド・ヤニェス・デ・ラ・アルメディナ　Fernando Yáñez de la Almedina（1505-1537）〔Esp〕……… 94
フラ・アンジェリコ　Fra Angelico（1387-1455）〔Ita〕……… 26, 157, 228
フランシスコ・デ・ゴヤ　Francisco José de Goya y Lucientes（1746-1824）〔Esp〕……… 192, 283, 373
フランシスコ・パチェコ　Francisco Pacheco del Rio（1564-1644）〔Esp〕……… 229
フランシスコ・リバルタ　Francisco Ribalta（1565-1628）〔Esp〕……… 31
ペドロ・ベルゲーテ　Pedro Berruguete（1450-1503）〔Esp〕……… 94
ペルジーノ　Perugino（1448 頃 -1523）〔Ita〕……… 50, 129
ベルナルディーノ・ルイーニ　Bernardino Luini（1480／82-1532）〔Ita〕……… 94, 122, 125, 130
ポンペオ・レオーニ Pompeo Leoni（1533-1608）〔Ita〕……… 46

マ

マリアノ・フォルトゥニィ　Mariano Fortuny (1838-1874)〔Esp〕……… 181, 182
マルティン・リコ　Martín Rico (1833-1908)〔Esp〕……… 181, 184, 195, 198
ミケランジェロ・ブオナローティ　Michelangelo di Lodovico Buonarroti Simoni (1475-1564)〔Ita〕……… 50, 55, 157, 312

ヤ

ヤン・ブリューゲル（父）　Jan Bruegel de Oude (1568-1625)〔Flan〕……… 282–308
ヨアヒム・パティニール　Joachim Patinir (1480 頃 -1524)〔Flan〕……… 256

ラ

ラファエロ・サンツィオ　Rafael Sanzio (1483-1520)〔Ita〕……… 21, 23, 49, 97, 112
ラモン・ガヤ　Ramón Gaya (1910-2005)〔Esp〕……… 5
ルーカス・クラナッハ（父）　Lucas Cranach der Ältere (1472-1553)〔Ger〕……… 94
ルカ・ジョルダーノ　Luca Giordano (1634-1705)〔Ita〕……… 367
レオーネ・レオーニ　Leone Leoni (1509-1590)〔Ita〕……… 192
レオナルド・ダ・ヴィンチ　Leonardo da Vinci (1452-1519)〔Ita〕……… 32, 38, 44, 47, 50, 52–57, 77–81, 91–107, 124, 216

著者プロフィール

ハビエル・シエラ　Javier Sierra

1971年、スペイン・テルエル生まれの作家・ジャーナリスト・研究家。
マドリード・コンプルテンセ大学でジャーナリズム、情報科学を専攻。長年、月刊誌『科学を超えて』の編集長を務め、現在は同誌の顧問をしている。1998年『青い衣の女』で小説家デビュー。2004年に出版された『最後の晩餐の暗号』が英訳され、2006年3月に『ニューヨーク・タイムズ』紙のベストセラー第6位になったことで国際的にも注目される。現在、最も多くの言語に翻訳されているスペイン人作家のひとりである。

［小説］

2004　La Cena Secreta『最後の晩餐の暗号』（邦訳：イースト・プレス 2015年）
2011　El Ángel Perdido『失われた天使』（邦訳：ナチュラルスピリット 2015年）
2013　El Maestro del Prado『プラド美術館の師』（邦訳：ナチュラルスピリット 2015年）
2008　La Dama Azul『青い衣の女』*（1998年に出版されたものを加筆し再刊）
2000　Las Puertas Templarias『テンプル騎士団の扉』*
2014　La Pirámide Inmortal『不滅のピラミッド』*（2002年出版の El Secreto Egipcio de Napoleón〔ナポレオンのエジプトの秘密〕を加筆・改題）

*印はナチュラルスピリットから刊行予定。

［ノンフィクション］

1995　Roswell：Secreto de Estado『ロズウェル事件：国家機密』
1997　La España Extraña『不思議の国スペイン』（ヘスス・カジェホとの共著）
2000　En Busca de la Edad de Oro『黄金時代を探し求めて』
2007　La Ruta Prohibida y Otros Enigmas de la Historia『禁じられたルートと歴史に埋もれた謎』

訳者プロフィール

八重樫克彦（やえがし・かつひこ）

1968年岩手県生まれ。ラテン音楽との出会いをきっかけに、長年、中南米・スペインで暮らす。現在は翻訳業に従事。

八重樫由貴子（やえがし・ゆきこ）

1967年奈良県生まれ。横浜国立大学教育学部卒。八重樫克彦との共訳で『明かされた秘密』（ナチュラルスピリット）、『パウロ・コエーリョ：巡礼者の告白』（新評論）、『チボの狂宴』、『悪い娘の悪戯』（作品社）など訳書多数。

プラド美術館の師

●

2015年11月11日　初版発行

著者／ハビエル・シエラ
訳者／八重樫克彦・八重樫由貴子
装幀／鈴木 衛
DTP／山中 央
編集／山本貴緒
写真提供／アフロ
e Album Archivo fotografico SL

発行者／今井博央希
発行所／株式会社ナチュラルスピリット
〒107-0062 東京都港区南青山5-1-10 南青山第一マンションズ602
TEL 03-6450-5938　FAX 03-6450-5978
E-mail　info@naturalspirit.co.jp
ホームページ　http://www.naturalspirit.co.jp/

印刷所／シナノ印刷株式会社

ISBN978-4-86451-183-4　C0097

●新しい時代の意識をひらく、ナチュラルスピリットの本

イニシエーション

エリザベス・ハイチ 著
紫上はとる 訳

数千年の時を超えた約束、くり返し引かれあう魂。古代エジプトから続いていた驚くべき覚醒の旅！世界的ミリオンセラーとなった、真理探求の物語。

定価 本体二九八〇円＋税

アナスタシア
響きわたるシベリア杉 シリーズ1

ウラジーミル・メグレ 著
水木綾子 訳
岩砂晶子 監修

ロシアで百万部突破、20ヵ国で出版。多くの読者のライフスタイルを変えた世界的ベストセラー！

定価 本体一七〇〇円＋税

響きわたるシベリア杉
響きわたるシベリア杉 シリーズ2

ウラジーミル・メグレ 著
水木綾子 訳
岩砂晶子 監修

『アナスタシア』の第2巻！ シベリアの奥地に住む美女アナスタシアが、宇宙法則から創出したものとは。

定価 本体一七〇〇円＋税

愛の空間
響きわたるシベリア杉 シリーズ3

ウラジーミル・メグレ 著
水木綾子 訳
岩砂晶子 監修

ロシア発、自費出版から世界に広がった奇跡の大ベストセラー！ 『アナスタシア』の第3巻！ アナスタシアが実践する、愛の次元空間における真の子育てとは……？

定価 本体一七〇〇円＋税

サラとソロモン

エスター＆ジェリー・ヒックス 著
加藤三代子 訳

ある日少女サラは言葉を話す不思議なふくろうソロモンに出会い、幸せになるための法則を学んでゆく。

定価 本体一八〇〇円＋税

魂の法則

ヴィセント・ギリェム 著
小坂真理 訳

スペイン人のバレンシア大学病院のがん遺伝子の研究者の著者が、幽体離脱で出会ったイザヤと名乗る存在から教えられた「魂と生き方の真実」とは？

定価 本体一五〇〇円＋税

愛の法則―魂の法則Ⅱ

ヴィセント・ギリェム 著
小坂真理 訳

魂の真実を伝える大好評の『魂の法則』の続編。「魂の法則」の中で最も重要な「愛の法則」の法則について解説！ 霊的存在のイザヤが、著者の質問に懇切丁寧に回答！

定価 本体一二〇〇円＋税

レヒーナ　上下

アントニオ・ベラスコ・ピーニャ 著
竹西知恵子 訳

メキシコとチベットを結ぶ数奇な運命に生まれ、人々を覚醒へと導いた、少女レヒーナの美しくも壮烈な物語。
定価［上巻 本体二二〇〇円／下巻 本体二三〇〇円］＋税

新・ハトホルの書

トム・ケニオン 著
紫上はとる 訳

シリウスの扉を超えてやってきた、愛と音のマスター「集合意識ハトホル」。古代エジプトから現代へ甦る！
定価 本体二六〇〇円＋税

ディバイン・インセプション
クリスタル・チャイルドが語る宇宙と生き方

ブライアン・シャイダー
クリスタル・シャイダー 著
草笛 哲 訳

ジンについて書籍で初紹介。人間と天使とジンとの関係とは？　サイキックの視点から見た宇宙論と人生論。大人気のサイキッカー、ブライアンの初めての本、刊行！
定価 本体一五〇〇円＋税

ユースティルネス
何もしない静寂が、すべてを調和する！

フランク・キンズロー 著
鐘山まき 訳

人類の次なる進化を握るのは「何もしない」技法だ。無の技法、「何もしないこと」で、すべてがうまくゆく！　悟りと覚醒をもたらす「静寂の技法」がここにある！
定価 本体一八〇〇円＋税

何でもないものがあらゆるものである

トニー・パーソンズ 著
高木悠鼓 訳

ノンデュアリティの大御所、遂に登場！　この本はかなり劇薬になりえます！　探求者はいなかった。悟るべき自己はいなかった。存在だけがある。生の感覚だけがある。
定価 本体一六〇〇円＋税

レムリアの女神
女神の癒しと魔法で、女神になる

マリディアナ万美子 著

あなたの中の女神がついに目覚めるとき！　女神と繋がり、自分自身が女神であることを思い出すための、具体的でシンプルなツールが満載！
定価 本体一六〇〇円＋税

最初で最後の自由

J・クリシュナムルティ 著
飯尾順生 訳

J・クリシュナムルティの代表作の一つ！　名著『自我の終焉』、新訳で待望の復刊！　あらゆる人生の項目を網羅。実在はあるがままを理解することの中にのみ見出すことができます。
定価 本体二三〇〇円＋税

お近くの書店、インターネット書店、および小社でお求めになれます。